中國語言文字研究輯刊

二五編

許學仁 主編

第 3 冊

趙誠金文學研究

謝 顥 著

花木蘭文化事業有限公司

國家圖書館出版品預行編目資料

趙誠金文學研究／謝顥 著 -- 初版 -- 新北市：花木蘭文化
事業有限公司，2023〔民 112〕
序 4+ 目 4+224 面；21×29.7 公分
（中國語言文字研究輯刊 二五編；第 3 冊）
ISBN 978-626-344-424-9（精裝）
1.CST：趙誠 2.CST：學術研究 3.CST：金文 4.CST：研究考訂
802.08　　　　　　　　　　　　　　　112010449

ISBN-978-626-344-424-9

9 786263 444249

中國語言文字研究輯刊
二五編　第三冊　　　　　ISBN：978-626-344-424-9

趙誠金文學研究

作　　者　謝顥
主　　編　許學仁
總 編 輯　杜潔祥
副總編輯　楊嘉樂
編輯主任　許郁翎
編　　輯　張雅淋、潘玟靜　美術編輯　陳逸婷
出　　版　花木蘭文化事業有限公司
發 行 人　高小娟
聯絡地址　235 新北市中和區中安街七二號十三樓
　　　　　電話：02-2923-1455／傳真：02-2923-1452
網　　址　http://www.huamulan.tw 信箱 service@huamulans.com
印　　刷　普羅文化出版廣告事業
初　　版　2023 年 9 月
定　　價　二五編 22 冊（精裝）新台幣 70,000 元

趙誠金文學研究

謝顥 著

作者簡介

謝顥，東海大學中國文學系博士候選人、文學碩士、文學學士。1993 年出生於馬來西亞霹靂州怡保，2013 赴臺升學，並於 2019 年通過碩士論文答辯，同年入學東海大學中國文學系博士班，並於 2022 年取得博士候選人資格。曾出版詩集《秋的轉折》、《兼職詩人》。專長領域為文字學（甲骨文金文為主）、先秦兩漢文獻學、語言學、國際漢學，於學報與研討會發表文章十餘篇。

提　要

　　趙誠，當代古文字學家，語言學家，曾任中華書局編審，善於利用中國傳統小學結合西方語言學破文字，在古文字釋讀和理論建構上有相當大的貢獻。代表作有《古代文字音韻論文集》、《甲骨文簡明詞典》、《二十世紀甲骨文研究述要》、《二十世紀金文研究述要》、《探索集》等。其中《二十世紀金文研究述要》為首部針對中國金文學史進行討論的作品，有開啟先河之工。本文就趙氏於金文學術史整理進行研究，輔以劉正《金文學術史》、傳世文獻和其他近人著作，進行剖析。除此，其文字考釋雖然篇章不算特別多，但具有一定參考性。在文字理論的部分，其中以其二重性文字構形理論對古文字學門影響最大。

序

朱歧祥

　　有關一般研究生的訓練，碩士生應具有吸收新知、消化舊學，並評鑑是非品味的能力。博士生除了充分掌握學術課題的縱線流變外，更應有開創的企圖心和能力。碩士論文的題目，理論上都是由我來提供，而博論則是同學和我商量的成果。近年我常要求同學集中研讀一些重要學人著作，提供同學建構思辨的典範，和開展品評學術的訓練。因此，古文字學界的孫詒讓、羅振玉、唐蘭、屈萬里、周法高、胡厚宣、李孝定、嚴一萍、金祥恆、龍宇純等近當代學人，都曾作為我指導同學撰寫論文的研究對象。

　　謝顥同學來臺升學，有志於從事學術工作，對古文字研究具企圖心，本人深感其誠，也樂觀其成。他的碩論是針對當今古文字學界前輩趙誠先生的金文學和古文字理論進行剖析。文中除了系統的整理趙誠先生的大著，評述其研究成果的時代意義外，謝生復先後訪談趙先生和他的高足党懷興老師、陳曦老師，有機緣對趙先生和他的文章爭取更周延的接觸，這是我為謝生這份論文撰寫感到榮幸的地方。論文是完成了，可是對於謝生學術生涯才是一個起點。希望謝生能透過是次研讀趙誠先生的學教和身教，掌握趙先生爽朗果毅的治學精神，學習當一個純粹的讀書人。

朱歧祥序於東海大學

出版序言

　　《趙誠金文學研究》是我碩士學習過程中所完成的階段性成果。

　　文中許多觀念、想法，乃至於一些格式的習慣，和現在都大有不同了。為盡可能保留原貌，本書除一些格式調整、錯字、衍文等細微處稍加調整之外，其餘按照原碩士論文進行編輯工作。

　　這本書能夠出版，首先感謝指導教授朱歧祥先生。在朱師門下學習，得到了很大的啟發，雖仍有很大的不足，至少在茫然失措當中有良師請教，少走了許多白走的路。感謝朱師為此書撰序，給學生莫大的鼓勵及推動力。

　　另感謝呂珍玉先生，於大學部「訓詁學」、研究所「《詩經》」、「古籍訓解」課程中、及課外時段給予引導，打下了古文獻以及訓詁方面的基礎。更不能忘記的，是口試委員宋建華先生、林清源先生所給予的寶貴意見，讓這份不成熟的作品經過鞭策與磨練，以較好的形式呈現。

　　碩士論文上傳中華民國博碩士論文加值系統前後，除導師朱先生審定，也承蒙一些前輩學人如趙誠先生、党懷興先生、呂珍玉先生、劉正先生的指教，本人虛心接受。學海無涯，能夠得到先驅者的叮嚀，是往後學術路程的重要基礎。

　　最後，也不忘感謝花木蘭文化事業有限公司編輯部為此書進行編輯工作，使其順利出版。

謝顥

2022 年 12 月 1 日

於東海大學語言文字研究室

筆者於 2017 年前往「澳門文字學會」年會。會中有幸與趙誠先生當面請教古文字傳統暨創新研究方法，更透過趙先生親切而重視後輩學習的嚴謹態度，於趙先生著作有更深一層的了解。

目次

凡　例

（一）趙誠著有《二十世紀金文研究述要》、《二十世紀甲骨文研究述要》二書，本文以研究趙誠金文學為主，在簡稱《述要》時係指前者。

（二）凡趙誠以筆名編撰的工具書或專書，都在括號標註本名。例如：姚孝遂、肖丁（趙誠）編《殷墟甲骨刻辭類纂》。

（三）在每一篇章第一次引用皆列出完整書名、出版地、出版社以及出版年份、版次與頁碼，同章再次徵引時則列出作者、書名與頁碼。

（四）由多名學者編撰的工具書每章第一次引用時，列出完整的名單，第二次徵引時則僅列主編、書名、頁碼。

（五）本文除〈緒論〉之外，其他篇章稱呼歷史人物與近代學者不冠先生之稱，以本名或某氏、某書、某文稱之。

（六）第一次徵引指導教授看法時，前面冠以「業師」，其後以本名稱之。

（七）引用甲骨文字形時，以字形在前書名縮寫和編碼在後，例如：𠭲（合37589）、𢼊（花 007）；引用金文時，字形在前，器名在後，例如：�（〈大克鼎〉）

（八）趙誠所引用之古文字盡可能以原拓截圖貼上，無法尋覓原處，或字形有所出入時，以掃描趙著截圖，並於註腳說明。

（九）若干篇章經研討會投稿後修改，於標題列出投稿部分，並於註腳說明評審意見。

（十）趙誠著作表於附錄呈現。

第一章　緒　論

　　本學位論文以趙誠金文學研究為核心，以《二十世紀金文研究述要》為主要材料，後者則以《甲骨文字學綱要》、《古代文字音韻論文集》、《探索集》當中篇章作討論，分成金文學術史和金文考釋、理論與其他類別。金文學術史的部分。並分七章，本章為緒論，針對研究動機、研究範疇、研究方法進行討論，以對趙誠之學術貢獻作出客觀評論。

第一節　研究動機與目的

一、延續業師對研究生的培訓

　　業師朱歧祥先生多次提醒碩士生要廣泛閱讀，同時專注在一個點上去建立個人的學術基礎，因此許多碩士畢業生都是「尋覓近代較好的研究文字作者的文字，盡可能通盤閱讀其著作。站在學術巨人的肩膀上，較全面的吸收最新的研究成果」〔註1〕，以作為進入古文字領域的重要基礎。以朱先生在東海任教以來，所指導之碩士生以及所研究的題目包括了謝淑樺《孫詒讓《契文舉例》研究》（2003）、白明玉《李孝定《甲骨文字集釋》研究》（2010）、曾琬淳《龍宇純先生文字學研究——以龍著《中國文字學》為例》（2011）、鐘曉婷《屈萬

〔註1〕　朱歧祥〈引言〉，《亦古亦今之說——古文字與近代學術論稿》（臺北：萬卷樓出版社，2017），頁9。

里先生甲骨文字研究——以《殷虛文字甲編考釋》為例》（2011）、黃慧芬《金祥恆先生甲骨文字研究——以《續甲骨文編》為例》（2011）、王奕心《周法高先生金文學研究》（2012）、陳玘秀《嚴一萍先生甲骨學研究》（2013）以及左家綸《胡厚宣先生甲骨學研究——以《甲骨學商史論叢》為例》（2013）。本次的題目和諸位同門差異不大，也是以古文字學之前輩學者為研究對象，差別在於先賢所研究之學者大多已經離世，或因身體健康不便於學術活動，而趙誠先生則仍然活躍於學術界。所書寫的文章不是打破傳統學說，建立新論，就是將傳統小學繼續深掘，直到得到新發現為止。

也因為如此，當業師交代筆者專心閱讀時，提到了裘錫圭、李學勤等先生們，並交代裘、李、趙三位在中國大陸學界影響力甚大。唯前二者已有不少學人針對其學術進行研究與整理，而趙氏卻相對較少。比對三位前輩以及其他近代學者的作品後，對趙誠之學術研究有了極大的興趣。下定決心以後，透過各種管道購買趙誠所有著作，並再次細心閱讀，打算將趙誠學術研究分為甲骨學、金文學兩大類別，最終和業師討論後，決定研究趙誠之金文學。

2017 年末，隨業師以及學長姐前往《澳門文字學會年會》，會中向趙先生請教了一些問題。當時對於此門學科基礎尚淺，所提出的問題也不見深度。唯趙先生的耳提面授還是給予了筆者很大的幫助，對於閱讀趙氏著作所面對的難題在回臺後逐漸解決。在碩士課程研修完畢後，立即開始撰寫學位論文初稿。

二、「澳門文字學會年會」的訪談心得

當面向前輩學者請益比之單純從學者著作去理解其治學理念有極大的差別。除了可以立即對於理解上不足之處提出問題之外，更可以從中得知自己對該學者的著作還有哪方面的盲點。

研究趙誠先生之學術成就，和曾浣淳《龍宇純先生文字學研究——以龍著《中國文字學》為例》有若干相似之處。曾氏撰寫學位論文時，龍先生於臺北休養，在業師安排下，也當面向龍先生請教了一些問題，並將這些問答紀錄強化了論文的內容。筆者在接觸趙先生著作不到半年時間即有機會與之見面請教，一方面來說是幸運的，而另一方面，卻因不是在準備充足的狀態，能提出的問題相對之下顯得不成熟，或本身就能夠從其著作尋覓到問題的答案。

在倉促之下，在參與「澳門文字學會年會」之前，撰寫了《二十世紀金文

研究述要》書評，以初步掌握趙氏金文學之核心書目。至於收錄大量金文相關文章的論文集《探索集》在當時在臺灣不易購得，甚至不在各大專院校圖書館館藏。只能透過電子資源或研討會論文集閱讀部分文章，以作赴會前的準備。

到了澳門，在會議空檔期間，向趙誠先生進行了三十分鐘左右的學術訪談。其中討論最深的包括了幾點：

（一）二重性構形理論

這是趙誠在古文字研究當中最為重要的理論。深入的討論將在本學位論文第七章進行討論。其中最重要的概念在於其「任意性」與「約束性」，並以此看待殷商甲骨文的同期文字，以及與西周金文進行的跨時代對比。

（二）形音義結合、文史哲不分家

趙誠在處理漢字的議題上，重視字形、字音和字義。即傳統小學之文字、聲韻、訓詁三學。據趙誠所說，漢字並非單純的表意文字，卻也非表音文字，其特殊性質需要結合三者進行研究，以求更精確的研究成果。

所謂文史哲不分家者，在於古文獻的善用。上古文獻往往會因分類為經學、子學、歷史學、文化學、文學、哲學等侷限了研究者看待材料的角度。但這些文獻卻是了解夏商周三代的重要資源，當以更宏觀的角度去掌握，並合以出土文獻還原上古史之面貌。

（三）西方語言學結合傳統小學

傳統小說到了清代達到了空前盛期，加上大量的傳世文獻的整理，使得許多前人無法解決的問題，在清儒手中開啟了新的道路。然而，這一個盛期之後，研究方法上需要新的活水，方能解決更大、更新的出土文物所呈現的種種問題。在西學傳入以後，其語言學概論在結合傳統小學上，令古文字學多了以語言破文字的多元的研究法。即將文字視作語言的載體，並以語言破文字。

（四）漢字表音說

趙誠提出了「漢字表音」說，只是不同於其他文字以拼音符號表音，漢字是「以形表音」。這裡他舉出了甲骨文「心」（♡）之寫法，為單純的象形，但加上了水旁的「沁」（♨）假借為水名之後，「心」就成了表音的符號。而宏觀地去看漢字詞例，形聲假借的存在絕不在少數。因此，漢字並不如一般所想的以象形文字為主，要掌握漢字，特別是古漢字需要對字音有深入的理解。

在訪談結束後，筆者請教趙先生，在眾多諸多當中，以何為代表作。先生回答非常有自信：「全部都是代表作」，可見他是如此重視自己的每一篇論述。雖然作為學術論文，在趙氏著作中進行討論時還是得客觀評析，但由此也看出了先生對於學術著作的重視。不到立論的階段，便不輕於發表，故所見之著作皆為「代表作」。

以上理念僅作簡單介紹，詳細說明將在本學位論文第七章〈趙誠青銅器銘文考釋、文字理論以及其他金文學研究〉進行。

三、與党懷興老師的書信往來

自澳門文字研討會歸臺，開始整理趙誠之研究成果資料。由於資料有限，加上因簽證問題難以參與中國大陸研討會。所蒐集之資料大部分為 2011 年党懷興、劉斌兩位大陸師長主編之《趙誠先生從事古文字研究五十年紀念文集》前言〈趙誠先生學術傳略〉、趙先生著作之前言、後記，以及《中國知網》等網絡資源。想到整理一代學人之學術成就，希望能夠盡可能將其資料收錄完整。在論文初稿完成時，以電子郵件方式聯絡陝西師範大學党懷興老師，說明自己希望向師長請教兩個部分，即論文第二章〈趙誠生平及其學術〉以及附錄一之〈趙誠相關著作列表〉。前者包括了趙先生於各校任教所教導的學生之心得，後者則是梳理尚未收錄之趙先生生平著作。

党老師隨後轉寄了趙先生的所提供的資料，主要討論其培訓研究生之方法，內文如下：

> 謝（指筆者）的來信又看了一遍，他要問的問題其實有二：一是人才培訓，二是我的學術生涯。現在先講人才培訓。這裡只能講要點。
> 一，基礎訓練，主要是聽各校的各類基礎課程，如語言學、文字學、文獻學、目錄學、校勘學、音韻學等等，各高校基本類似。不多說。
> 二、專業培訓：1. 古文獻熟讀點教和研究結合。如研究《六書故》，就通讀熟讀點教《六書故》。2. 在通讀熟讀點教《六書故》的同時，深入了解作者的思路、成就、貢獻、不足、缺陷，分類收集資料。
> 3. 參考前賢長輩和當代俊彥的研究成果，作出自己的判斷。4. 在分析、判斷、提出自己意見的過程中，要發揮獨立思考、自由思想的精神。6. 在分析、判斷、寫作的過程中所有的問題盡可能自己解

決，切記避免導師手把手代勞，導師只負責導引、指示，以切實培養學生獨立思考的能力。7. 這樣寫出的論文才是真正的學生的創造，也就讓學生真正進入學術研究的領域當中。8. 最後也就產生了兩大作品，一是一部真正出自學生自己研究的論著；二是完成了一部學生精心整理出來的古文獻點教本。均有利於學界、社會和學生本人。

這短短四百餘字的書信，提供了學術上相當重要的參考，特別是對於本學位論文而言，更是為趙氏治學理念建立了重要參照。就此兩部分的信件內容來說，前一部分談的是各校的基礎課程。唯目前較可惜的，就臺灣大專院校中國文學、語言學相關科系雖大部分有開設文字學、音韻學（聲韻學）、語言學，但文獻學、目錄學、校勘學卻極少學校有開設相關課程。因此這也為國內外中國文學、語言學相關科系響起了課程規劃的警鐘，以免學生在學習過程上少了基礎的培訓過程。

在培訓研究生的方面，趙先生的教育理念大致上分為兩點：獨立研究精神、古籍基礎培訓。「培訓學生之獨立研究能力」寫在各校研究所招生公告上，但要真正落實，卻也一定的困難度。首先是導師對於學生的要求，並願意放手以激發學生的自強精神，以及學生對於學問的渴望，主動性追求的學習態度。此兩者需相互配合，且缺一不可。特別在於學生本身，如在研究所的學習當中，無法承擔從錯誤中學習的勇氣，以及承擔壓力的抗體，那麼對於整體學習來說，必然是有所不足的。

另一方面，趙先生雖善用西方語言學處理古文字、古文獻議題。但對於傳統小學以及古籍訓解極為重視，即合乎此前所說之「形音義結合，文史哲不分家」、「西方語言學結合傳統小學」。自西學東漸以來，對於學術有相當大的推動力，但同時在特定學科如古文字、古文獻上的表現卻有諸多值得討論之處。如西方方法學能恰到好處地解決歷史難題，固然是學術上的喜事。但若西方理論被濫用，則可能帶來負面的影響。所謂「站在巨人的肩膀上眺望」，欲避免原來可以被善用的西方研究方法學，就必須站在傳統小學的基礎上。而圈點恰好便是傳統小學的基礎訓練，從一個人的句讀以及對古文獻的看法，就可知其人對於文獻的理解為何，客觀與否。懂得圈點無現代標點的古文獻，對於理解成句的古文字（如甲骨文、金文）有極大的幫助，讓「語言學」的概念在中國古籍

的基礎訓練上出發，以理解上古漢語，所提供的幫助自然是極大的。

　　除上述趙先生所提供的治學方法之外，党老師也提供了一些於《趙誠先生從事古文獻研究五十年紀念文集》之後所發表的期刊文章，並為筆者的論文初稿提供了極其寶貴的意見。這不僅僅是論文撰寫的協助，而是對於筆者研究上不僅僅是面對作者著作以及僅一次面談的印象，讓筆者與趙先生的距離拉得更近。重新檢視文章時，更加隨心應手。

四、確立趙誠金文學的研究價值

　　透過了上述所提到的業師對研究生的培訓、與趙先生的見面、與党老師的書信往來，並經歷一番修改、整理之後，確立趙先生金文學成就之三大點：學術史的編撰、理論的提出，以及工具書編列的雛形。

　　金文學術史的部分主要在於《二十世紀金文研究述要》。這部書是第一部針對金文學所撰寫的學術斷代史，對當代學者有極大的參考以及啟發的作用。在《述要》出版以後，劉正的《金文學術史》隨著出版。但劉書所討論的範圍亦包括了對於青銅器的介紹，以及歷代金文學大小的學術事蹟，雖然整體看起來比稱之「述要」的趙書更為完整，但對於欲在更短時間內掌握二十世紀以前金文學發展較好的時期（宋、清），以及二十世紀以後的近代學術發展，依然有著相當優勢。兩書本質不同，本當不該相提並論，但由於出版於七年之內，又為截稿當下僅有的金文學術史著作，只能進行簡要的比較，以提供讀者一窺兩者之間取向的不同：

《二十世紀金文研究述要》	《金文學術史》
前言	第一篇：銘文背景研究
第一章：宋代的金文研究	第二篇：銘文結構研究
第二章：清代的金文研究	第三篇：銘文研究的種類和進展
第三章：20 世紀 30 年代前後的金文研究	第四篇：銘文研究的歷史和現狀
第四章：20 世紀 50 年代前後的金文研究	附錄：金文關係大事年表
第五章：20 世紀 70 年代前後的金文研究	跋
第六章：20 世紀 90 年代前後的金文研究	
後記	

其中值得注意的是，劉書共 800 頁與趙書的 533 頁直接對應的地方主要在第四篇，即包含了兩漢、兩宋、清代、民國、新中國以及多出的魏晉、隋唐、元

明、歐美、日本等部分。換言之，劉書的組成更多在於介紹青銅器和相關銘文，而趙書則針對某一時期影響較大的學術成就進行編撰。如果只是針對民國以前重要的金文學成就和近代金文學術史而言，兩部著作其實篇幅差異不大。因此，對比兩部重要的金文學術史專書，本人傾向於以趙書為主，再輔以劉書，則能夠更清晰地掌握自青銅器銘文研究以來各代的學術發展史。唯仍需強調的是，趙誠金文學術史以二十世紀以後為主，此前的金文學簡史僅作金文學術史的連貫性。

由於趙誠本身也大量撰寫古文字相關文章，因此對於文字演變、字書編列、學人成就有獨立的見解，因此雖然寫的是學術史，卻也是趙誠學術理念的載體。以下舉出一個例子，即第五章〈20 世紀 70 年代前後的金文研究・第三節裘衛諸器和〈償匜〉銘文研究〉中的：

> （17）唐氏把「嫛」字譯為「憂」，但無說。盛、李二氏從之，亦無說。
>
> 馬氏補充云：『擾，煩也。』《廣雅・釋訓》：「擾，擾亂也。」〔註2〕

由此可見，趙誠的學術史編列雖然是以「述要」的方式將各時代的學術狀況做出整理。但也會適時提出自己的看法，或徵引其他學者的意見。儘管全書看來這樣的例子並不算特別多，但如果是以初步掌握金文學，或參考當中的資料，《述要》仍然算是非常重要的著作。

在文字理論的部分，最主要還是在於古文字二重性構形理論。關於這一個理論，本人將其不同時期所撰寫的文章分為三個部分，並肯定其為核心理念。許多人在看待漢字流變時，往往單純從圖形、陶文、甲骨文、金文、簡帛、小篆、隸書縱向地去看待。譬如某字在甲骨文就應該怎麼寫，在金文又是如何，但二重性的理論便說明了文字並非一時一地一人所創造，甚至其構形的流傳會在同時期或不同時期改變，相似構形亦可能在同時期或不同時期有不同的字義。這對於文字多元論的觀念來說，有承先啟後的作用。

除此，趙誠在進行銘文釋讀時，採取「文史哲不分家」、以及西方語言學結合傳統小學，這一點可以在〈中山壺、中山鼎銘文試釋〉中看出。除此之外，趙誠的「漢字表音說」也令人對於漢字的看法有了新的思考方式，即漢字大部分為形聲，與完全表音的文字差別在於漢字「以形表音」，而非以音符表音。

〔註 2〕趙誠，《二十世紀金文研究述要》（太原：書海出版社，2003），頁 243。

最後，在本文撰寫的當下，趙誠仍在編撰一部《金文實用詞典》，而這部詞典的結構在《探索集》若干篇章可以看到，也經作者本人確認，這是一部類似《甲骨文簡明詞典——卜辭分類讀本》的著作，即可以是查詢字義的工具書，也可以是讀本。

第二節　研究方法

本學位論文所採取的研究方法大致上來說，就是對於不同的材料進行比較。業師曾言：「重新思考『同中求異，異中求同』的可能時空原因」〔註3〕，固在撰寫論文的過程中，針對不同層面進行互較。其中包括了原作者趙誠所編撰、書寫的著作進行互較；與原材料的對比；以及與古代與近代學人觀點進行對比。一下就這三點進行說明。

一、原作者著作互較法

為求掌握趙誠金文學的成就，所需要進行的第一步莫過於文本的細讀。而閱讀其著作不限於金文相關的書目（《古代文字音韻論文集》（1991）《二十世紀金文研究述要》（2003）、《探索集》（2011）。除此之外，也包括了《中國古代韻書》（1979）、《甲骨文字學綱要》（1990）、《甲骨文簡明詞典——卜辭分類讀本》、《甲骨文與商代文化》（2001），以及協助編撰的《殷墟甲骨刻辭類纂釋總集（1988）、《殷墟甲骨刻辭類纂》（1989）、《甲骨文字詁林》（1996）。

透過這些文本的細閱，可以歸納作者較全面的學術觀。就字形而言，掌握金文不能不掌握甲骨文字，亦不能不掌握小篆和戰國文字；欲掌握小篆以及古文、籀文，則不能不掌握《說文》相關註本，在掌握《說文》之餘，亦不能不掌握《廣韻》、《廣雅》等書籍；除此之外，趙誠對傳世文獻與西方語言學的重視度相當高，自然也是不可忽略的一部分。

舉例而言，趙誠在〈甲骨文的弘和引〉〔註4〕一文當中，從羅振玉〈殷墟書契考釋〉將甲骨文的 $\mathfrak{F}$ 字列為「弘」字，並以《說文》和〈毛公鼎〉為佐證；到于省吾《甲骨文字釋林》將其分析為指事字，《說文》誤認以為聲符；于豪亮根據雲夢睡虎地秦簡和長沙馬王堆帛書認為是「引」字。雖然趙誠名言學界尚

〔註3〕朱歧祥，〈引言〉，《亦古亦今之學——古文字與近代學術論稿》，頁9。
〔註4〕刊於《古文字研究》第二十三輯，後收錄於《探索集》30～31頁。

無共識，但舉出了商代〈父癸觶〉的 🔆字，假于省吾之考釋，左旁為一正面人形，右旁為一弓形，合在一起即從大從弓的弬字，以此而論，引字為後起之省化字。

最後，趙誠提到：

> 各個時代的漢字均有各自的發展，不宜將不同時代的構形分別一一對等、比傅，而應從系統的角度，將有關的構形加以歷時的、共時的、綜合的考察，得出符合實際的結論。

雖說如此，趙誠在本文當中，也整理出一條重要的脈絡，特別是在於跨世代（晚商、西周）以及書寫工具（甲骨片、青銅器、竹簡）的字形比對上。而所使用的方法論，許多來自於《甲骨文字學綱要》以及《古代文字音韻論文集》，由此可看出趙氏治學理念一以貫之，相互參照有其必要性。

總和來說，欲整理一名學人學術成就，不能不看其書，而且得看得熟悉，乃至於可以作出客觀的評述。當然，雖然上述書籍都得進行詳盡的閱讀，《二十世紀金文研究述要》、《古代文字音韻論文集》和《探索集》當中金文相關文章還是要比其他書籍讀得更透徹一些，以成為本文撰寫的重要養分。

二、互照法——與原材料的對比

業師朱歧祥在《亦古亦今之學——古文字與近代學術論稿》當中〈引言：談談學習甲骨文的經驗〉中提到：

> 閱讀甲骨文要由通讀完整地甲骨版入手，再輔以文編認字；不宜先讀文編。許多人讀了文編，即以為學會甲文，實屬大誤。學會甲骨文字不等於就能順讀甲骨文。卜辭有一定的占卜和刻寫方式，需要透過觀察完整地甲骨版面，才能了解正確的占卜順序和辭例之間的關係。由文例的逐條閱讀來認字，可保障對字的掌握之可靠性。況且，只有但從字形的主觀吸收，也妨礙了對字的客觀但複雜的理解。舉凡治學，要以宏觀通達為目標，治甲骨如只注意認字，也易流於見樹不見林。〔註5〕

〔註5〕朱歧祥，〈引言：談談學習甲骨文的經驗〉，《亦古亦今之學——古文字與近代學術論稿》，頁7～8。

治甲骨文如此，金文亦然。故對趙誠所徵引的金文或甲骨字形時，本文以透過拓片、輔以電子資料庫等方式，與之進行對比。其中最常使用的電子資料庫是臺灣中央研究院歷史語言所之《小學堂》以及《殷周金文青銅器暨金文資料庫》。引用這兩種資料庫的考量在於兩者皆有清晰圖檔可供拷貝或截圖，比起傳統手描能夠更精確地呈現古文字的面貌。然而，在業師的訓練下，重要的文字，還是以手寫的方式記在筆記本或論文初稿上，遇到長篇的銘文或甲骨文字時，則以描圖紙書寫，以求對於文句有更深入的理解，而非單從書目與電子資料庫入手。

三、對比古代與近代學人研究成果

在進行原材料對比之後，首先針對趙著中所提到的古代學者（特別是宋、清兩代）所做出的貢獻。其中包括了趙明誠、薛尚功、吳大澂等人。除此之外，一些趙誠較快速帶過的部分，也盡可能查詢原典，並補上出處與未提及的部分。

相較於只有兩篇的古代學術史，涉及到近代的學術史部分顯然更多了。因此，趙著所提到的著作，本人也透過圖書館資源，或直接購買所徵引之著作。作者本身對於其著作自然可以以「述要」方式簡單呈現，但站在學術研究的角度上，自然得客觀看待這部金文學術史當中的內容等是否合理。其中，本文第四章第一節〈跨越清末與民國的學人研究成果〉便提到了趙誠未能舉出羅振玉《殷文存》、《續殷文存》的部分，而這兩部著作顯然是當時具有影響力的作品，不納入學術史當中討論實在略顯可惜。

第三節　章節編排

在劉正《金文學術史》第十一章〈新中國的金文學：金文研究著作概況〉當中，將趙誠歸類為「文獻研究類」的學者，其中對趙氏的評述是：

> ……代表性著作有《古代文字音韻論文集》、《中國古代韻書》、《二十世紀金文研究述要》等……代表性論文有〈中山壺與中山鼎銘文試釋〉、〈古文字發展過程中的內部調整〉、〈利簋銘文通釋〉等。

趙氏最大的貢獻是撰寫了第一部斷代金文研究史。綜合來看，他的

二十世紀金文研究述要》遠比他的金文研究貢獻還大。

在《二十世紀金文研究述要》一書中，他基本上是從 20 世紀 30 年代開始，劃為 30 年代前後、50 年代前後、70 年代前後、90 年代前後四大時段進行的綜述和研究。但是坦率來說，該書只有 90 年代前後的金文敘述架構還算符合史書的模式。這一時間段的結構共分八節：銅器銘文匯集、金文字典、銘文索引、相關工具書、文字考釋、詞義探索。基本上可以很清楚看出 90 年代前後金文學術研究的發展狀況。〔註6〕

對於這段第二部金文學術史的作者對於趙誠的評價，可以看出《二十世紀金文研究述要》在開創和結構上的重要性。但同時，筆者無法認同劉正所說的「《二十世紀金文研究述要》遠比他金文研究貢獻還大。」的論點。主要原因在於趙誠本身的金文研究作品雖然不多，但大多具有開創性的意見，也被許多學者所重視。例如〈中山壺與中山鼎銘文試釋〉一文在周法高《金文詁林補》就被多次引用。

除此之外，趙誠在文字理論的提出也是相當重要的。古文字距離當代有著非常久遠的歷史，剛踏步進入這一專業領域的年輕學者難免大部分時間用在基礎的銘文閱讀、文編釋字之上。至於文字的構形與發展，相關著作極多，要客觀的接受某家論點並非在起初階段容易達成的任務。而透過文字構形與發展的理論，有利於年輕學者在一定基礎點上對古漢字進行理解。至於理論的成立與否，都不影響趙誠開啟先驅的角色。

故劉書對趙誠的評述顯然不算是十分公正，並且還有前後矛盾的問題，除以上引文之外，劉正肯定了趙誠對於《殷周金文集成》的糾謬，稱之「上述指正十分到位，這一指正絕非局外人可以模仿的」〔註7〕。由此可以看出趙氏本人對於青銅器銘文著錄的精熟。但話鋒一轉：

相比之下，其他幾章的敘述基本上還是引述多而評論過少，甚至經常有大段大段的引述原文來替代對金文學書發展過程和歷史脈絡分析研究的弊病……讓我感到遺憾的是他的敘述不是以實際著作、出

〔註6〕 劉正，《金文學術史》（上海：上海書店出版社，2010），頁 662～663。
〔註7〕 劉正，《金文學術史》，頁 664。

土銅器為基礎的，很多已經出版的著作和出土的銅器收藏和流傳本基本上見不到一點文字，而他只是圍繞著幾個金文研究大師、幾個老生常談的話題，說來說去而已，更缺乏高屋建瓴的評述和一針見血的指正。甚至居然沒有對楊樹達、徐中舒等先生在 30 年代、50 年代的金文研究給予肯定和總結。〔註8〕

關於某些部分的評述，不免對趙誠的評價過於武斷。首先趙誠於《二十世紀金文研究述要·後記》的部分提到：

> 本書是介紹歷代學者以及時賢對於金文研究的專著。為了使讀者能較好的地理解各家評述的原意，所以儘可能引用原文，不得已時才加以轉述。〔註9〕

這一部分基本上就和劉正看待金文學術史的態度相反。劉氏對於學術史的期待是評論多而引用少，而趙氏則是盡可能以讓讀者一窺全豹。在以學者總結時代的部分，趙誠則說：

> 對於各家的論述，間有筆者的評品。由於筆者學識有限，評品未必得當。寫入本書的實例，均經過選擇，同類型往往僅選一例或數例。所選實例，均以易於簡述者為主，所以，有相當的論著，如孫詒讓、于省吾、楊樹達等人的考釋未能多選，有的甚至未選，但不影響了解金文研究的大體狀況和學術發展。〔註10〕

以這個角度來說，趙誠並非刻意忽略掉一些學者的成就，而是在《二十世紀語言學叢書》系列的架構下，盡可能提供一個簡單扼要，卻能提供一條清晰的金文學書發展史面貌的作品。甚至說，以楊樹達為例，其實趙書對其研究也用了相當大的篇幅，並非如劉正所說的「未能給予肯定與總結」。

一、趙誠金文學術史研究

此一部分本文分三章進行討論。第一部分主要針對民國以前，即宋清兩代為主的金文學書概況；第二部分則是金文著錄專書以及斷代的部分，第三部

〔註 8〕 劉正，《金文學術史》，頁 664。
〔註 9〕 趙誠，〈後記〉，《二十世紀金文研究述要》。
〔註10〕 趙誠，〈後記〉，《二十世紀金文研究述要》。

分則是討論了「康宮」與周代管制的相關議題、新出青銅器以及工具書與銘文選。

　　金文學術史的章節編排主要是將 20 世紀以前、20 世紀 30 年代、20 世紀 50 年代、20 世紀 70 年代以及 20 世紀 90 年代進行拆解重組。以便整理出趙誠在編列金文學術斷代史的思考脈絡。舉例而言，康宮議題在〈20 世紀 30 年代〉以及〈20 世紀 70 年代〉中都有所討論，本文將其列為本文第五章，以方便讀者參考趙氏對於此議題研究的立場。另舉一例，《金文編》一書在〈20 世紀 30 年代〉以及〈20 世紀 90 年代〉都有提及，本文列為第四章容庚金文學成就的部分，為強調此工具書對於金文學的意義。

　　在第五章第四屆當中，對於趙誠金文學研究進行了總結。主要肯定趙誠在金文學術斷代史所扮演的先驅角色，以及撰寫文章的優點與強項，已達成作者以簡單的語言，為讀者帶來可靠的訊息之貢獻。

二、趙誠其他金文學研究

　　趙誠其他金文學著作主要分為三部分，銘文的釋讀以及文字理論的提出。

　　趙誠銘文釋讀的文章不多，但具有一定的影響力。特別是〈中山壺、中山鼎銘試釋〉具有相當大的學術貢獻，周法高編《金文詁林補》當中有大量收集趙文意見。可見其影響力甚大。〈智篃鐘新解〉一文篇幅不長，不到一千字。但在近代學者的基礎上提出己見，將「救」字進行了新的理解，可以說是改變了歷史解讀的方式。

　　在文字理論的部分，最為重要的就是趙誠的二重性構形理論。這個理論的提出，為學界提供了一條漢字流變的思維模式，即同時期或不同時期的文字，無論是形似與否，都不見得便是同一構形系統的等號。這個論點的建立從趙誠早期的文章便開始討論，到現在還在不斷地探索、舉例。可說是逐漸成熟的文字理論，值得參考。

　　趙誠曾編列《甲骨文簡明詞典——卜辭分類讀本》，是一部「讀本式字典，字典式讀本」。這對於字詞的理解來說，有了一個全新的發展空間。由於《金文實用詞典》尚未出版，只能從趙誠已發表之若干詞例與《甲骨文簡明詞典》進行對比。除了詞典模式的對比之外，也可針對甲骨文字詞和金文字詞的用途上進行分析。

　　總結而論，趙誠金文學之研究，具有相當大的學術貢獻，唯相關討論卻是極其有限。希望以本學位論文作為一個開始，除透過閱讀趙氏作品學習之外，更進一步發掘其學術價值。

第二章　趙誠生平及其學術

第一節　趙誠生平以及其學術研究歷程

　　趙誠 1933 年 4 月出生於浙江省杭州，南京大學中文系畢業。除了本名之外，另有肖丁、小言、信齋、趙征等，在學術著作方面主要以本名與肖丁署名。少數例外是以趙征為筆名，於《光明日報——文化遺產》1961 年 5 月 14 日，363 期發表的〈新編唐詩選〉略評〉以及以陳操為筆名發表於《切韻指掌圖》（北京：中華書局，1962）的〈《切韻指掌圖》重印後記〉。其研究著作包括了學術史研究、古文字學、古音韻學、古代語法學、《說文》研究、訓詁學、歷史學、考古學、占文化、古文獻學，並以合作或個人的形式，出版工具書。

　　在大學期間受業於胡光煒、洪誠、羅根澤、陳忠凡等人。其中他為胡小石寫了〈胡小石的甲骨文研究〉，在《方光燾與中國語言學——方光燾紀年文集》[註1] 刊登大學時經方光燾指導〈語言記號性問題——試評索緒爾的語言記號性學說〉，這兩篇作品都收錄在《探索集》當中。

　　畢業以後，趙誠在以出版學術著作為主的中華書局工作，從助理編輯、編輯到語言文字編輯室副主任、副編審、主任、編審。在進行出版工作的同時，

〔註 1〕　胡裕樹等編，《方光燾與中國語言學——方光燾紀年文集》，（北京：北京語言大學出版社，2003）。

也為語言文字打下了深厚的基礎，有利於日後學術發展。在經歷政治社會變更極大的中國大陸社會，雖然學歷僅為本科生，提出的觀點卻精明銳利，多次引起學界的關注。

中年以後，趙誠成立了許多語言文字的相關學會，並擔任要職。這些學會包括了中國文字學會、中國音韻學會、中國語言學會，並擔任要職。這對於文字發展來說，更是有了推廣的作用。其中包括了後來成立的澳門文字學會，對兩岸四地的古文字學帶起了相互研討的風氣。透過這些學會，常推出刊物以及舉辦研討會，為古文字這一門相對參與人數較少的學科，多了一個交流的平臺。

趙誠所出版的學術著作甚多，年過八十之後，仍積極參與學術活動。並針對一些少人涉略的議題發表觀點。當筆者問起其代表作時，豪言「都是代表作」〔註2〕，可見其投身學術多年的嚴謹，這也是後輩學者應當效仿的精神。

為了更清楚了解趙誠生平經歷以及其研究著述，筆者製作「趙誠學思里程」，詳列他的出生、學習、經歷和研究論著，以方便參閱。顧及行文簡潔，此表以研究階段為核心，於附錄一呈現。

第二節　趙誠治學理念以及研究階段

趙誠曾說：「由於時代、師承、個人經歷等方面的因素，學者會形成一些不自覺的思維定勢。因此，在治學的過程中要敢於用批判性的態度對自己的研究成果進行檢查，以豐富和完善自己的研究成果。」〔註3〕這樣的思維模式，党懷興和馬乾評為「注重打破思維定勢，並堅持批判性思維，特別是堅持辯證法理論的研究與應用。」〔註4〕就筆者的角度，是一種較為靈活以及謹慎的研究方法。更重要的是，在業師教導的基礎上，可以開拓出屬於自己的活水，這才是學界應該效仿的精神。

朱歧祥於《甲骨文字學》序言對趙誠的看法如下：

趙思辨機敏，分析力強，富冒險精神。擅以語言的角度檢視漢字，

〔註2〕　筆者參 2017 年 12 月之「澳門文字學會年會」時先生如是說。
〔註3〕　党懷興、劉斌主編，《趙誠先生從事古文字研究五十年紀念文集》（西安：陝西師範大學，2011）頁 4 轉述趙誠與眾學者交流時的說法。經作者党老師於書信確認，文責自負。
〔註4〕　党懷興、劉斌主編，《趙誠先生從事古文字研究五十年紀念文集》，頁 4。

常寫翻案文章，如討論殷商音系，即與傳統學界意見相違。會議討論常以一敵眾，令對手詞窮，目前在大陸古文字學界影響力僅次於李（李學勤）、裘（裘錫圭）。趙畢生以撰述為樂不懈，由甲文而金文，壯而逾堅，讓人感動。〔註5〕

這一段簡短的文字，帶出了趙誠從事學術研究的特點，包括了以語言破字，以及破舊立新的音系論（其中一條便是將商代音系和周代音系視為兩種不同的系統），以及不盲從於學界的共識。雖然趙誠的著作並不多，但陝西師範大學於 2011 年以趙誠名義主編《趙誠先生從事古文獻研究五十週年紀念文集》（簡稱《五十週年紀念文集》），收錄 65 篇文章（不包括〈趙誠先生學術傳略〉以及〈後記〉）。這部文集所收文章「除少部分為學界同仁著述以外，大部分是趙先生的弟子以及其再傳弟子的文章」，〔註6〕由此可見趙誠對於古文字學界影響之大。

從《五十週年紀念文集》來看，說明趙誠在中國大陸古文字學界的影響力是毫無爭議的。但更顯可惜的是，一位具有影響力的學者，在學界的討論卻不成對比。即使是《五十週年論文集》，也僅有〈序言〉的部分有提及其生平及學術貢獻。因此，在進行趙誠金文學研究的同時，筆者考量到，欲真正提供一個立體角度的關鍵，還是在於其研究成果。如朱師所言之「富冒險精神」，趙誠理論基礎方面結合傳統小學與西方語言學理論。在原始材料的觀察上，更不忘「文字表達語言」、「語言透過文字」的相互關係，多次以「二重性」的角度看待文字流變和發生的問題。在建立這些理念以後，趙誠更是積極落實在其學術論述當中。

在《甲骨文字學綱要》，趙誠指出：

漢字的研究者，首先將漢字進行斷代，然後將各個斷代的漢字系統進行平面的研究，對各個斷代形符和形符、聲符和聲符、形符和聲符的諸多關係進行多方面的、具體的、進行細緻的觀察，得出一些不為傳統觀念所束縛的，符合現實的結論。這樣的結論就絕對不會是陳腐的。〔註7〕

〔註5〕 朱歧祥，《甲骨文字學》（臺北：里仁書局，2012），序言頁 4。
〔註6〕 党懷興、劉斌主編，《趙誠先生從事古文字研究五十年紀念文集》，頁 352。
〔註7〕 趙誠，《甲骨文字學綱要》（北京：中華書局，1990），頁 15。

以上所說的是針對學者面對漢字本身應該有的學術態度，談到了緊接著該進行的研究方法，趙誠建議：

> 與此同時，運用某些學科的理論，如語言學、符號學、人類學、考古學等有關的理論，對各個斷代的漢字進行全面的、系統的研究之後，再來考察漢字發展演變的整個歷史，就會比較深刻地、細緻地發現漢字的形符和聲符在歷史發展中的一些內部規律。由此再來編寫中國的文字學（漢字學）或古文字學（古漢字學），必然會合理得多，深入得多，豐富得多。〔註8〕

以下簡單列出趙誠在學術研究之理念：

核心理論	重視西方語言學理論、文字學理論、語音學理論、詞義學理論的研究與應用。
結合西方語言學與中國傳統小學理論	特別反對西方理論漢證以及排斥理論的固守研究。
基本材料運用	要盡可能窮盡、系統、避免堆砌，避免支離破碎、避免隨心所欲……要進行深層研究，不要停留在表面現象的分析，歸納之中。
深層材料運用	要在表面現象的分析、歸納中深入下去，細緻、小心地考核、觀察深層的關係，研究其相互依存、相互制約、相互影響、相互作用的種種因素，從中歸納、演釋出平面的內部（深層）結構與歷史發展中的內部規律。

趙誠在編列工具書的過程，也建立了對古文字的看法，如趙誠所說：

> 近十多年，本人由於參加編輯《甲骨文字考釋類編》、《殷墟甲骨刻辭釋總集》、《殷墟甲骨刻辭類纂》，同時編寫《甲骨文簡明詞典——卜辭分類讀本》，一直在區分，統計已釋字和僅可隸定之字，但是困難重重，直到現在也不能完全論定，只能將兩者合在一起說一個數字。〔註9〕

以下總結趙誠各個學術著作的階段，由於趙氏單篇論文數量較大，為求系統化處理，就已經出版的著作為核心，以便做出劃分。

第一階段，是趙誠編列韻書學術史時期。趙誠早期受業於中國聲韻學大家黃淬泊，並於 47 歲時成立中國音韻學會，早期的學術養成又和中國音韻學關係

〔註8〕趙誠，《甲骨文字學綱要》，頁 15。
〔註9〕趙誠，《甲骨文字學綱要》，頁 72。

緊密。（例如所發表的〈說文諧聲〉，後收錄於《中國古代文字聲韻論文集》）雖然《中國古代韻書》是其少數聲韻著作，甚至是唯一一本音韻學專著，但這裡頭牽涉到他後期對學術史的整理以及古聲韻的看法，因此極其重要。

第二階段，是趙誠編列工具書時期。他多次以「肖丁」作為筆名，和姚孝遂等人合作，出版《小屯南地甲骨考釋》、《殷墟甲骨刻辭摹總集》、《殷墟甲骨刻辭類纂》、《甲骨文字詁林》。在這些工具書的編列上，對趙誠建立文字理論和識讀文字有很大的影響。在這個時期，趙誠以個人名義出版了《甲骨文簡明詞典——卜辭分類讀本》，對於學術界來說是一樣相當特別的著作，其原因在於說《甲骨文簡明詞典》有別於一般對於初學者來說較為艱深的著作，而是可以同時為讀本，同時為可翻查的詞典。借趙誠的話來說，是「讀本式的詞典，詞典式的讀本」。〔註10〕這也打破了字典僅為工具書的慣例，可以給讀者提供一個更為輕鬆的方式對甲骨文和商代文化進行閱讀。而需要徵引時，又不失莊重，不得不說是一大貢獻。

第三階段，研究古文字發展、甲骨文詞性、商代音系、商代社會、《說文》學、甲骨文與銘文釋讀時期。這期間，出版了《古代文字聲韻論文集》時期。趙誠學富五車，於各領域的涉獵極廣，從《古代文字聲韻論文集》的選文就可看出。在這部論文集當中，除了以上所提到的領域，也有其他的單篇作品如〈本字探索〉、〈臨沂漢簡的通假字〉、這本論文集的出版，可以說是對58歲以前的學術積累做出一個總結，並為未來的專書以及單篇論文的方向做出了開展。在這個時期，趙誠於這部論文集收錄了〈利簋銘文通釋〉、〈牆盤銘文補釋〉以及〈中山壺、中山鼎銘試釋〉，開啟了金文學之研究。

第四階段，建立古文字理論時期。在這期間，出版了《甲骨文字學綱要》。這本著作是趙誠建立文字理論的代表性書目。書中許多理論成為了後期談及甲金文相關文章的基礎。為求一以貫之，也徵引了不少《中國古代文字聲韻論文集》的一些文章。這一部書，也是李圃《甲骨文文字學》之後第二本關於甲骨文字學的專著。

第五階段，參與《文字與文化論叢》，是以古文字建立探索古文化時期。以《甲骨文與商代文化》來說，篇幅不大，且多取學術界共識的一本小冊子，卻

〔註10〕趙誠，《甲骨文簡明詞典——卜辭分類讀本》（北京：中華書局，1988），前言頁1。

可看出其基礎建立在《甲骨文簡明詞典》中的種種文化現象解析。這一階段的著作，可以說是較為通俗，同時卻是在為下一個階段的學術貢獻做出準備，即第六階段的甲金文學術史書目出版。與此同時，趙誠在《甲骨文與商代文化》一書上引的都是「在吸取前人和當代學者研究成果的基礎上寫的，其中也有一些個人的研究所得，但都是極少極少的。」與同系列的周有光之《漢字與文化問題》、何九盈《漢字文化學》，《甲骨文與漢字文化》以通俗易懂為取向，呈現在同一系列之下不同作者所重視之處的差異性。

第六階段，出版學術史相關書目時期。趙誠參與了「二十世紀中國語言學叢書」的編列，出版了《二十世紀金文研究述要》以及《二十世紀甲骨文研究述要》（上、下）。這兩部著作分別對金文和甲骨文做出了相當完整的斷代分期，結合了早期學術成果，因此善於以重點討論議題納入一個時代劃分當中。這階段所出版的著作，又和編列韻書學術史大有不同。所考驗的不僅僅是書與書之間的斷代關係，更牽涉到人、單位，以及更多的時代背景。趙誠也是這一系列中，唯一出版兩部著作（如加上《二十世紀甲骨文研究述要》上下兩部，則是三本書）的作者，並且作出相當紮實的編纂功夫，出版以後許多學界文章，特別是博碩士論文，都有引用其說法。

第七階段，建立古文字新理論時期。這期間出版了《探索集》。誠如趙誠所說，這部書並非《中國古代聲韻論文集》的續集，而且當中不少帶有探索性質，故以此命名。《探索集》所收錄的文章不少針對性強，對於議題的論述也具有相當大的討論價值，因此這一部書可說是趙誠晚期所擬定的學術走向。同時「探索」也具備著「起初」的概念，可見趙誠對於自己仍有很大的期許，是值得我們注意的。

第三節　趙誠投入金文學研究的契機

趙誠在探索集當中收錄了一篇文章，叫做〈語言記號性問題──試評索緒爾的語言記號學說〉，[註11]那是他「四十多年前聽課之後的作業」，而這篇文章，在收錄於《探索集》之前，曾刊於《方光燾與中國語言學──方光燾紀念文集》（北京語言大學出版社，2003年），當中的後記特別適合作為此節討論

[註11] 趙誠，〈語言記號性問題──試評索緒爾的語言記號學說〉，《探索集》，頁223～231。

的開始：

> 在大學讀書的時候，聽了方光燾老師的語言學理論課，深深地被吸
> 引，曾打算以語言理論研究作為自己的專業。方師則認為，如果不
> 研究具體的語言而專門研究理論，容易被已有的理論所約束，很難
> 有所創獲。後來又想研究現代漢語。方師經過再三考慮，認為沒有
> 深厚的古代漢語涵養，現代漢語研究不可能深入，很容易利用已有
> 某一種理論框架列入現代漢語的用例，或者是外國理論漢證，最多
> 只能作出一些補充，不可能有很大的建樹。方師的意見，當時的胡
> 小石老師、黃淬伯老師、洪誠老師都極為讚賞，於是，我就以上古
> 漢語研究，包括了上古的文字、音韻、訓詁、詞義、語法研究作為
> 自己的專業。〔註12〕

　　從趙誠的這篇文章的說明可以看出，他對於自身專業的選定是十分謹慎且
小心的。除了瞭解本身的能力之外，更從師長的建議當中逐步定下自己的研究
方向。除了以上與老師的討論之外，趙誠也列舉了方光燾給予的六項建議，包
括了：

　　一、一定要從上古漢語的實際出發，總結規律，切不可之用已有的理論去
套，而是要用總結出來的東西去豐富、修正已有的理論，進而建立適合於上古
漢語的理論。

　　二、不要孤立地只研究上古漢語的某一部分，即不要只研究上古的文字或
上古的音韻或上古的詞義或上古的語法，而是要綜合研究，只有這樣才可以開
闊視野，從相互關聯中深入下去，經過不斷的探索，獲得更好的成就。

　　三、首先要進行上古漢語的平面研究即斷代研究，亦即所謂的共時研究；
然後進行歷史的研究即縱向研究，亦所謂的歷時研究。共時研究和歷時研究要
相互參證，但要注意不要將兩者混淆。

　　四、要探究一個一個的現象本身，即要研究每一個現象本身的價值，但不
能僅止於此，還要研究現象之間的關係，即現象在關係中產生的價值。換一句
話說，不要只看到孤立的現象，還要看到現象之間的聯繫。

〔註12〕趙誠，〈語言記號性問題——試評索緒爾的語言記號學說〉，《探索集》，頁230。

五、在研究上古漢語時，雖然不要被已有的語言理論所束縛，但一定要參照並吸收已有理論的合理部分，並用上古漢語現實來檢驗已有的理論。

六、在研究中不僅要參考並吸收已有的語言理論，還要參考並吸取先進的哲學思想。這一點，對於研究具體語言現象十分重要。

從趙誠的著作可以看出，他對於方光燾的建議是十分重視的。也因為如此，他和一般只專注於字形或古音的學者不同，亦和僅以傳統小學進行古文字研究的學者有異，進而發現了許多問題，在編列學術史的同時能兼顧其客觀性，在理論建設上能更加完善。這也使得趙誠在進行古文字學術研究上，即不會囿於傳統小學的研究方法，也不會一味將西方理論套用在其中。同時，兼顧上古漢語與古文字之間的特性，更是深化古文字學領域的內涵。

除此之外，趙誠真正投入金文學領域，在〈史伯碩父鼎曆日試說〉一文的結尾進行交代：

> 20 世紀 60 年代初，由於魏建功先生之推薦和聘請，陸宗達先生到北京大學中文系講授《說文解字》，要我做一些服務工作，和陸先生接觸機會較多，不僅可以經常請教，還可在聊天時提出一些學術問題求解，得到了不少富有啟發性的指導，聽到了一些寓意深刻的經驗之談，雖不著文字，確終生受益。這裡先講其中一點，陸先生所講的大意是：訓詁學所研究的訓詁博大精深，所謂博大：（1）訓詁以研究詞義為主，是基礎，但不是唯一，還要考察各種類型詞語的實際用義。（2）研究訓詁的重點研究文字、音韻，但不能限於此，應該逐步進入到相關學科之中。（3）要尊重師說，但不能固守，要創新，要發揚光大，重要的一個地方就是要博採眾家之長。就是在那個時候，我於寫作《中國古代韻書》的同時，開始了金文研究，並隨著研究的需要，漸漸地但確實是有意的接觸並進入有關的學科，開闊了眼界，實有助於研究的開拓和深入。〔註13〕

以上看來，趙誠於方光燾的指導初步建立了研究方向以及上古漢語之研究方法，與陸宗達的對談透過訓詁學、音韻學、《說文》學逐步「逐漸」且「有意」地進入金文學以及「相關領域」，可說是其學術生涯中兩大重要里程碑。

〔註13〕趙誠，〈史伯碩父鼎曆日說〉，《探索集》，頁307。

第四節　趙誠金文相關書目介紹

以下介紹趙誠與金文有關的主要書目：

相較於甲骨學，趙誠針對金文的相關著作較少。但甲金文關係密切，因此除了《二十世紀金文研究述要》這部金文學術斷代史的專著之外，以及收錄金文相關單篇的論文集《古代文字聲韻論文集》、《探索集》之外，也將《甲骨文字學綱要》以及《甲骨簡明詞典——卜辭分類讀本》納入。以便連貫趙誠治學理念。

一、《二十世紀金文研究述要》

為《二十世紀中國語言學叢書》系列著作之一，可以說是對於金文斷代學術史的專著。雖以「二十世紀」為名，但也不忘宋清前人所打下的基礎。對於近代學術時代劃分來說，以不同年代作為界，同時也不拘泥，能夠以更彈性的方式給讀者看到金文學術史的概況。

《二十世紀金文研究述要》為本文重點研究之一，此節僅簡單作出介紹，在之後章節再進行重點介紹。

二、《探索集》

這是趙誠在 2011 年出版的論文集。趙誠於前言的部分，認為這本論文集所收錄的文章「篇數不多，字數卻不少」，「不作為《古代文字聲韻論文集》的續集」。兼之許多文章「大多有『探索』字樣，大體上可以感到，所收各文多為探索性質」，故特稱為「探索集」。

在這部論文集當中，〈西周金文構形系統二重性探索〉、〈西周金文構形系統二重性續探〉、〈西周金文構形系統二重性再探〉提出了趙誠對於金文構形系統的看法，是極為重要的單篇文章。除此之外，還有〈晚清金文研究〉，屬金文學術史的單篇論文、〈金文詞義探索〉（一、二）、〈甲骨文至戰國金文「用」的變化〉、十四篇關於金文單字的詞義解釋，以及屬於「綜合研究」的〈郘鐘新解〉。由於有大量篇幅和金文有關，故對於趙誠金文學研究來說，是僅次於《二十世紀金文研究述要》最重要的書目。

《探索集》的十四條金文詞義探索，是趙誠於前言所提到的《金文實用詞典》所做出的準備。而《金文實用詞典》雖然尚未出版，從相關文章體例來看，

和《甲骨文簡明詞典》有諸多相似之處。因此這本「詞典式讀本」或「讀本式詞典」，是《金文實用詞典》體例的重要參考。雖然以單篇的形式呈現，卻是針對金文詞義解釋的「探索」，以詞性、字用、文化等多方面角度切入，並以銘文輔助論述，和陳初生《金文常用字典》、戴家祥主編，馬承源副主編《金文大字典》不太相同，對於初學者更容易理解。

三、《古代文字音韻論文集》

收錄〈利簋銘文通釋〉、〈牆盤銘文補釋〉、〈中山壺、中山鼎銘文試釋〉三篇金文相關文章。雖然和《探索集》相比數量較少，卻是趙誠金文銘文釋讀的重要著作，和後期建立文字理論有重要的關係。除此之外，其他非專屬金文的文章也有引用金文材料佐證，這些文章也是不可忽略的一部分。

四、其他著作

除了以上三部專書以及論文集之外，另外對於趙誠金文學研究有相當重要意義之書籍尚有《中國古代韻書》、《甲骨文字學綱要》以及《甲骨文簡明詞典——卜辭分類讀本》。《中國古代韻書》為趙誠整理學術史的開端，如〈緒論〉所提，在趙誠編撰該書之後，開始進行金文研究，故此書可以作為趙誠學術史編寫的理念。

《甲骨文字學綱要》以及《甲骨文簡明詞典》雖然以甲骨文為主，卻也有大量引用青銅器銘文。在若干理論的部分，一脈相傳，因此在掌握趙氏金文學的同時，無法略過此兩部作品。

《甲骨文字學綱要》以甲骨文為核心，但所建立的文字理論多引用金文佐證。因此要明白趙誠對於古文字理論，得對於《甲骨文字學綱要》有一定程度的理解。如趙誠所說：

> 希望本書的研究成果，對於彌補漢字斷代的研究之不足，加深漢字歷史的研究，促進《金文文字學》、《戰國文字學》等斷代文字學的編寫，加深漢字理論方面的探索，豐富中國文字的內容，能產生一定程度的作用。〔註14〕

〔註14〕趙誠，《甲骨文字學綱要》，序頁2。

　　因此，雖然名為「甲骨文字學」綱要，但真正要落實的其實是趙誠的「漢字文字學」理論。雖然所使用的材料以甲骨文為主，金文以及少數的其他古文字為輔，依然保有了極其重要的學術地位，並且可透過對此書的理解，進一步理解趙誠金文學的治學理念。

　　以上針對趙誠生平與學術理念、階段做出初步的整理，以便在深入探討其金文學研究時更便於敘述。綜合而論，趙誠學術的成就在幾個地方，即甲骨文字學、金文學、《說文》學、文字理論以及古音韻學。其中甲骨文字學的著作最眾，但那並非全是獨立著作（例如《殷墟卜辭類纂》、《甲骨文字詁林》），或非純學術作品（例如《甲骨文與商代文化》）。金文學的部分，則均為獨立創作，特別在於金文學術史的編列以及文字理論的建設上。

　　因此，就碩士學位論文撰寫的過程中，能夠將趙誠之金文學著作細度，再合以甲骨學以及其他古文字學的一些觀點，較能在學習過程中有所斬獲。要全面性地討論並不容易達成，然而，但求將趙誠著作內容打散，並重新整併，能在一定程度上展現二十世紀以前，二十世紀以後，以及趙誠本人金文學之學術研究成果，這也是本學位論文之目標與初衷。

第三章　趙誠金文學術史研究（上）[註1]

第一節　《二十世紀中國語言學叢書》

　　《二十世紀中國語言學叢書》是一系列由相關編輯委員會編輯的一套語言學書目。其中作品包括了許威漢的《二十世紀的漢語詞彙學》、陳昌來的《二十世紀的漢語語法學》、袁暉的《二十世紀的漢語修辭學》。在《二十世紀中國語言學叢書》編輯委員會看法中，20世紀是一個重要的時期，從經濟、科學到藝術都達到了空前的發展。在語言學的方面，也有了蓬勃的發展。

　　趙誠在《二十世紀中國語言學叢書》中負責《二十世紀金文研究述要》、《二十世紀甲骨文研究述要》（上、下冊）兩套書。以其獨特且敏銳的學術觀，整理了第一部完整的金文學術史著作。《二十世紀中國語言學叢書》編輯委員會表示這套叢書畢竟是個人著作，只能是作者的一家之言，從《二十世紀金文研究述要》我們也可以看出趙誠並不受其他系列書籍的限制，達到了開啟先河的作用。

[註1]　本章宋、清兩代之趙誠金文學研究部分內容，曾以〈趙誠金文學研究——宋清兩代部分〉為題，於2018年「東海大學文史哲研究生論文發表會」宣讀，改寫後納入。

第二節　《二十世紀金文研究述要》體例與宋以前金文著錄重點

一、《二十世紀金文研究述要》體例

　　《二十世紀金文研究述要》一書是第一部金文學術史的專著。以往對於金文的學習，讀者往往只能從青銅器、拓片、摹本等一手材料入手，或從文字學、青銅器理論書得到部分的知識。《二十世紀金文研究述要》的成書，自然幫助了讀者在金文上的學習，也幫助學者在研究上的參照。因此 2003 年以來，有關金文學術討論多有引用此書。其中包括了不少專書與學位論文。

　　雖然配合《二十世紀中國語言學叢書》，書名也有了「二十世紀」的字樣。但趙誠本身非常清楚金文學術史是一門古老的學問，和近代才大量出土的甲骨文不太相同。因此表示：

> 20 世紀的金文漢字研究，應該只簡述 1901 年至 2000 年學術界關於
> 金文研究的概況。但是，學術發展的階段和時間的劃分並不同步，
> 所以不能一刀切斷。而為了讀者能從歷史發展的角度更好地認識 20
> 世紀研究的現狀，又必須扼要地介紹 20 世紀以前的研究重點。所以
> 本書的上限並不限定在 1901 年。〔註2〕

　　因此，趙誠將金文研究發展較大的宋代和清代納入章節，以便為理解 20 世紀的金文學術研究立下基礎。進入民國以後，趙誠也不是死板地將各類學術成就以年代劃分。反而，以相當大的彈性去處理這些一個接一個階段的成果。舉例來說，他在第三章〈20 世紀 30 年代前後的金文研究〉上提到：

> 20 世紀，一般來說當從 1901 年算起。但是，1901 年至 1911 年尚屬
> 清代，則 20 世紀的金文研究也包括清末學者的論著。這一部分內容
> 與清人的研究緊相聯繫，不宜割裂。〔註3〕

　　清代學術極盛。到了晚清政治上受到了很大的挑戰，但在學術上仍然不斷出現正向的成果。而這些學術成就，也給民國時期的金文學帶來了很大的影響。本學位論文後續將論及幾名跨越清末民初的前輩學人，從他們的成就可見

〔註2〕趙誠，《二十世紀金文研究述要》（太原：書海出版社，2003），總序頁 1。
〔註3〕趙誠，《二十世紀金文研究述要》，頁 80。

清末與民初不能截然二分，更不可完全按照年份劃下分水嶺，否則容易自我限縮，無法捕捉到金文學史的延續性。

除此之外，他在第五章〈20世紀70年代前後的金文研究〉上如是說：

> 這裡所講的70年代前後，實際上主要是指60年代和70年代，一般來說時1961年到1980年這一段時間。由於學術研究它自己特有連續性和延承性，所以在某些特殊情況下也牽涉到1960年和1981年，也許還會更糟或更遲一些。同理，為了照顧學術研究在某些問題討論上的完整性，也可能將某些或某個問題在這一段時間末已開始的討論放到下一個時期再略述。總而言之，學術研究中某一個時段的起訖，與一般意義上歲月的起訖的時間點知識大體相當，而不會完全同步。〔註4〕

以上三段章節的引文可以看出，趙誠在以時代劃分的各章節安排上，並不會拘泥於年份。反而更靈活處理在各個時代佔有重要地位的材料，使得讀者在閱讀過程或著作運用上更具彈性。不至於鎖在呆板的框架中。這也彰顯出趙誠在面對材料和學術斷代時，展現其具有彈性的一面。也因為趙誠對於資料的整理方法，本文在打散並重整趙誠金文學術史的部分，顯得更為簡易。

二、宋以前金文學著錄重點

青銅器自夏代以來便存在，有字的青銅器在商器也有不少例子。然而趙著《二十世紀金文研究述要》著重點在於學者對於金文的學術成果，並不針對青銅器進行深入的介紹。對比劉正《金文學術史》，四個篇章當中只有第四篇十四章的內容和金文的學術有關。相反的，趙誠在書中第一章第一節便單刀直入談起〈宋以前的狀況〉。其原因在於趙著重點放在金文學術的核心，而劉著有介紹整體青銅器概況的目標。兩位學者撰寫著作的著重點不同，書上的內容當然也不會一樣。

所謂「宋以前的狀況」，除了提及商周以來所創造的青銅器，接下來的重點都和漢代的研究有關。關於漢代出土器的記載，趙著所引的傳世文獻不外乎《說文解字·敘》（「郡國亦往往於山川得鼎彝」）、《漢書·武帝紀》（漢武帝

〔註4〕趙誠，《二十世紀金文研究述要》，頁201。

元鼎元年「得鼎汾水上」)、《漢書・郊祀志》(宣帝「美陽得鼎」)、《後漢書・明帝紀》(東漢和帝永平六年「王雒山出寶鼎」)。除此之外,也有漢代至唐代的出土記載,如《漢書・郊祀志下》的記載。在這一個部分,趙誠肯定了張敞對於銘文的釋讀,特別是「賜爾旂鸞黼黻雕戈」、「拜手稽首」、「敢對揚天子丕顯休命」,和現在所見銘文基本相同,「可證張敞當時確已認識這二十多個金文」。〔註5〕

對於「宋以前」,趙著所提到的內容只有兩頁,總結來說除了肯定張敞釋讀上的貢獻之外,基本上只有羅列幾條傳世文獻。劉正《金文學術史》則介紹〈兩漢時期的金文學〉,還有〈魏晉南北朝時期的金文學〉、〈隋唐時期的金文學〉,然後才到〈兩宋時期的金文學〉,當然如前章所提,兩者金文學術史取向不同,劉正之金文學術史包含了墨拓技術、收藏概況等,而趙誠更重視於金文本身以及材料的來源。關於宋代,劉氏在〈兩宋時期的金文學〉如此說:

> 宋代是古器物學的鼎盛時期,也是金文學術研究的第一個高峰。其實,研究金文學術研究史,真正構成學術史意義的也無非是宋、清兩代而已。把握了這兩個朝代的金文學術研究史,其他朝代的,幾乎就無足輕重了。因此,身為清代金文研究之巨匠的阮元,也在書中評價宋代是「士大夫家有其器,人識其文,閱三、四千年而道大顯矣。〔註6〕

在傳世金文學發展當中,以宋朝、清朝為貢獻較大的朝代。趙誠為了鋪敘進入 20 世紀的金文研究,安排了宋代和清代各一章節,在方法學上是值得肯定的。他在〈宋代的金文著錄〉中提到了皇室的推動力之重要性,並舉例唐初的佛教、道教相當盛行,尤其是佛教優勢更大,是的寺廟經濟膨脹,佛經翻譯較為完備,佛教流派也逐漸形成,〔註7〕這也是下一節將提到的皇室的推動力。

第三節　趙誠的宋代金文學研究

劉正在〈兩宋時期的金文學〉交代了〈殷周青銅器〉的出土與收藏。表示「兩宋時期是中國古代學術史上的金文學真正走向科學化和系統化的時代,也

〔註5〕趙誠,《二十世紀金文研究述要》,頁 2。
〔註6〕劉正,《金文學術史》(上海:上海書店出版社,2014),頁 392。
〔註7〕趙誠,《二十世紀金文研究述要》,頁 3。

是古代金文學術史上第一個高峰期。」〔註8〕

一、皇室的推動力

　　趙誠說：「任何一個王朝，對某一種現象，只要有皇權的提倡，崇尚，就會有相當的發展。」〔註9〕

　　這是趙誠對於宋代金文學之所以可以順利推動的看法。其相關證據來源是葉夢得的《石林避暑錄話》中所提到的「宣和間內府古器」。這種現象和佛經傳入、漢文帝提倡節約、漢武帝獨尊儒術是相似的。在皇室的推崇下，青銅器大量出土，也有了正反兩面的效應：一者青銅器容易遭到破壞或流失，一者「激發了一些有識之士對銅器銘文進行搜集、著錄、研究，促進了金石學的形成和發展。」〔註10〕

　　基於皇室的重視，也影響了金文著錄、釋讀與考證，給宋代的金文學帶來了正向的發展。

二、金文著錄

　　趙誠指出，青銅器的「搜集、收藏、著錄銘文並不始於北宋宣和年間，但卻盛於玄鶴年間以及南宋時期。」〔註11〕而論銅器著錄的第一人，非編寫《先秦古器記》的劉敞莫屬，即所謂「禮家明其制度，小學正其文字，譜牒次其世諡」〔註12〕。陳芳妹於《青銅器與宋代文化》指出：

> 通常不只為自己親自到出土地獲得材料刊刻立石，且將款識文本的文字構形，一一摹給好友歐陽修。不只使得先秦文獻古器物款識，得以從形制、紋飾、款式所組合而成的整體視覺形象中，獨立且傳播開來，而使沒有器物的人，也能夠分享，且使得此視覺原型摹刻本，不再由君臣關係的狹隘身分所壟斷，而是進入士大夫群的友誼圈中，作為「禮物」。〔註13〕

〔註8〕劉正，《金文學術史》，頁392。
〔註9〕趙誠，《二十世紀金文研究述要》，頁3。
〔註10〕趙誠，《二十世紀金文研究述要》，頁3。
〔註11〕趙誠，《二十世紀金文研究述要》，頁4。
〔註12〕劉敞，《先秦古器記》（已佚）
〔註13〕陳芳妹，《青銅器與宋代文化史》（臺北：臺大出版中心，2016），頁160。

　　《先秦古器記》在研究過程中以古文字來訂正傳世文獻中的隸書、楷書，即所謂以地下材料來證地上材料，為後代的古文字學家樹立了很好的典範。除了《先秦古器記》，宋代也有相當大量的著錄專書。然而大部分已經散佚。其中最重要的著錄包括了呂大臨的《考古圖》、宋徽宗敕撰《宣和博古圖》、薛尚功《歷代鐘鼎彝器識法帖》、王俅《嘯堂集古祿》等。這些專書，有不少是後來已經散佚的青銅器，遇到這種情形，其摹本更顯得可貴。其中的例子包括了《考古圖》的〈秦公鋪〉（《考古圖》稱之〈秦銘勛鐘〉）。其中薛書不但收錄歐陽修以及劉敞二人於青銅器繪本的交流，同時遵循著歐陽修「原甫藏期器，予錄其文」〔註14〕的精神，以藏款識摹本為主，脫離了「器物學」的處理模式。這對於金文研究來說，無非是一種進展。

　　陳芳妹紀錄薛尚功四大新典範：其一、強調摹本記錄文字原始構形，忠於原作的重要性。這種紀錄臨摹的真蹟，使得當下不能釋讀的部分，仍因摹錄忠實，保留原貌，而可留待有識之士；其二、多元釋讀並讀的重要性；其三，建立先秦銅器款識與古碑互為銜接的時間脈絡及視野。將先秦銅器的款識，放入收藏已久的秦漢到唐的碑文系統當中，使不同材質包括「金」及「石」等不同的媒介的珍貴資料，在撰寫傳拓中透過共同的質材……使在時序上，形成前後連續的歷史脈絡；其四、建立金文學。從士大夫收藏青銅器的「玩物」，轉換為「嗜古」、「集古」開啟學術風氣。〔註15〕

　　以下以圖表整理宋代金文著錄所列出的 20 種青銅器。

青銅器	著錄〔註16〕	字數	價　　值
〈秦公鎛〉	《考古圖》	135	春秋秦國器，字數之多至今少見。「十又二公」對春秋和秦國史來說相當重要。
〈叔尸鐘〉	《薛氏》、《博古》、《嘯堂》	490〔註17〕	春秋齊國器，從鑄造水平看出周平王東遷之後西周王室逐漸衰微，諸侯國強勢的現象。

〔註14〕〔宋〕歐陽修，《集古錄・跋尾》，卷 1，《歐陽文忠公集》，卷 134，頁 13。

〔註15〕陳芳妹，《青銅器與宋代文化史》，頁 162。

〔註16〕以上青銅器節有收錄於《殷周金文集成》，故表中不再復述。

〔註17〕〈叔尸鐘〉在《殷周金文集成》共收 13 器，不同編號之字數不太相同。舉例而言編號 272 號共 84 字，273 號共 76 字，編號 274 號共 67 字。前七枚為全文，共 490 多字，另外六枚不能合成一文。

〈叔尸鎛〉	《博古》、《薛氏》、《嘯堂》	480	證明叔尸僅僅是齊靈公的臣下（齊國之卿），卻有龐大的勢力。
〈楚公逆鐘〉	《薛氏》、《嘯堂》	39	西周晚期楚國銅器，行款字型別具特色，特別受到學者重視。
〈越王者旨於賜鐘〉	《薛氏》、《博古》	52	戰國越國銅器，銘文有鳥蟲書，銘文中的「戉（越）王者（諸）旨（稽）於賜」可以對應《史記・越王勾踐世家》的「勾踐卒，子王鼫與立」，鼫與即於賜，是以長安用字記載吳越方言，是研究上古音非常重要的材料。
〈中方鼎〉〔註18〕	《金石祿》、《博古》、《薛氏》、《嘯堂》	57	為西周早期器，銘文末尾用數字組成的八卦符號，有學者認為是一種族徽，尚有爭論。
〈中方鼎〉〔註19〕	《博古》、《薛氏》、《嘯堂》	39	西周早期器，銘文中有「王令（命）南宮伐反虎（？）方之年」，能夠與昭王南征相呼應。
〈瑪叔鼎〉	《薛氏》、《複齋》	19	西周早期器，銘文「從王南征」可能與昭王南征有關。
〈微栾鼎〉	《薛氏》、《續考》	63	西周中期器，銘文「用易康勵魯休」中的「易」所標示的詞義較有特色，可用來研究西周漢語以及其詞義系統。
〈晋姜鼎〉	《考古圖》、《博古》	121	春秋早期晉國器，銘文記載了傳世文獻未見的重要晉國歷史。
〈牧簋〉	《考古圖》、《薛氏》	222	為西周中期器，是成書所見文字最多的簋銘。呈現了西周朝臣不按照先王所規定的法規，對庶民施暴，表明了西周走向衰敗的現象。
〈師訇簋〉	《薛氏》	213	為西周中期器，是成書所見僅次於〈牧簋〉字數最多的簋銘。記載周王哀嘆上天憤怒，降喪亂於周邦，可與〈牧簋〉相互對照。
〈師獸簋〉	《博古》、《薛氏》、《嘯堂》	112	為西周晚期器，銘文記載了當時社會以及其制度的某些現象，如「西扁東扁」，有利於研究當時語言。
〈鄬獸簋〉	《考古圖》、《薛氏》	106	為西周晚期器，銘文記載了當時社會、制度、用詞表義的一些現實，如「五邑祝」，有利於對西周歷史、社會、語文的了解和研究。

〔註18〕兩器皆名為〈中方鼎〉，此器於《殷周金文集成》編號為2785。

〔註19〕兩器皆名為〈中方鼎〉，此器於《殷周金文集成》編號為2751。

〈戴簋〉	《考古圖》、《薛氏》、《嘯堂》	72	為西周中期器，銘文記載一些當時的現實，如「楚走馬」。
〈曶盨〉	《考古圖》、《薛氏》	154	為西周晚期器，是成書能見到文字最多的盨銘。可透過其記載內容反推當時國人因官吏不遵法度，放縱作亂的行為危害著西周，屬重要史料。
〈穌卣〉	《博古》、《薛氏》、《複齋》、《嘯堂》	42	為西周中期器，銘文所記載的師雄父之「雄」雖然構形上與「淮」相同，但卻通「雝」，屬於「庸」的異體字。這提供了一個後人認識西周文字的研究現象。
〈伯克壺〉	《考古圖》、《博古》、《薛氏》	58	為西周晚期器。銘文中「隹十又六年七月即生霸乙未」具備了西周年月曆日四種要素，對於斷代分期有非常重要的研究價值，特別是具備四種要素的青銅器在成書時僅有 50 件左右。
〈師艅尊〉	《考古圖》、《博古》、《薛氏》、《嘯堂》	32	為西周早期器，也有學者認為是中期器，銘文中「王女上侯」的「女」讀若「如」，有傳世文獻輔助，可以看出漢字演化和使用的情況。
〈伯戈〉	《考古圖》、《薛氏》	34	為春秋邛國器，然學者各持己見，目前尚無定論。

　　趙誠坦言，所列舉的 20 器不到宋代著錄的百分之四，[註20] 由此可見趙氏更為重視的是這些青銅器在當代的研究價值。同時也打破了學界只看到摹本而不見青銅器，就不重視的態度。畢竟青銅器銘文本身，才是研究古文字學的「第一手材料」，摹本經人手處理，即便再細緻也不可能完全精確。因此，若非遇到青銅器損壞、尚未出土，或遺失的情況，宜將青銅器本身列為優先的研究材料。

三、宋代的金文釋讀與考證

　　趙誠將宋代金文釋讀與考證分為五大類：與《說文》對照、金文構形與小篆小異、偏旁分析、從傳世文獻求證以及《考古圖釋文》。

　　以《說文》為對照，雖然不是金文考釋最好的方式，但在宋代已經是難能可貴的資源了。宋人透過《說文》所收錄的古文字去對比金文，解決了 400 多個金文文字閱讀的問題。這當中雖然難免會有問題，但趙誠的態度是相當寬容

［註20］趙誠，《二十世紀金文研究述要》，頁 16。

的。例如〈國差瞻〉的「卑（俾）旨卑（俾）瀞」的「卑」（）構形上仍是一個未知。如果按照《說文·大部》，意思是：「賤也；執事也。从大、甲」，這顯然只解決了詞義的用法，並沒辦法解決構形系統的問題。初版《金文編》容庚曾徵引《說文》解釋、朱駿聲《說文通訓定聲》註解，以及《廣雅·釋器》的解釋。但後來容庚意識到如此解釋不符合構形之意，在後續的版本就刪掉了，這點被趙誠所肯定。作為小節，宋人透過運用《說文》來通讀金文，交出了相當亮眼的成績。即便有些錯誤，但任何時代的學術研究都不可能完整無缺。

說到金文構形與小篆之「小異」，是宋人注意到「有筆畫省於小篆」的現象。而這種情況可以理解成小篆是相對金文更穩定的字形，例如在金文中寫作「隹」的字，小篆寫作「惟」〔註21〕；金文的「立」，等於小篆的「位」。其次，則是「筆畫多餘小篆」的現象，這些情況大致上發生在金文的偏旁在小篆被省略，例如「邁」改作「萬」。接下來則是「或左右正反上下不同」，這些字屬於合成字的位置更換。最後是稍微複雜的「有同是一器同史一字而筆畫多寡、偏旁位置上下不一者」，這帶向了「古字未必同文」、「古文筆畫非小篆所能蓋」。宋人看到金文與小篆之間的「小異」，因此在考釋上多了一些成就，但趙誠認為他們沒有因此很仔細地去考察這種「小異」所反映的真實構形。〔註22〕

偏旁分析是金文學術史上初創階段的里程碑，有先驅性的成就，也難免有些失誤。而考釋方法的差異，也成就了水平的高下之分。趙誠總結，「宋人偏旁分析不當的字並非均是容易分析之字。」〔註23〕

從傳世文獻中求證，是一門具科學性的研究方法。也是王國維所推崇的「二重證據法」。在宋代，如呂大臨已經有能力透過傳世文獻的某字推測為金文的某字，並加以隸定。因此，學界在看待王國維那樣的一代學人時，除了其具先驅性的研究方法上，也需掌握王氏對傳世研究方法的掌握。

呂大臨的《考古圖釋文》幫助宋人處理專書上只有釋文或隸定，卻極少考證的問題，除此也因為過度依賴對照《說文》，令讀者不明白所編列的目的和用

〔註21〕在傳世文獻也可看到虛詞「隹」的多種寫法，例如《金文編》註：「隹，《說文》：『鳥之短尾總名也，象形。』段玉裁云：『按經傳多用為發語之詞。』《毛經》皆作「維」，《尚書》多用「惟」，今文《尚書》節作維，金文孳乳為「唯」、為「惟」、為「維」。」

〔註22〕趙誠，《二十世紀金文研究述要》，頁16。

〔註23〕趙誠，《二十世紀金文研究述要》，頁24。

意。呂書於〈序〉說：

> 凡與《說文》同者訓以隸字及加反切。其不同者略以類例文義解於
> 下。所從部居可別而音讀無傳者，各隨所部收之，以備考證。〔註24〕

《考古圖釋文》全數按照聲韻排列，分上平聲、下平聲、上聲、去聲、入聲。書中按照分聲調後，再按照韻部將考釋出來的字先列楷書，再列反切，再列出金文。大多一字列一形，或二形，少數則是一字列三形，或四形，最多的甚至有十二、十三、甚至十五形。趙誠善於編列韻書，其中《中國古代韻書》便是其首部專著。因此羅列了一系列受《考古圖》影響的相關字數。甚至直接影響到了後來的《金文編》，比起將金文作為《說文》古籀文補充的治學理念更進一步。

在正編以後，《考古圖釋文》有〈疑字〉、〈象形〉、〈無所從〉三個部分。〈疑字〉有43字，即作者認為不能確實考釋的文字，這一點類似容庚《金文編》的〈附錄下〉；〈象形〉列出的是圖畫意味濃厚的字形，至於算不算是文字。有待商確（待查資料）；〈無所從〉的部分則列出了20個字形，這些文字並非完全無法理解，但因為無法按照部首歸類，只能歸類為「無所從」。

整體來說，宋代開啟了金文學術研究的先鋒，讓後代學者能夠在這個基礎上進行更深入的探討。如陳芳妹於《青銅器與宋代文化史》所說：

> ……復古銅器與「金學」已成為宋代儒學再興的具體藝術形象和學
> 術成果，其與哲學上的新儒學及文學上的古文運動，皆已內化成為
> 宋代復古思潮中不可缺的要角。〔註25〕

宋代金文學可以說是這門學科的一個重要開展階段。因此即便因時代關係有所侷限，卻也是歷代古文字學家學習或研究的重要對象。其中的學者就包括了王國維於1914年編制的《宋代金文著錄表》；1928年容庚在此基礎上重編，以同書名命之；以及近人張亞初所編織的《宋代所見金文著錄表》；劉昭瑞《宋代著錄商周青銅器銘文箋徵》。

故追朔先人在古文字學的成就，必須明白宋代研究成果的種種優劣，以便理解下一個重要研究階段：清代。

〔註24〕〔宋〕呂大臨，《考古圖釋文》，《文津四庫全書第二七七冊・子部》，（北京：商務印書館，2005），頁344。
〔註25〕陳芳妹，《青銅器與宋代文化史》，頁52。

第四節　清代金文學研究

　　趙著於清代金文研究主要在於第二章第四節。另外《探索集》73 至 85 頁收錄〈晚清的金文研究〉一文。前段對於清初著錄進行一番總結，後段談及研究方法以後內容基本上相似，唯《探索集》定稿的文字多了一些晚清學者研究成果的總結。本文依然以《二十世紀金文研究述要》內容為主，這篇文章曾在1998 年國立中山大學《第二屆國際清代學術研討會論文集》以及 2002 年《古漢語期刊》發表，收錄於《探索集》的〈晚清的金文研究〉則作為輔助。

　　趙誠對於宋代和清代之間的金文學以「元、明兩代未見金文著錄與考釋的專書，所以略而不談」〔註26〕說明。但劉正《金文學術研究史》針對〈民間收藏〉、〈傳拓技術〉進行討論。趙著重點在於二十世紀以後的金文學術研究，對於清末、民國以前的討論方式是可以理解的。

　　清代的學術可以說是中國史上一個全盛時期。清儒由經學、史學、子學、校勘學而小學，有大量的學術成就。其中《說文》學便有了以《說文》四大家：段玉裁《說文解字注》、朱駿聲《說文通訓定聲》、桂馥《說文解字義證》、王筠《說文句讀》為首的學者，以及後續針對《說文》文獻學進行研究。

　　這樣的情況，趙誠形容為「清代的說文學在乾嘉時期發展到了巔峰，《說文》被視為經典，奉為圭臬」〔註27〕。然而以《說文》作為金文的研究材料，在宋代已經開始。清初時期的古文字學者（特別是《說文》學專家）依然免不了以《說文》進行「形、音、義單獨考證，更遑論專題研究。」〔註28〕

　　其中，吳大澂的《說文古籀補》即是一個過度依賴《說文》的例子。將金文以及璽印、銅幣等文字作為《說文》古文、籀文的補正。然而王筠卻看出了《說文解字》與地下材料之間的關係，在《說文句讀》明確指出：「毋視《說文》也。為完書」〔註29〕正如顧頡剛所說的「據銅器文字以補《說文》的缺疑，其中訂正許慎的地方真不少，從此《說文解字》在文字學的權威開始動搖。」〔註30〕有了這樣的意識，自然將金文學術推向一個更具科學性的研究盛況，也為民國

〔註26〕趙誠，《二十世紀金文研究述要》，頁 30。
〔註27〕趙誠，《二十世紀金文研究述要》，頁 30。
〔註28〕趙誠，《二十世紀金文研究述要》，頁 30。
〔註29〕〔東漢〕許慎著，〔清〕王筠註，《說文句讀》（北京：中華書局，1998）卷 29，頁 11。
〔註30〕顧頡剛，《當代中國史學》（香港：勝利出版社，2002），頁 23。

以來的金文學研究提供了更明確的方向。

　　談到整個清代金文學的研究，就不得不提及一個重要的現象，即清初《乾隆四鑒》開啟了清代金文學的輝煌發展，銜接了清代以前，特別是宋代的學者的成就，到清代末年的研究成果。晚清雖然在政治上並不穩定，但在學術史上卻扮演者極其重要的角色，本節希望透過整理趙誠的清代金文學的撰寫，刻畫出這兩點關鍵的所在。

一、清代金文著錄

　　金文著錄是歷代金文學術研究史重要的材料。其中最具代表性的就是《乾隆四鑒》，即：《西清古鑒》、《寧壽鑒古》、《西清續鑒甲編》、《西清續鑒乙編》。《乾隆四鑒》共收錄 4074 器，有銘文的有 1179 器，包括了偽器 316 件，疑偽 81 件。

《乾隆四鑒》書目	簡稱	卷數	體　例	器　件
《西清古鑒》	《西清》	40	梁詩正等人摹仿《宣和博古圖》，先列器目，再列出器圖，附上銘文與考釋	1529（586 器有銘文）
《寧壽鑒古》	《寧壽》	16	未知	701（144 器有銘文）
《西清續鑒甲編》	《西甲》	20	王傑等人編撰	944（257 件有銘文）
《西清續鑒乙編》	《西乙》	20	王傑等人編撰	900（192 件有銘文）

　　趙誠指出，《乾隆四鑒》另一個重要的學術價值，就是「帶動了對於青銅器的著錄和研究。」[註31] 趙誠列出了 16 件個人著錄與成果，以下列表呈現：

著　錄	作者／編者	卷數	器件	特　色
《十六長樂堂古器款識考》	錢坫著	4	49	有若干字刻本，寫在刻印之前。商周器 22 件。
《積古齋鐘鼎彝器款識》	阮元編	10	550	自刻本。銘文加以釋文，結合經世略考證，商周器 446 件。
《懷米山房吉金圖》	曹載奎輯	2	60	自刻石本，商周器 54 件。
《長安獲古編》	劉喜海輯	2	223（可能）	未完稿，僅有繪圖、摹銘，無解說。
《兩罍軒彝圖釋》	吳雲著	12	110	自刻本，商周器 70 件。

〔註31〕趙誠，《二十世紀金文研究述要》，頁 32。

《攀古樓彝器識款》	潘祖蔭著	2	50	自刻本。不署器名，不分商、周，不作釋文，不記大小尺寸。
《桓軒所見所藏吉金錄》二冊	吳大澂著	—	136	自刻本。不分商、周，無大小尺寸，無考證。
《陶齋吉金錄》、《續錄》、〈補遺〉	端方著	8	447	石印本。原來收有359器，後來有《續錄》二卷，收80器，〈補遺〉8器。沒器不分商、周，銘文用拓片，無釋文。
《清愛堂家藏鐘鼎彝器款識法帖》	劉喜海著	1	35	考釋簡略，趙著無紀錄。
《筠清館金文》	吳榮光著	5	267	自刻本。商、周器239，銘文考釋錯誤較多。
《從古堂款識學》	劉同栢釋文男士燕樾錄	16	351	石印本，有考釋。其中對於〈毛公鼎〉的考釋是第一篇，具歷史意義。
《敬吾心室彝器款識》二冊	朱善旂輯	—	364	朱之溱石印本。其中蓋器有分而為二的算法，因此不足364件。
《攗古錄金文》	吳式芬	3	1334	每器都有釋文，有考證，但屬於未完稿，錯字甚多。
《愙齋集古錄》26冊，附《愙齋集古錄》剩稿2冊	吳大澂輯	—	1144	商、周器1048件。死前未定稿，有小誤。民國以後重新出版。
《奇觚室吉金文述》	劉心源著	20	2183	石印本。劉氏曾撰寫《古文審》8卷82器，趙誠認為相較之下以《文述》給讀者作參考更好。
《綴遺齋彝器款識考釋》	方濬益著	30	1382 〔註32〕	考釋翔實，並校正《積古》、《筠清》、《攗古》等數種錯誤，成就甚高。但作者去世前未完成，直到郭沫若《兩周金文辭圖錄考釋》完成後才看到全書。

　　趙誠善於將一個時代的作品羅列出來，儘管比例上有所爭議，但作者本人有信心已經羅列出具有代表性的著作包含在內。根據以上 16 種個人著作，王國維編寫了《國朝金文著錄表》6 卷；鮑鼎編成《國朝金文著錄表補遺和校勘記》3 卷；羅福頤編成了《三代秦漢金文著錄表》8 卷；容庚則有《秦漢金文錄》、《頌齋吉金圖錄》、《武英殿彝器圖錄》、《海外吉金圖錄》等。

〔註32〕趙誠，《二十世紀金文研究述要》，頁 34，作者註明為商周器。

青銅器	著　　錄	字數	價　　值
〈散氏盤〉	《積古》、《攈古》、《愙齋》、《奇觚》	350	關係到夨國和散國從原來的聯姻關係，但前者侵犯了散國的利益後，以割讓土地作為賠償。此器不僅僅關係到文字的考釋，也呈現了西周社會以及制度的情況。
〈毛公鼎〉	《從古》、《攈古》、《愙齋》、《奇觚》	497	字數為目前所見青銅器之最。銘文可看出西周當時已有亂象，但史書未見記載。文中賞賜品比起以往特別豐富，用字字數多而具多樣性。有非常高的研究價值。
〈曶鼎〉	《積古》、《攈古》、《愙齋》、《奇觚》	380	趙誠列七點說明〈曶鼎〉的價值：（1）銘文「奧衍難度」；（2）銘文可作西周銅器斷代及理解本銘文意的依據和參考；（3）紀錄了一馬一絲換五個奴隸，說明馬束絲在當時的價值；（4）紀錄了奴隸主在法律上的特權；（5）展現宣判後的當堂辦理手續；（6）紀錄當時法規不完全公開；（7）紀錄了飢荒年其中一方掠奪另一方的禾；（8）承接以上部分，說明這一官司審判有公開也有私了的不同結局。
〈小盂鼎〉	《攈古》、《綴遺》	400/390/290 可辨識	青銅器已經失傳，銘文較為模糊。主要內容為周初兩次征伐鬼方大勝而行周廟之禮，以及第一次抓到鬼方領袖的首領「罰」2 至 3 人以及所割下耳朵「馘」4812 枚，加上俘虜 13081 人以及其他戰利品。除此之外，銘文中所提到的官職也是研究周朝官制的重要文獻之一。
〈大盂鼎〉	《從古》、《恆軒》、《攈古》、《愙齋》、《綴遺》、《奇觚》	291	陳夢家點出〈大盂鼎〉的價值在於「是一篇長銘而在製造銘範時分塊施工」。趙誠根據銘文內容，進一步認為〈大盂鼎〉表現了周人的天命觀，更第一次明確表示要以文王的正德為榜樣效法。從賞賜品的部分來看，也得以知道周朝奴隸社會的性質和康王時期的發達。
〈大克鼎〉	《愙齋》、《綴遺》、《奇觚》	290	趙誠歸納五大論點：（1）西周晚期的〈大克鼎〉中的克文卒，師華父以淑善明哲之德輔佐恭王，比起早期周王以德治國又發展了一步；（2）銘文明確指出周王將土地分給了克，和文獻可以相互對證

			當時「普天之下，莫非王土」；（3）說明有些奴隸附屬於田地；（4）周人「先要養心，才能成德」意識形態的一大變化；（5）引楊樹達《積微居金文說》：「鐘鼎銘辭，以文體別之，可分為二事。一曰純乎記事者，一曰純乎記言者。」〔註33〕
〈師望鼎〉	《愙齋》	94	也是說明以德輔君，和〈大克鼎〉可以互證。
〈天亡簋〉	《從古》、《攈古》、《愙齋》、《奇觚》	77	趙誠認為是武王在位時期僅有的一器（學界一般將〈利簋〉也視作武王之器。雖然字數不算是特別多，但學界爭議很大，就連最基本的器主人唐蘭在《西周青銅器銘文分代史徵》和馬振源《商周青銅器銘文選》就有完全不同的看法。除了器主人，尚有不少待考問題，值得留意。
〈麥方尊〉	《西清》	167	銘文「雩若翌日，在辟雍，王乘舟為大豐（禮），和〈天亡簋〉的「王又（有）大豐（禮），王凡（泛）三方」有相似之處。說明乘舟和大禮有考釋空間，但如楊樹達《積微居金文說》所提到的「惜書闕有間，無由以載籍證明耳。」〔註34〕這些失傳的禮制或習俗，有很大的研究空間。
〈宗周鐘〉	《西清》	122	反映了周厲王遵循文武王善政，打敗了侵犯周國土的反子，收服了東夷南夷26國。和歷史記載的「行暴虐侈傲」（《史記·周本紀》不符合。
〈師𡩡簋〉	《筠清》、《攈古》、《愙齋》、《奇觚》、《敬吾》	117	補充了周厲王收服東夷南夷26國的後續動作，提到了周王將領袖斬首，俘虜了男子、婦女、牛羊、和金屬製品。同一事件的不同階段處理方式，能讓後人針對歷史事件得以用一個更立體的角度去觀看，歷史價值不言而喻。
〈虢季子白盤〉	《從古》、《攈古》、《愙齋》、《綴遺》、《奇觚》	111	說明除了東夷南夷，西北玁狁也有戰亂，西周大一統的霸業或許不如文獻所記載的。除此，「隹十又二年正月初吉丁亥」是年月日辰都完整的銅器之一，對於分期斷代有重要的價值。

〔註33〕楊樹達，《積微居金文說》（北京：中華書局，1997），頁45。
〔註34〕楊樹達，《積微居金文說》，頁235。

〈頌鼎〉	《西甲》、《積古》、《攈古》、《愙齋》、《奇觚》	151	學界因對西周社會結構瞭解不大，因此在銘文釋讀上有很大的分歧。其中最具代表性的就是 ![字] 字。有學者認為是租借之義，有著認為是商賈的賈，或價錢的價。
〈兮甲盤〉	《攈古》、《愙齋》、《綴遺》、《奇觚》	133	銘文中出現了 ![字] 字，讀作「市」，從銘文釋讀可以理解成交易的場所。此器說明西周晚期已經有了固定的市場貿易和稅收，對於西周經濟是重要的研究資料。
〈大簋蓋〉	《攈古》、《筠清》	108	反映周代的送禮現象，甚至寫進銘文記載，趙誠認為那是西周官員腐敗的現象。
〈蔡姞簋〉	《愙齋》、《奇觚》	50	此器為蔡侯之夫人姞為其皇兄所作的，是少見的婦女作器者。

二、清代的金文研究方法

趙誠將清代學人金文學術研究成果上拿來和宋人比較，即「清人的考證水平，有同於宋人者，也有高於宋人者。」〔註35〕而所謂「高於宋人者」，則主要是晚清的學者。對此，趙誠曾於 1998 年於國立中山大學發表〈晚清金文研究〉〔註36〕，該篇文章雖然和本章〈清代的金文研究〉略有相似之處，但重點在接上晚清至民國的研究成果，故雖大同仍有小異。

趙誠也將清代的金文學術研究方法分為對照法、推勘法、對照和推勘的關係、金文與典籍互證、偏旁分析‧歷史考證‧對立考察、《說文古籀補》、分段‧句讀、斷代‧聯繫。而這樣的分節似乎有重疊的地方，特別是《說文古籀補》屬於個人著作，且對照法、推勘法、偏旁分析法和歷史考證法是來自於唐蘭《古文字學導論》的分析法，〔註37〕如果單純直接引用，再補上其他研究方法來分節，有商榷餘地。因此本節整理趙誠所列出的分段後，重新擬定章節的安排。

（一）對照與推勘

趙誠介紹對照法的研究方法時，直接舉出〈仲酉父敦蓋〉自宋至清的學者研究方法。這樣的介紹方式，如果是推展理論性的單篇文章，自然沒有問題。

〔註35〕趙誠，《二十世紀金文研究述要》，頁 51。
〔註36〕同文發表於 2002 年《古漢語研究》第 2 期，收錄於《探索集》（北京：中華書局，2011）頁 73～85。
〔註37〕唐蘭，《古文字學導論》（下編）（上海：上海古籍出版社，2002），頁 104。

但作為學術史的撰寫來說，卻顯得單薄。但其中舉出了〈兮甲盤〉的 字（芳）字，卻有突破性的一面。透過方濬益和孫詒讓研究成果的比較，補足了章節編排的不足。在 字字的討論上方濬益認為是「芳即峙之古文」，〔註38〕其原理是從《說文・止部》而來。單就「止」的部件偏旁來說，這種推斷是合理的，但無法往後延續其論說，趙誠認為是錯誤的。反觀孫詒讓《古籀餘論》認為《說文》無此字，推斷為《說文・冂部》認為是 市（市）的古字。

兩者對比之後，趙誠在這部分下了小結：

> 衡量一個時代的水平，雖然要以某些學者為代表，但又不能只重視
>
> 某些學者，而要看整個時代所有學者所作出的貢獻。〔註39〕

言雖如此，但論述方式恰好是以學者作代表，因此筆者認為論述上有待商榷。

對照法另一個重點，則是宋人與清人在考釋上的差異，但學術本來就不斷往前邁進，不同時代自然不可能有完全一樣的研究成果，是以直接擷取兩者比較之後所獲取的教訓：（1）考釋金文，必須依靠《說文》，但不能囿於《說文》；（2）字形比較，相當重要，但不能先於形體比較還必須進行金文形體歷史演化的研究；（3）需要熟悉小篆的構形系統，為了考釋金文，更需要熟悉金文的構形系統，以便對金文進行筆畫和偏旁分析。〔註40〕

趙誠在「對照法」最後所提出的三個要點，足以提醒古文字學者掌握小篆和不同古文字（如甲骨文、金文、簡帛）各別的構形系統。擁有觀察「形」的能力，但不拘泥於「形」的表象。而以下趙誠提出了另一個清人的研究方法：推勘法。

推勘法並非趙誠首先推出的，是宋代以及清代學者長期以來處理古文字方法之一，再由後人所總結。然而，趙著中引唐蘭《古文字導論》的說法，認為「這種方法，不是完全可靠的……推勘法只能使我們知道文字一部份的讀音和意義，要完全認識一個文字，總還要別的輔助方法。」〔註41〕在本章的分節方

〔註38〕〔清〕方濬益，《綴遺齋彝器款識考釋》（上海：上海商務印書館，1935），卷16，頁1。

〔註39〕趙誠，《二十世紀金文研究述要》，頁54。

〔註40〕趙誠，《二十世紀金文研究述要》，頁58。

〔註41〕唐蘭，《古文字導論》（下編），頁20。

面，推勘法在某種程度上和「金文與典籍互證」其實是重疊的。兩者談的都和近代學者王國維「二重證據法」相同，即出土文獻和紙上文獻進行對比。也就是趙誠開宗明義所說：

> 學者們在很早就發現，銅器銘文的某些詞語和傳世文獻中比較古老的典籍，有的相近，有的相同，可以根據文獻來認識銘文中某些由字形對比不能釋出的文字。〔註42〕

那麼兩者之間的差別何在？筆者細審內容得以分析，主要差別在於〈推勘法〉重點在處理銘文中的文字，而後者則是在治經。趙著本節特別舉出吳大澂《字說‧文字說》處理古文常態用句，以下列表說明：

典籍或青銅器	用　　句	結　　論
《尚書‧文侯之命》	「追孝於前文人」	
《詩經‧大雅‧江漢》	「告於文人」	
〈兮仲鐘〉	「用侃喜前文人」	「『前文人』三字乃周時習語。」
〈追簋〉	「用享孝於前文人」	

接下來，吳大澂檢視若干《尚書》用語，發現了許多「寧」字的用法，在文獻閱讀中文意不通，便以古文字角度去看待其中的問題。

《尚書‧大誥》用句	吳大澂結論
「乃寧考圖功」	「前寧人實前文人之誤」 「蓋因古文『文』字有从心者」
「予曷其不於前寧人」	「壁中古文《大誥篇》其『文』字必與『寧』字相似。其實，《大誥》乃武王伐殷大誥天下之文，寧王乃文王，寧
「率寧人有指疆土」	考乃文考。」

吳大澂分析出「文」與「寧」之間的關係，也連帶處理了一些青銅器的釋讀問題。例如〈或者鼎〉（〈國諸鼎〉）　〔註43〕和〈改盨〉　〔註44〕的特色寫法，如果不是裡頭的「心」字，或許在閱讀上有困難。然而，〈或者鼎〉的「用乍（作）文考宮白（伯）」和〈改盨〉的「改作朕文考乙公旅盨」皆為常態句形，雖然「文」字構形小異，但如果就此認為是推勘法解決了這兩句銘文的通讀似乎還有研議空間。

〔註42〕趙誠，《二十世紀金文研究述要》，頁58。
〔註43〕容庚編，張振林、馬國權摹補《金文編》（北京，中華書局，1985，第四版），頁635。
〔註44〕容庚編，《金文編》，頁638。

　　趙誠不將推勘法視作完美的研究方法，因此也針對其中問題作出了說明。他認為推勘法最大的問題可能是「望文生訓、誤讀义意」。〔註45〕但整體而言，推勘法在清代的學術界還是有值得注意的地方，如趙氏所言：

> 總之，清人尤其是晚清的學者據文意、辭例推勘以考證金文，比宋
> 人巧妙，用意深刻，水平也高了許多，對後世產生過重大影響，值
> 得重視。〔註46〕

　　但趙誠也同時說了，「但情況複雜，不宜簡單評論」〔註47〕，可見這一個傳統而具效率，卻又並非完美的研究方法，還可以更擴大來看。緊接著，趙誠將這兩種研究理論進行對比研究。而這種對比研究，正是：

> 每一個學科，在發展過程中，必然產生一些觀念，形成某些理論以
> 指導研究，創造某些方法以進行研究，前述對照法，比勘法（推勘
> 法）即金文研究初期所創造並使用的方法。〔註48〕

　　趙著記載說，晚清金文研究者以經學家為主，因此推勘法屬於常態被運用的研究方法，特別是在金文還沒被全部認識以前。也就是說，對照法和推勘法之間最大的差別在於，一個是「據形識字」，一個是「據義以求字」。兩種研究方法的根據有所不同，因此在結論上也會有很大的落差。其中最典型的例子就是弔、尗、叔、叔四個字。如果從吳大澂《說文古籀補》來看，這幾個字一開始收錄在卷3叔字頭底下。以下是趙著所舉出的例子：

青銅器	銘　文	吳　註
〈免簋〉	井弔有（右）免令。	善也。伯叔長幼之稱也。
〈卯簋〉	不尗。	通淑。
〈沇兒鐘〉	易（賜）女（汝）叔市金黃。	─

　　延伸來看，孫詒讓《籀𢈪述林》指出：

> 金文通以叔為淑。叔市，猶《詩・大雅・韓奕》云「淑旂」。毛《傳》
> 云：「淑，善也。」金黃亦即蒙叔市言之，謂錫以善市，其色則金

〔註45〕趙誠，《二十世紀金文研究述要》，頁60。
〔註46〕趙誠，《二十世紀金文研究述要》，頁61。
〔註47〕趙誠，《二十世紀金文研究述要》，頁61。
〔註48〕趙誠，《二十世紀金文研究述要》，頁61。

黃，即赤市也。〔註49〕

而這一個看似合理的推斷，在《說文古籀補》增訂本〈大克鼎〉的時候，「盉悊（哲）㡇（厥）德」和「易（賜）女（汝）叔市參同（絅）」出現了尖銳的矛盾，即同一片銘文當中，即出現了兩個作「淑」用的字，卻分別呈獻成「盉」和「叔」兩種異體，也就是所謂的「同版（器）異文」。

作為補救，孫詒讓將「叔市」解釋為「黻市」，即「蕭黻」〔註50〕，但沒有加上額外的解釋。這帶出了一個關鍵的問題，即「叔」和弔、盉、思三個字是有區別的。雖然沒有完全解決掉這段銘文釋讀的問題，但趙誠肯定了孫詒讓將「叔」獨立區隔開來的貢獻。

趙誠為晚清學者的對照和推勘兩種研究方法做出了總結。認為他們傳統文字學觀念較強，語言學的觀點卻比較弱。因此在處理銘文的時候，往往還是以文字學作為出發點，也就是就字論字，以求字形與字義。同時，也肯定了晚清學者的考釋促進對日後的研究，同時也是晚清金文研究處在過渡時期的特色之一。本節最後，趙誠表示：

> 為了要更好地認清晚清金文的特質，避免受到牽制，更關鍵的就是要堅持文字學觀點和語言學觀念兼顧的原則，不要厚此薄彼，相互混淆……只要堅持這一原則，就能把容易糾葛的現象理得清清楚楚，也就能更好地評品晚清金文的得失。〔註51〕

（二）金文與典籍的互證

清代的學者原來以治經為主，但隨著金文學術研究逐漸成熟，研究方法也跟著轉變。誠如趙誠所說：

> 任何一個學科，在正常的發展過程當中，都會在適當而需要的時候，利用或創造某一方法或手段來解決研究中發現的問題與現象。而當這一個方法不夠用或不完全適用的時候，又會在適當而需要的時候，利用或創造另一種方法或手段來充實研究。〔註52〕

因此，金文在對照和推勘的研究方法達到了一個研究高峰的時候，慢慢走

〔註49〕〔清〕孫詒讓，《籀廎述林》（北京：中華書局，2010），卷7，頁28。
〔註50〕〔清〕孫詒讓，《籀廎述林》，卷7，頁13。
〔註51〕趙誠，〈晚清的金文研究〉，《探索集》，頁79。
〔註52〕趙誠，《二十世紀金文研究述要》，頁65。

向「逐步嚴密、精細，所用材料也將日益豐富，充實。」〔註53〕直到了阮元在
《積古齋鐘鼎彝器款識》所附上的〈商周銅器說上篇〉說道：

> 形上為道，形下為器。商、周二代之道，存於今者，有九經焉。若
> 器，則罕有存者。所存者，銅器鐘鼎之屬耳。古銅器鐘鼎銘文之文
> 為古人篆蹟，非經文隸楷樣楮傳寫之比。且其詞為古王侯、大夫、
> 賢者所為，其重與九經同之。〔註54〕

這樣的言論，對清代金文學研究來說帶來了很大的突破。從以治經為主，
或以傳統文字學角度破字，到「把金文看得與經同樣重要……提倡以金文治經
學，並身體力行結合經史考釋銅器銘文……逐步走向傳世典籍與出土文獻並
重，經史與金文互證的研究道路。」〔註55〕

趙誠在這一部分舉出了兩個重要的例子，其中一個例子即是「馥」〔註56〕
字的考釋問題。這當中孫詒讓做出了相當成熟的研究方法，解決了銘文通讀的
問題，並掌握馥字在不同青銅器的運用，這可以說是具有相當大的歷史意義的。
下列出相關青銅器與其銘文與字形。

青銅器	銘　文	「馥」字原形	「狨」字原形
〈大克鐘〉	「馥（擾）遠（柔）能狨（邇）」		
〈秦公鐘〉（〈秦公鎛〉）	「馥燮百邦」		—
〈晉姜鼎〉	「用康馥（擾）妥（綏）襄（懷）狨（邇）君子。」〔註57〕		

〔註53〕趙誠，《二十世紀金文研究述要》，頁65。

〔註54〕〔清〕阮元，〈商周銅器說上篇〉，《積古齋鐘鼎彝器款識》，《續修四庫全書第九百
〇一冊》（上海：上海古籍出版社，1995），頁546。

〔註55〕趙誠，《二十世紀金文研究述要》，頁66。

〔註56〕孫詒讓原先在《籀庼述林》，卷7頁14考釋作馥，從酉從夏，後代學者多用馥。本
文在孫詒讓說明使用其原有隸定，在其他內文取近代學者如馬振源《商周青銅器銘
文選》所隸定之馥。

〔註57〕馬承源，《商周金文暨青銅器銘文選》（四）（北京：文物出版社，1984），頁586：
狨字隸定作訊。趙誠採用狨的隸定。

〈大克鼎〉的馥字原來沒有考釋，直到了孫詒讓於《籀廎述林》考釋作馥，以〈秦公鐘〉和〈晉姜鼎〉同樣的字形作為論述證據。孫氏如此說：「此字正與彼二器同，筆畫微有漫缺耳……此當為擾之異文。右形从夒聲，左从酉（酒）者，酉、擾谷音同部也。」

至於犹字，也就是孫詒讓所考釋出的勢，認為「當讀為墊」，並和傳世文獻《國語・楚語》的「居寑有墊之箴」，韋昭註：「近也。」擾同擾，墊同褻。這兩個文字處理好之後，孫詒讓再羅列傳世文獻：

傳世文獻	內　文	註　釋
《尚書・堯典》	柔遠能邇，惇德允元	孔《傳》：柔，安；邇，近。
《詩經・大雅・民勞》	柔遠能邇，以定我王	鄭《箋》：安遠方之國順如其近者，當以此定我國家為王之功。

以上兩條傳世文獻，都是孫詒讓要表達「柔、擾聲近字通」的學術目的，從《史記》：「擾而毅」作為證據。從而論證出青銅器銘文「擾遠能犹」和「柔遠能邇」相同。透過字的考證，我們可以總結出：

1. 醶的省文是馥

2. 酉和擾古音同部

2. 醶和擾是異文關係

總結來說，這是「運用了金文之間的對照、地下材料（金文）和地上材料（傳世文獻）的互證……這一類主要是對於字、詞、語的考釋。」〔註58〕

上述的例子，和字的考釋有關，這種對比在金文詞例和銘文句子中產生，進而與傳世文獻相呼應。呈現了語言學在文獻對比的重要性。在西方學術逐漸引入東方以後，這種研究方法又更成熟了。下列趙誠另舉一個例子，則是「綜合關聯性質」的研究。這一個觀念在《探索集》前言提出，本來僅針對〈曾篱鐘新解〉一篇文章。透過作者的話語，我們可以知道：

> 第六部分僅〈曾篱鐘新解〉一文，從不同的角度界定，可入於不同的
> 範圍。如因聲求義的角度而言，可入於訓詁學範圍；如從以字考史
> 的角度而言，可入於歷史學範圍；如從以史證字或地下地上材料互
> 證的角度而言，可入於古文字學考釋方法範圍；如從金文詞義考察

〔註58〕趙誠，《二十世紀金文研究述要》，頁69。

的角度而言，可入於金文詞義、研究範圍……〔註59〕

因此，這篇篇幅不算特別長的文章，在學術意義上有一定程度的影響力。就如作者於 2017 年澳門文字學會所言，是「解決了一個重要的歷史問題」〔註60〕。

再看作者所舉的例子，即有十個字的〈魯伯厚父盤〉，其銘文為「魯白（伯）厚父乍（作）中（仲）姬俞媵（媵）盤。」和〈䣄篰鐘新解〉相似之處在於兩者都字數不多，〈䣄篰鐘〉只有十二個字，即「隹䣄楙篰，晋人救戎於境。」〈荆篰鐘〉所面對的問題主要在於動詞「救」的整體解釋，以獲得正確的解讀。〔註61〕〈魯伯厚父盤〉則是在於「厚」的身分。方濬益《綴遺齋彝器款識考釋》認為說：「此伯厚父即魯公子翬字厚謚惠伯者也。」如果我們對比歷史文獻，將可以獲得如此線索：

傳世文獻	內　文	註　釋
《禮記·檀公上》	后木曰：「喪吾聞諸縣子曰夫喪不可以不深思也。」〔註62〕	鄭註：「魯孝公子惠伯鞏之後。」正義：「《世本》云『孝公生惠伯革，其後乃鞏之脫文。後讀為厚，鞏，堅厚也。』」
《左傳·襄公十四年》	夏，衛獻公出奔齊，（魯襄）公使厚成叔弔於衛。	杜預注：「《世本》曰：『魯孝公生惠伯革。』其後為厚氏之後，《禮記》作后，厚、后通。郈則別字，詳《昭二十五年》」
《左傳·昭公二十五年》	郈昭伯亦怨平子，臧昭伯之從弟會〔註63〕	杜預注：「昭伯臧為子也，《箋》曰：『昭伯臧孫賜也。』」
《古今人表》	「厚昭伯」	方濬益說：「是魯公族有厚氏。」
《史記·魯周公世家》	十一年，周宣王伐魯，殺其君伯禦，而問魯公子能順諸侯者，以為魯後。樊穆仲曰：「魯懿公弟稱，肅穆明神，敬事耆老，賦事行刑，必問於遺訓，而咨於固實，不干所	—

〔註59〕趙誠，《探索集》，前言頁 3。
〔註60〕筆者於 2017 年「澳門文字學會」與趙誠先生當面請教所聞。
〔註61〕唯〈荆篰鐘〉考釋學者不多，趙誠提出新見，但「救」是否就是勾（聚），還有討論的空間。
〔註62〕方濬益《綴遺齋彝器款識考釋》原文僅有引「后木」二字，無註釋，筆者補上以便參照。
〔註63〕方濬益《綴遺齋彝器款識考釋》原文僅有引「郈昭伯」三字，無註釋，筆者補上以便參照。

問，不犯所知。」 宣王曰：「然。能訓治其民矣，乃立稱於夷宮。」宣王曰：「是為孝公，自是後，諸侯多畔王命。」〔註64〕	

在文字考釋方面，方氏在訓詁的角度上，引《爾雅・釋詁下》所說的：「篤、篤、掔，固也。篤、掔，厚也。」，推斷出「篤、掔訓為厚也。」並從音韻角度取錢大昕的說法「篤與固相近，故〈瞻仰〉詩以篤為後韻。」進行了諸多的比較之後，方濬益對其研究成果作出了評斷：

> 古器見於後世者多矣，其人名字恆經傳所不載。春秋至戰國時器猶或
>
> 遇之，春秋前則殊罕覯。今得此盤與〈虢文公子鼎〉、〈召伯虎敦〉三
>
> 器銘，皆宣王中興以後，文獻之信而有徵者，亦考古之深幸也。〔註65〕

趙誠認為王國維撰寫《殷卜辭中所見先公先王考》和《殷卜辭中所見先公先王續考》時還沒提到「二重證據法」，其考釋方法基本上和晚清學者是一脈相承的。後來《古史新證》時期，所謂二重證據法的精神內涵才被明確地講出來，即「地下之新材料」和「紙上之材料」。趙誠對於晚清學者銜接現代學術給予高度肯定，而事實上，民國以來能夠有如此豐富的金文學、古文字學的學術成就，和整個清代學風是不可劃分的。

（三）《說文》與金文構形互證

如本節第二點所提到的，《說文》學在清代達到了學術高峰。然而要怎麼看待《說文》學與金文學之間的關係，是一個值得重視的問題。劉正《金文學術史》將清代金文學研究成果分成了幾項，即〈清代的金文學：殷周銅器的出土和收藏〉、〈清代的金文學：金文研究著作概況〉、〈清代的金文學：金文研究評述〉幾個部分。其中〈清代的金文學：金文研究著作概況〉就有說到：

> 清代《說文》學大盛，故此，本節所收石鼓文、《說文解字》之書為
>
> 側重於商周銘文來考證石鼓文和《說文解字》者，非此則概不收入。
>
> 畢竟本書是金文學術史，而非石鼓文、《說文》學研究史。〔註66〕

〔註64〕方濬益《綴遺齋彝器款識考釋》原文為「（周）宣王殺伯禦而立孝公，稱惠伯為孝公子」，無註解，於此徵引《史記》原文。

〔註65〕方濬益，《綴遺齋彝器款識考釋》。轉引自趙誠《二十世紀金文研究述要》，頁 69。

〔註66〕劉正，《金文學術史》，頁 466。

　　兩位學者看待《說文》學與金文學的態度有所不同。趙誠的看法偏向於不視《說文》為完書，但需要掌握《說文》裡面的知識，以便進行偏旁與歷史分析，進而以金文補《說文》的不足（如吳大澂之《說文古籀補》）；劉正則傾向於將《說文》學和金文學看成兩個不同的學科，只有在這兩個學科不得不交錯時才提及，例如莊述祖的《說文古籀疏證》（六卷）、沈濤《說文古字考》（十四卷）、吳大澂《說文古籀補》（十四卷，外加《補遺》一卷，《附錄》一卷）、陳慶鏞《說文古籀考》（一卷）、朱士端《說文校訂本》（十五卷）、嚴可均《說文解字翼》（十五卷）。

　　從數量上來看，劉正列舉了更多與《說文》有關的著作。但趙誠將《說文》學與金文學的關係拉得更近，也更清楚說明了吳大澂《說文古籀補》對於清代金文學的貢獻，能讓讀者更明白《說文解字》與金文構形互證的關係。以下進入趙著書中的討論重點。

　　而清代能以古文字與《說文》進行比較，也並非首創。早在宋代戴侗《六書故》即有提及，例如「晉」字底下，《六書故》說明為：「即刃切。《易》曰：『晉，進也。』明出土地上晉用作國名，䂈聲。」〔註67〕又「龍」字底下：「力鐘切，鱗蟲之長，困居而天行（注：《說文》唐本从肉从飛及童省。徐本曰：『从肉飛之形童省。』聲又曰：『象宛轉飛動貌。』） （注：〈遲父鐘〉）；、 （注：竝古文）假借之用一。《詩》：『即見君子，為龍為光』（注：毛氏曰：『龍，寵也』）龍之會意。」〔註68〕

　　雖然《六書故》所用的金文與《說文》篆體的比較不算多，但在那個時代已經算是難得，特別是在於挑戰《說文》權威性上。

1. 偏旁分析

　　在這一節當中，趙誠將其命名為「偏旁分析‧歷史考證‧對立考察」，其內容主要還是在討論研究金文需要依靠《說文》，但不能侷限在《說文》當中。因此將下一節的〈《說文古籀補》〉也納入本節討論當中。

　　三種研究方法當中，其中二者趙誠引唐蘭《古文字導論》說法作證，此處將這幾種方法處理到的問題略作說明：

〔註67〕〔宋〕戴桐，《六書故》，李學勤主編《中華漢語工具書書庫》（第十三冊）（安徽：安徽大學出版社，2002），頁 21。

〔註68〕〔宋〕戴侗，《六書故》，李學勤主編《中華漢語工具書書庫》（第十三冊），頁 328。

研究方法	《古文字導論》引文	所處理的問題
偏旁分析法	「是把已認識的古文字，分析做若干單體——就是偏旁，再把每一個單體的各種不同的形式集合起來。」〔註69〕	孫詒讓處理關於「靜」字金文的偏旁問題。
歷史考證法	「我們所見的古文字材料，有千餘年的歷史，早期的形式和晚期的形式中間的差異是很大的，就是同一個時期的文字，也因發生遲早的不同，而有許多的差異。文字是活的，不斷地演變著，所以我們要研究文字，務必要研究它的發生和演變。」〔註70〕	方濬益考釋「葡」字的相關問題。
對立考察	—	無特別說明，結論也不適合用在詮釋對立考察。

　　以上三種研究方法可以看出清人在進行金文研究的工作上甚於宋人之處。雖然客觀而言，宋人所見之材料不比清人，但清代學者懂得將適當的方法學投入金文學的研究當中，卻也是值得肯定的。以下圖表可證清人在研究上所得到的成果。

字　形	青銅器	清人考釋	案　語
	〈靜卣〉	阮元釋為「繼」，誤。〔註71〕孫詒讓認為「所從偏旁析而斠之」，「其形當以作[字]」，並指出「其餘皆為傳摹譌互」	根據現今拓本比較孫詒讓以[字]形為正體，其餘則是傳摹錯誤，這個立論趙誠認為是正確的。
	〈免盤〉		
	〈小臣靜卣〉		
	〈齊侯匜〉（〈國差罉〉）	孫詒讓認為[字]構形和[字]同。	兩者除了从生、从丹構形相同之外，還因為从手形延伸出「爭」字的相關問題。
	〈毛公鼎〉		

〔註69〕唐蘭，《古文字導論》，下篇頁24。
〔註70〕唐蘭，《古文字導論》（下篇），頁33。
〔註71〕〔清〕阮元，《積古齋鐘鼎彝器款識》，卷5。

清代學者於「靜」、「瀞」等字形的█部有所討論，其中討論的起點就是青字（青）由「生」和「丹」兩個部件形成，為青，而《說文·丹部》的「丹」字作月，其中一種古文是彬，隸定作「彤」或彤。〔註72〕，因此認為說█這樣的部件是由彬省略而來。（段玉裁《說文解字注》云：「按『此似古文彤』」〔註73〕；朱駿聲《說文通訓定聲·鼎部》則說，「字當从生井聲。丹者，井字之變，非丹也。」〔註74〕）

孫詒讓緊接著提出另一個看法，即「其字即从青爭聲之靜也。」，這說法源於《說文》對於「靜」的解釋。無論如何，趙誠肯定了孫氏短短四百字左右的考釋，認為是以「偏旁分析法」處理了一個很大的問題。

2. 歷史考證

在這方面，除了上述引文，趙誠也引唐蘭「有些原始文字，和後代文字的連鎖是遺失了地。」趙誠舉出了〈匍亞齲作父癸角〉中█字的例子。說明吳榮光於《筠清館金文》引吳式芬「用之於古文」〔註75〕而這個說法被方濬益於《綴遺齋彝器款識考釋》所反駁了。方濬益所舉出的字例為〈毛公鼎〉的畐字，即銘文的「金簟、彌（第）、魚匍（箙）……」對比《詩經·小雅·采芑》：「簟茀魚服」，證明了「古文中匍、備、及、服一聲，皆音扶逼反。」而犕（犢）字在《說文·牛部》的解釋是「《易》曰犕牛乘馬，从牛匍聲。」，〔註76〕雖然引了《易經》，卻沒做出太多的說明，但如果從傳世文獻去看，我們可以看到一些例子：

傳世文獻	內　文	註　解
《左傳·僖公二十四年》	「王使伯服、游孫伯如鄭請滑」〔註77〕	杜預注：「公子士泄堵俞彌，帥師伐滑。」

〔註72〕〔東漢〕許慎著，〔清〕段玉裁注，《說文解字註》（臺北：藝文印書館，2007，第二版），頁218。

〔註73〕〔東漢〕許慎著、〔清〕段玉裁注：《說文解字註》，頁215。

〔註74〕〔東漢〕許慎著、〔清〕朱駿聲註：《說文通訓定聲》（臺北：宏業書局，1974，第二版），頁749。趙著原引文為：「字當从生井聲。丹者，井之變也。」，此處補全注釋。

〔註75〕〔清〕吳榮光，《筠清館金文》（清道光壬寅〔二十二年，1842〕南海吳氏校刊本）卷2，頁25。

〔註76〕〔東漢〕許慎著，〔清〕段玉裁注，《說文解字註》，頁52。

〔註77〕原引文為「王使伯服如鄭請滑」，唯並未交代來自《左傳》何處，這裡更動引文以便參考。

《史記‧鄭世家》	「周襄王使伯犕請滑」〔註78〕	索隱引《左傳》杜預注
《後漢書‧皇甫嵩傳》	「（董卓）抵手言曰『義真犕未乎？』」	―
《北史》	「魏收嘲陽休之：義真服未？」	―
《玉篇》	犕，服也。	―

3.《說文古籀補》

吳大澂編寫了一部《說文古籀補》，主要集錄青銅器銘文的用字，也將陶文、璽印、古幣、石鼓文的文字納入。由於吳大澂有著「皆據墨拓原本」、「手自摹寫」、「未見拓片者，蓋不採錄」的原則，並且註明所受的字體出自於何器，因此所收的字可以說是大部分是正確的。也可以反映當時清代學者已經認識的金文。

然而，《說文古籀補》依然還是《說文解字》的附屬，並無法解決趙誠對照法做出的總結之一：

> 考釋金文，必須依靠《說文》，但不能囿於《說文》；需要分析、熟悉《說文》所收的小篆、籀文、古文的偏旁及其組合規律……還需要分析、熟悉金文的偏旁及其組合規律；不僅要靜態地將有關文字放在同一個平面上進行比較，還需要動態地將有關字形結構放在歷史演化相互繼承、遞變的長河中去考察其演變之跡。〔註79〕

除此之外，《說文古籀補》也並非全部收錄金文，因此作為通盤古文字的集合是可行的，但如果說是金文的專著，則有所爭議。因此在《探索集‧晚清的金文研究》裡，趙誠將《說文古籀補》抽出，顯然是意識到這方面的問題。

4. 銘文釋讀

釋字對於金文學術研究來說十分重要，但更關鍵的還是銘文通讀的問題。因此，趙誠指出，清代學者在銘文通讀的時候特別注意其分段和句讀，在必要時進行考字，和釋語。這樣的研究方法，已經接近了近代學者「以語言破字」的研究方法，給晚清金文學帶來了一股新氣。文中趙誠舉出了孫詒讓《古籀拾遺》下 25 頁的例子，肯定了他糾正吳大澂通讀的問題，重新釐清「此鍾文鉦間

〔註78〕原引文僅有「伯犕」兩字，此處補上引文其他文字以便參考。（日）瀧川龜太郎，《史記會註考證》（臺北：萬卷樓圖書股份有限公司，1996），頁 662。

〔註79〕趙誠，《二十世紀金文研究述要》，頁 69。

為第一段。鼓左為第二段，鼓右為第三段。鼓左一段順度，自右而左。鼓右一段逆讀，自左而右。」〔註80〕

5. 斷代研究

能夠推斷一件青銅器的鑄造時期，對於銘文的了解是有很大的幫助的。殷商甲骨文的占卜記事內容已經讓學界對於商朝所發生的大小事有了更充分的理解。董作賓的斷代研究例便是一個很好的例子。

金文的斷代研究比起甲骨文可以說是具有更大量的資源。因為出土青銅器的數量極多，可以透過考古整理的工作進行類化，再根據句型、語言、詞類、文字進行分析。對比出該器屬於哪一個時期，甚至哪一個諸侯國。除此之外，還有大量的文獻可以提供給學者進行參考，特別是記載同一時期的不同文獻。

趙誠舉出了四個例子，以四種青銅器根據曆法、古文獻、古文字、歷史事件分析出這四種青銅器分別屬於宣王和康王時期的彝器。作為學術史，如此紀錄是很可貴的，因為代表了清代學者斷代研究的縮影。以下是趙誠所舉出的例子：

青銅器	銘　文	《綴遺齋彝器款識考釋》	結　論
〈虢季子白盤〉	「隹十又二年正月初吉丁亥。」	「前者諸家釋文，惟評定張石州（穆）依羅次球以四分周數推算，周世惟宣王十二年周正建子月乙酉朔丁亥為月之三日，所考最精確」〔註81〕	依照曆法推算，結論為宣王時期的銅器
〈成王鼎〉	「成王尊」	「此為成王廟鼎。《左傳·昭公四年》：『康公有酆宮之朝。』服虔曰：『成王廟所在也。』是此鼎為康王所作矣。」〔註82〕	依照文獻考證，定為康王時期的青銅器
〈大保鼎〉	「大保鑄」	「許印林定為燕召公之器，而以出山為疑。今審其文字，亦有後人作以祀召康王者。此鼎獨曰『大保鼎』，或為康公自作。保字从王作㠱（㠱），與〈盂鼎〉文武字同。」〔註83〕	兩種青銅器皆出自於同一個時期，並且有文字構形佐證，得以知道屬於康王時期彝器。

〔註80〕孫詒讓，《古籀拾遺》，頁25。
〔註81〕方濬益，《綴遺齋彝器款識考釋》，卷7，頁18。
〔註82〕方濬益，《綴遺齋彝器款識考釋》，卷4，頁1。
〔註83〕方濬益，《綴遺齋彝器款識考釋》，卷4，頁2。

| 〈旅鼎〉 | 「隹公大保來伐尸（夷）年。」 | 「大保者，召公也。反當讀為叛，尸為古文夷。」〔註84〕「曰『來伐反夷年』，與〈南宮中鼎〉（即〈中方鼎〉）『伐反虎方之年』並同例。古無年號，往往以列邦之大事為紀念。如《左傳・昭公七年》曰『鑄刑書之歲二月，或夢伯有介而行』也。又《左傳・襄公三十年》記絳縣人曰：『臣，小人也，不知紀念。臣生之歲，正月甲子朔，四百有四十五甲子矣。』師曠即言是『魯叔仲惠伯會郤成于承匡之歲也。』可知絳縣人言不知紀念者，非不知曆，乃是不知是年之時事耳。又或以紀月。如曰『齊燕平之月』之類皆是。」〔註85〕 | 以歷史事件考證，大伯召公征伐叛夷的事件可以考證出〈旅鼎〉屬於康王時期的青銅器。 |

　　這些斷代分析，逐漸形成了以青銅器於當時期文字和歷史事件的研究方向。如果以〈虢季子白盤〉作為一個例子，可以理解「搏伐玁狁于洛之陽」這一戰事發生在北洛水的北方。在清人的研究基礎上，民國以來斷代研究也成了重點項目之一，例如陳夢家等人便是斷代研究的大家，〔註86〕第四章的部分將提到其貢獻。

　　趙誠對於清代學術研究的期許甚高。他在《探索集》補充了對於清代金文學術史研究的一些看法：

> 本文主要從上述六個方面（《二十世紀金文研究述要》清代金文學術
> 史則不止六項）介紹晚清金文研究的現況、特色以及對其後代的影
> 響。由於篇幅有限，有些方面如關於人物、職官、地理、經濟、戰
> 爭、軍隊、意識等等的研究均從略，而已介紹部分所列實例也相當
> 少，有的僅舉一例，實在太簡陋。〔註87〕

　　但同時，清代，特別是晚清的金文學研究直接給後代帶來了正面的影響，

〔註84〕方濬益，《綴遺齋彝器款識考釋》，卷4，頁2～3。
〔註85〕方濬益，《綴遺齋彝器款識考釋》，卷4，頁2～3。
〔註86〕王夢旦編，《金文論文選》第一輯（香港：諸大書店，1986），收錄陳夢家〈西周銅器斷代〉一至五。
〔註87〕趙誠，〈晚清的金文研究〉，《探索集》，頁85。

趙誠還是有相當信心的。他如是說：

> 這一時期的金文研究確實值得重視。過去研究晚清，於金文研究所
> 論甚少。有的研究中國古代語言學史的學者僅僅列出吳大澂的金文
> 研究而歸之於清代文字學，雖然也提到了孫詒讓，卻只略述孫氏的
> 甲骨文研究；有些研究中國文字學史的學者，也將晚清研究歸之於
> 清代，沒有把晚清的金文研究作為一個有重大發展，做出顯著貢獻
> 的特殊階段獨立出來，並從學術史的角度論述起在金文研究發展史
> 上承前啟後的作用，略感不足。〔註88〕

　　從這裡我們可以看出，趙誠不只是編撰一部金文學術斷代史，而是有著重寫中國文字學史的志向。因此，在整理宋代、清代金文學上，所花下的功夫十分細膩。這種書寫方式從《中國古代韻書》可看出其雛形，有助於讀者銜接傳世金文學與近代金文學之間的關係，更為趙誠之後的另一部學術斷代著作《二十世紀甲骨文研究述要》建立了深厚的基礎，將一百多年的甲骨學齊整有條理地整理成上下兩冊。

　　本章交代了趙誠對於二十世紀以前對於金文學資料的整理。就以上篇章而言，趙誠將宋代和清代作為二十世紀以前的傳統金文學的交代是客觀的。因為若無宋清兩代所打下的基礎。二十世紀的金文學發展也不易達到學術高峰。以下兩章正式進入二十世紀金文學術史，以性質的方式分類，以分析《二十世紀金文研究述要》各年代所帶出的內容。

〔註88〕趙誠，〈晚清的金文研究〉，《探索集》，頁85。

第四章　趙誠金文學術史研究（中）

　　到了 1901 年以後，在中國歷史上很難訂定一個階段的學術成就。原因在於前面 11 年（1900～1911）屬於清代末年，而之後屬於民國時期。這樣的情況會造成年代的切分不能死板而無變通。然而，民國以後，趙誠每一個章節都是以年代劃分的，即〈20 世紀 30 年代前後的金文研究〉、〈20 世紀 50 年代前後的金文研究〉、〈20 世紀 70 年代前後的金文研究〉、〈20 世紀 90 年代前後的金文研究〉。也因為這樣的時代劃分，趙誠不得不在每一個章節都於前頭強調自己對於這些的學術成果的「彈性處理」。才能夠更好地銜接接下來所要討論的主題。以〈20 世紀 30 年代前後的金文研究〉來說，趙誠提到：

> 其實，按照年份劃分也不嚴密。這裡所說的 20 世紀 30 年代，主要是指 20 年代和 30 年代，但並不是決然切斷。如王國維的有些論著完成於 1914 年前後，不在 30 年代前後之內，但又不能歸入於清末。學術界一般將王氏作為 20 世紀的學者，但王氏卻生於 1877 年，卒於 1927 年，也只能歸於這一時段。總之，年代的劃分有一定的彈性，主要是為了更好地說明金文研究的現實及其歷史發展。[註1]

　　本篇論文接下來兩章所討論的都是趙誠民國以來的金文研究史研究。但重新分配當中資料，按照性質進行說明。以本章來說，將會討論跨越清末與民國

〔註 1〕趙誠，《二十世紀金文研究述要》（太原：書海出版社，2003），頁 81。

的學人研究成果、民國以來的著錄資料、以及相關工具書。討論的方式將按照
年份排序進行，唯重疊的部分將不重新提及，僅在在註腳呈現。

第一節　跨越清末與民國的學人研究成果

　　趙著所提到的跨越清代的學者為方濬益、吳大澂、孫詒讓，但以上三位學
者的討論已經於上一章清代金文學術史研究已經提到，這裡不再作贅述。本節
主要討論對象為羅振玉、王國維，郭沫若、以及容庚。其餘學者則按照著作分
類進行討論。

一、羅振玉

　　羅振玉（1866～1940）為「甲骨四堂」之首，於甲骨文貢獻及在金文研究
成果上也有非凡的成就，其中最重要的自然是《三代吉金文存》。但趙著並沒有
針對羅振玉成就作出太大的說明，僅說明：

> 從著錄角度而言，其中最好的當數《三代吉金文存》20卷，所收錄
> 的金文拓本，不僅多而且精，在此後幾十年內，一直為金文研究學
> 者的必備之書，曾經產生過重要作用。〔註2〕

　　雖然有交代讀者去參考孫稚雛《三代吉金文存辯證》，但論述太過簡略，實
在是有點可惜。

（一）《殷文存》

　　編入《廣倉學窘叢書》中，1917年出版，收商代755器，無釋文。然而，
所收青銅器並非全都屬於商代。當中，青銅器分類為20類，即鼎、鬲、甗、敦、
彝、尊、壺、卣、爵、觚、觶、斝、罍、兕觥、盉、段、匜、盦、豆。這種編
列方式在《三代吉金文存》是有繼承下來的。

　　《殷文存·序》當中，羅振玉主張：

> 若夫彝器則出土往往無考。昔人著錄號為商器者，亦非盡有根據。
> 惟商人以日為名，通乎上下，此編集即以為是為埆的。而象形文字
> 之古者，亦狹施於周初。要之不離殷器者則是。

〔註2〕趙誠，《二十世紀金文研究述要》，頁91。

羅振玉於此建立了先驅性的看法。將過往學者處理青銅器的方法有所保留。同時提出了商代社會以干支為一天記載的習俗納入討論，這對於界定青銅器本身是否屬商，別具意義。

到了《三代吉金文存》，羅振玉對於金文處理的各方面觀念和金文學研究成果都達到了一個高峰，如他在《三代吉金文存‧序》所說的：

> 自振移居遼東，閉門多暇。又以限於資力，始課兒子輩，先付將所藏金文未見諸家著錄者，編為《貞松堂集古遺文》，先後凡三編。夙諾仍未克踐也。去年乙亥，馬齒即已七十，概年四十年辛苦所搜集、良友所屬望，今我不作，來著其誰？乃努力將舊墨拓及近十餘年所增益，命兒子福頤分類，督工寫影，逾年乃竣，編為《三代吉金文存》二十卷。〔註3〕

在《三代吉金文存》當中，羅振玉收 4835 器，是 20 世紀 30 年代之最。這部書在他晚年完成之後，已經沒有餘力可以進行考釋的工作，由兒子羅福頤完成《三代吉金文存釋文》，再由日本學者白川靜完成《金文通釋》。

這部書當中，銅器的分類為：鐘、鼎、甗、鬲、彝、敦、簠、簋、豆、尊、罍、壺、卣、斝、盉、觚、觶、角、匜、雜器。雜器則有 36 類，包括鉤、句鑃、鉦鐃等等。有的雜器在《貞松堂集古遺文》當中列為主要彝器分類，因此可以看出羅振玉在青銅器種類的分類上觀念有隨著研究階段的不同而有所調整。

二、王國維

王國維（1877～1927），同樣為「甲骨四堂」之一。其學術成就豐富，不僅僅在古文字學上給予後代極大的奉獻，更是透過極具科學性的研究方法，透過《古史新證》以二重證據法還原上古史。在專治古文字、古文獻以前，王國維善於詞學、文學批評、敦煌學、紅學等等，直到 1911 年隨羅振玉到日本，才「始盡棄前學，專治經史，日讀注疏盡數卷，又旁治古文字聲韻之學」〔註4〕。故在筆者業師朱歧祥《王國維研究》一書當中，列出了〈近代學人七大流派簡說〉，即：國故派、疑古派、半新不舊派、唯物學派、新儒家派、中研院派、

〔註3〕羅振玉，〈序〉，《三代吉金文存》（第一冊）（臺北：明倫出版社，1960），頁 2。

〔註4〕王國維，《觀堂集林》，《王國維全集》（第八冊）（浙江、廣東：浙江教育出版社、廣東教育出版社，2007），羅序頁 2。

通人派。作為通人派代表的，唯獨王國維與陳寅恪。〔註5〕劉正則認為：

> 王國維的金文研究活動主要集中在民國初期。因此，他作為古代金
> 文學術研究的中介者和現代金文學術的開創人，其特殊歷史地位和
> 學術價值是任何人也不能取代的。〔註6〕

王國維受教的基礎包括了大量傳世經典，成長後的學習又吸納了大量西方哲學、倫理學、法學等，擴大了學術眼界。爾後專注於古文字，旁治聲韻典籍，是一種夾帶著新舊哲學理念所進行的學術研究。因此，王國維的古文字研究不僅僅為自己開創了相當高的成就，也培訓了一大批對中國古文字學、古文獻學有重大影響的學者，其中包括了徐中舒、楊筠如等。對後輩學人影響深遠。

以趙著的記載來說，王國維金文學的研究成果主要分為幾個部分，一個是金文的著錄、一個是金文的考釋。然而，王國維〈生霸死霸考〉〔註7〕一文對於金文學研究是一篇極其重要的文章，趙著未提及實在可惜。

（一）金文著錄

1.《宋代金文著錄表》

《宋代金文著錄表》是王國維收錄 11 位宋代青銅器收錄者的整理成果，再編輯成書。以下是《宋代金文著錄表》的成書簡表：

宋代收錄學者	收錄書名	簡　稱
歐陽修	《集古錄跋尾》	歐
呂大臨	《考古圖》	呂
—	《宣和博古圖》	博古
趙明誠	《金石錄》	趙
黃伯思	《東觀餘論》	黃
董逌	《廣川書跋》	董
王俅	《嘯堂集古錄》	王
薛尚功	《鐘鼎款識法帖》	薛
無名氏	《續考古圖》	續
張掄	《紹興內府古器評》	張
王厚之	《復齋鐘鼎款識》	復齋

〔註5〕朱歧祥，《王國維研究》（臺北：文史哲出版社，1995），頁 17～19。
〔註6〕劉正，《金文學術史》（上海：上海書局出版社，2014），頁 571。
〔註7〕王國維，《觀堂集林》第一冊（北京：中華書局，1959），頁 19～26。

王國維對於此書如此說：「今錯綜諸書，列為一表，器以類聚，名從主人。」〔註8〕對於「器以類聚」，即器類的分法，王國維採取第一階段為鐘類；接下來是鼎類；在接下來是鬲、甗、敦、彝、簋、盦、豆、盂、尊壺罍、彝、舟、卣、爵、觚、觶、角、斝、巵、不知器名類、盤盂洗類、匜、鐙錠燭盤燻爐類、度量權律管類、兵器類、雜器類。對於「名從主人」，趙誠認為王國維這樣的安排「表現了一種學術的客觀性，頗便於學者檢索、核查」〔註9〕

除了姓氏重複（如王俅和王厚之）或沒主人名稱之外（如《宣和博古圖》），其他都嚴謹跟著這樣的結構來收器。例如：〈白頁父敦〉下記云：「歐作《周姜寶敦》，博古、趙、董、王作〈周姜敦〉，薛作〈伯冏父敦〉，復齋作〈伯冏敦〉。」〔註10〕趙誠指出，《殷周金文集成》也是按器類編列，「名從主人」則表現了一種學術客觀性，對讀者檢索、核查是方便的。

王國維於宋表分為三類，一器名，二諸家著錄，三雜器。除了著錄之外，也有針對青銅器本身進行考證。王國維共列出了 14 項偽器，即：

青銅器	頁數	《雜記》引文	後人看法
〈齊侯鐘十三〉	3	「按趙錄齊鐘銘跋：選和五年，青州臨淄縣民於齊故城耕地，得古器物數十種，其間鐘十枚有識尤奇，最多者至五百字。則同時出土者只十種。而薛氏所錄並鑄鐘計乃至十四。其中第八、第十、第十一、第十二、第十三五鐘，銘文前後凌獵，偽器也。」	〈叔夷鐘〉（〈齊侯鐘〉）第八「銘文」一欄云：「不可連讀，首二行同鑄銘 55 至 57 行第三字止，不知原器即如此抑或偽作」，其餘四例省略，但按照劉氏的意思，這五枚不可連讀的鐘銘，有可能是偽作。《殷周金文集成》和《商周青銅器銘文選》選擇前七枚可以連讀的鐘銘，趙誠認為受到了王國維的影響。
〈左樂鐘〉	4	「此器偽。」	後代學者接受
〈編鼎蓋〉	8	「黃作〈宋公鼎〉，董作〈鍊鼎〉，薛作〈宋公鑾鼎〉。此器趙云『蓋盍皆有銘』。《續考古圖》所錄者乃器而非蓋，然恐偽也。」	《殷周金文集成》只收〈宋公鑾鼎〉，不收器銘。

〔註8〕王國維，《宋代金文著錄表》，《王國維全集》（第五冊），頁 233。
〔註9〕趙誠，《二十世紀金文研究述要》，頁 82。
〔註10〕王國維，《宋代金文著錄表》，《王國維全集》（第五冊），頁 257。

〈大夫始鼎〉	8	「此器偽。」	容庚、郭沫若接受王國維所說，陳夢家認為此器是真的。《殷周金文集成》收此器，並改名為〈大矢始鼎〉。趙誠認為如果陳夢家所說合理，那麼就是王國維的論證有誤。
〈篆□鼎〉	10	「此器偽。」	劉昭瑞認為「疑偽銘文」，收錄於〈附錄二〉。〔註11〕
〈王宮匜〉	10	「此器實鼎，而銘則偽。」	劉昭瑞將此器名為〈王宮鼎〉，收錄於〈附錄二〉，說明「疑偽銘文」，特別註明「拼湊數器銘文而成，不錄。」〔註12〕趙誠認為是從王國維所說。
〈仲申敦蓋〉	16	「張云『二銘皆十三字。』一器不容二銘，疑偽器也。」	《殷周金文集成》和《商周青銅器銘文箋證》都沒收錄此器。
〈吉金敦〉	16	「此器疑偽。」	後代學者接受。
〈叔高父簠〉	17	「歐作〈叔高父煮簠〉，呂作〈叔高旅簠〉，趙、董作〈叔敦夫簠〉，續作〈旅簠〉，然《續》所圖器形制與《考古》不同，乃偽器也。」	趙誠說：「宋人所說之簠，實是盨。宋人所釋此器之高，實是良字。所以，宋人所說之〈叔高父簠〉，後人稱之為〈叔良父盨〉」〔註13〕因此，《續考古圖》所收的是偽器後人已經接受。《殷周金文集成》收入此器銘文，在〈著錄〉當中只注《考古圖》和《薛氏》，不注《續考古圖》，劉著收入此器，但註明：「《續》所圖為一漢代之釜，銘文亦有訛衍，偽作。」〔註14〕
〈從彝〉	22	「上二器與〈單從尊〉同，皆偽器也。」	後人接受
〈卦象卣〉	23	「此器偽。」	
〈母辛卣〉	24	「此器偽。」	
〈父辛爵〉	27	「此器偽。」	
〈封比干墓銅盤〉	30	「偽。」	

〔註11〕劉昭瑞，《商周青銅器銘文箋證》（廣州：中山大學出版社，2000），頁263。
〔註12〕劉昭瑞，《商周青銅器銘文箋證》，頁263。
〔註13〕趙誠，《二十世紀金文研究述要》，頁85。
〔註14〕劉昭瑞，《商周青銅器銘文箋證》，頁263。

　　趙誠指出，王國維在收錄青銅器的時候，善用「偽」、「疑偽」、「疑似」等用語，這種說法後代也有再沿用，可以說是影響非常人。王國維在列名青銅器時，不忘青銅器本身可能有偽照的問題，但在缺乏證據之下，也不將某器直接定為偽器，這種整理方法無非是具有科學精神的，故大部分整理結果能受到後人接受，可說是不無道理。

　　除了《宋代金文著錄表》之外，王國維另外列出了《國朝金文著錄表》，那是針對清朝金文所收錄的。

2.《國朝金文著錄表》

編者名稱	著　錄	表用字
錢坫	《十六長樂堂古器款識》	錢
阮元	《積古齋鐘鼎彝器款識》	阮
曹奎	《懷米山房吉金圖》	曹
吳榮光	《筠清館金文》	筠
劉喜海	《長安獲古編》	獲
吳式芬	《攈古錄金文》	攈
朱善旂	《從古堂款識學》	朱
吳雲	《兩罍軒彝器圖釋》	罍
潘祖蔭	《攀古樓彝器識款》	潘
吳大澂	《桓軒所見所藏吉金錄》	桓
劉心源	《奇觚室吉金文述》	奇
端方	《陶齋吉金錄》並《續錄》	陶
羅振玉	《集古遺文》	集
羅振玉	《秦金石刻辭》	秦
羅振玉	《歷代符牌錄》	符

　　王國維在這個表的《略列》說道：「此表所據諸家之書，以摹原器拓本為限。其僅錄釋文或雖摹原文而變其行款大小皆不採錄。」以及「國朝一代之器，前人未著錄者與近時薪出土者為數尚多，羅叔言參事擬將所藏拓本未著錄者，盡入此表中，標以幾字，不復立已著錄和未著錄之別。」所謂「國朝」所指的當然還是清朝，即宋以後另一個著錄豐富的朝代，王國維將這些資料進行彙整，為重要資料彙集。這一列表對於後代研究清朝青銅器、銘文、收集狀況等，有著莫大的幫助。

　　以上《宋代金文著錄表》以及《國朝金文著錄表》可以說是王國維在傳世

青銅器留藏的一番大功夫的整理。雖然不屬於銘文釋讀的範疇，可無原材料或材料背後的背景知識，學者要進行研究也相當不容易。就這一點來說，王氏兩表（另加辯偽一表）貢獻實屬重大。

3. 治學理念

在《二十世紀金文研究述要當中》，趙誠特別將王國維的治學方法獨立來談。其原因莫過於王國維對於古文字學界的影響力。王氏的治學方法，有的學者之列明六種，稱之為「六原則」，趙誠不反對，但透過〈毛公鼎銘考釋〉一文整理出十項王國維的治學理念：

趙誠所列王國維治學方法〔註15〕	〈毛公鼎銘考釋〉內文
重視文字流遍	「顧自周初訖今垂三千年，其訖秦漢亦且千年。此千年中，文字之變化脈絡不盡可尋。故古器文字有不可盡識者勢也。」
重視假借字在古文的地位	「古代文字假借至多，自周至漢音亦屢變，假借之字不能一一求其本字，故古器誼有不可強通者亦勢也。」
因無法破解古器中的字形，從而人云亦云	「從來釋古器者，欲求一字之無不識，一誼之無不通，而穿鑿附會者之說以生。」
強調人云亦云不可取	「穿鑿附會者非也。謂其字之不可識、誼之不可通而遂置之者亦非也。」
現代人無法通讀古書、古器，是因為時代的隔閡，語言現象變得不同了。	「文無古今，未有不文從字順者。今日通行文字，人人能讀之解之。《詩》、《書》、彝器亦古之通行文字，今日所以難讀者，由我輩之知古代不如知現代之深故也。」
以古書了解古器的背景，加上古音假借的知識，可以獲得一定的研究成果。	「苟考之史事與制度文物以知其時代之情狀，本之《詩》、《書》以求其文之誼例，考之古音以通其誼假借，參之彝器以驗其字之變化，由此以至彼，即甲以推乙，則於字之不可識、誼之不可通者，必間有獲焉。」
如果仍然不可破解，就如《論語·先進》的冉求那樣，自知能力範圍，將無法處理的問題「以俟君子」，期待後人解決。	「然後闕不可知者，以俟後之君子，則庶乎其近之矣。」
針對〈毛公鼎〉，孫詒讓、吳大澂大部分都用這個方法去處理。但使用時稍有疏漏。	「孫、吳諸家釋此器，亦大都本此方法。惟用之有疏密，故得失亦准之。」

〔註15〕趙誠並無列出治學理念的名稱，為筆者親自所加。

今天這篇的釋文，和前人一樣正確的作為輔證；有可疑的地方抱持懷疑的態度；有所不足的則增添自己的想法。	「今為此釋，於前人之是者證之，可疑者闕之，不備者補之。」
雖然和前人比較並沒有多知道多少，但可以得知古代文字有可以辨識和可以通讀的，也有不可辨識和不可通讀的。	「雖較之諸前輩所得無多，然可知古代文字自有其可識者與可通者，亦有其不可識與不可強通者。」

在金文學的發展過程當中，近代學者不得不提的是「羅王之學」。其中羅振玉帶來了相當大的資料彙整貢獻，王國維則進一步加以剖解、分析。這種影響力在國民政府遷臺以後，所見更是明顯。其中董作賓便是深受羅王影響深遠的學者之一，為臺灣古文字學界帶來了碩大的影響，所訓練出的學生就包括了編撰《金文總集》的嚴一萍、《續甲骨文篇》的金詳恆、《甲骨文集釋》的李孝定。兩岸因政治因素長期無法交流的情況下，隨著從香港出版的《金文詁林》初步打開交流的大門，學者之間雖各有專攻，卻在基本的治學理念上仍可激起正面的交流。

除趙誠先生一大量的篇幅說明王國維的治學方法之外，業師朱歧祥於 1995 年出版的《王國維研究》也有整理出十二條治學方法，以下列表呈現：

朱歧祥所列王國維治學方法	內　文〔註16〕
循環互換	「王先生曾論及凡治大學問者必須通過三個境界，由立志而執著而客觀超脫。……在情緒上感覺沈悶的時候，就暫時擱開工作……等到過了一些時候，再拿起來思考，往往有意想不到的靈光，得到新的見解和發現。」
尋源辯流	「王先生治學，強調由歷史的背景會其通，所以事事務必先探溯其原始，明瞭問題根本的所在。繼而分析其縱線的發展，考辯其時代的異同……」
由小見大	「王先生考證古文字及彝器、竹簡等地下材料，並不純為考據而考據。他往往藉著某字或某器的考釋，表明一普通現象或制度，從而達到以古為今用的經世目的……」
成組研究	「王先生治學態度專注，用力集中，且極富原創性。舉凡從事任何課題研究以前，必大量閱讀各種相關資料，然後密集的撰寫向類的文章，所以他能在最短的時間，有效的攻取到最多的收穫……」
目證實例	「王先生認為治學的態度應該是客觀的印證，而且強調以古證古，或以古證今，但不宜單獨以今來推古……」
校勘辨偽	「……王先生校書 192 種，自宣統初年一直到他自殺二十年間幾無間斷，此可見王先生對於版本的重視。他研究任何一門學問，必先

〔註16〕朱歧祥，《王國維研究》（臺北：文史哲出版社，1995），頁 22～29。

	詳盡的掌握第一手資料，覽閱諸家的珍本，孤本，以作為研究的準備。第二步即進行材料的版本校勘、辨偽輯佚的鑑識工作，讓能夠應用的資料均完備可靠……而校勘辨偽，更是他研究學問的基石，無論面對的事戲曲、金文、甲文、以至元史、地理、校勘的工作都是其治學的不二法門。」
兼通中外	「強調學問只宜求客觀的對錯是非，而『無新舊也、無中西也、無有用無用也』。他大膽的把學問的世俗框框逐一打破，而就學術論學術，可謂知言。此足見其思想的通達客觀……」
以史治經	「王先生研治經學，非單只求解讀一經，而實有圖博通群經之志。他在《靜安文集》中說：『夫不通諸經，不能解一經，此古人至經之言也。』他以史治經的態度來研究群經，故能擺脫所謂聖人的包袱，不墨守經說。他的文章具備批判求真的科學精神，純由社會、文化層面來考量經意，為後學建立新史學一良好的典範……」
排比比較	「王先生擅長應用對比的方法，藉著材料的差異或互補，顯示其時空的意義和特色。他在《古史新證》〈總論〉中提出結合之上材料和地上材料的二重證據法，並在為商承祚《殷墟文字類編》所寫的序文中，強調實物與經史互較的重要性：『古文字、古器物之學，與經史之學實相表裡，惟能達觀二者之際，不屈舊以就新，亦不絀新以從舊，然後能得古人之真，而其言乃可信於後世。』」
形音義綜合研究	「王先生襲取清代乾嘉學派的精華，擅長用小學破古書，他考定古器物上的文字，皆強調形音義的綜合分析，配合時代背景的了解，準確的考釋文字。」 ＊此處引〈毛公鼎〉「考之古音以通其誼假借，參之彝器以驗其字之變化……」一段話
表列法	「王先生撰文的方式，有先行用圖表方式整理第一手材料的習慣。或編年順序，或排比異同，使零散的資料組織成系統的相互關聯的王，然後據此申論某種特色……」
闕疑	「王先生治學，經常抱著懷疑的態度及批判的精神，但如無實證，則絕不輕言疑故。他在《古史新證》〈總論〉中說：『雖古書只為得證明者，不能加以否定；而其已得證明者，不能不加以肯定。』」

不論是「六原則」或趙誠之十項治學方法，或朱歧祥所列舉之十二例，都彰顯了王國維在治學上的貢獻，是不可輕易忽略的。這一點來說，綜合來看，如果就一般金文學資料性研究，王氏並非獨樹一格。但如果要深入瞭解、掌握一個時代的學術狀況，王國維的影響力不可忽略。

三、郭沫若

郭沫若（1892～1978）在金文學術上扮演著重要的角色。其才華直逼王國維，在古漢字學、考古學、美學、文學都有很高的成就。趙著〈20 世紀 30 年代〉第三節直接提到了他的《兩周金文辭大系》（副題：《周代金文辭之歷史系

統與地方分類》)。這部作品分上下編，上編收錄西周青銅器，137件，「仿《尚書》體例，以列王為次」，即以武王作為開始，以幽王作為結束；下編則「仿《國風》體例，以國別為次」，列國的順序「沿長江流域溯流而上，於江河之間順流而下，更沿黃河流域溯流而上，故始於吳而終於秦。」這套書的編成，奠定了「西周分王，東周分國」的基本觀念，讓後代學者在這個觀念影響下，在研究工作上更為容易。

（一）《兩周金文辭大系》

《兩周金文辭大系》在 1931 年完成，之後 1934 年《兩周金文辭圖錄》刪去了原來收入的偽器銘文，同時增收了一些重要的銘文。隔年，完成了《兩周金文辭大系考釋》。1935 年以後，《兩周金文辭大系》的版本大多數是增訂本，從 43 種金文著錄當中選取了 522 器，西周 250，東周 261。扣除掉同銘文的青銅器，算是 323 器，也就是 162 器收錄在上編，161 器收錄在下編。趙誠認為，「這樣的編排論述，實是金文研究的一大改革，一種創新，使銅器銘文釋讀和歷史探索結合在一起，走上了更為科學的道路。」[註17]

在郭沫若以前，著錄或銘文研究著作，大部分是以器類來劃分。郭沫若看到了這種現象在研究上的侷限，因此打破傳統，「將西周文按時代（王室）、列國文按地域（國別）繫聯，依次編排，無異於將人為的混雜和割裂加以科學的清理，該分的分，該合的合，使之厘然有序，的確是極大的貢獻。」[註18]

《兩周金文辭大系》還有另一個重要學術意義是標準器的運用。這將解決一代君王在位時間的爭議性。畢竟彝器中大部分並沒有記載年和月，能夠年、月、日、辰四項全部具備更是難上加難。在出版《兩周金文辭大系・序》當中，郭沫若表示：「余專就彝銘本身以求之，不懷若何之成見，亦不據外在之尺度。」[註19] 以下列出郭沫若所謂「器物年代每有於銘文透露者」的標準器。

青銅器	銘　文	結　論
〈大豐鼎〉（〈天亡簋〉）	「衣（殷）祀王不（丕）顯考文王。」	言文王是死去的父親（考），所以是武王時代的彝器（「自為武王時器」）

[註17] 趙誠，《二十世紀金文研究述要》，頁 92。
[註18] 趙誠，《二十世紀金文研究述要》，頁 93。
[註19] 郭沫若，《兩周金文辭大系・序》，《郭沫若全集》（第八卷）（北京，科學出版社，2002），頁 14。

〈小盂鼎〉	「啻（禘）周王、□王、成王。」	禘祭止於成王，「當為康王時器。」
〈刺鼎〉	「用牧於大室，啻（禘）邵王。」	邵王即昭王。禘昭王，當時「穆王禘祭其父也。」則應是穆王時器。
〈十五年趞曹鼎〉	「龏（恭）王才（在）周新宮，王射于射盧（廬）」〔註20〕	為恭王時器
〈匡卣〉 （〈匡尊〉）	「隹四月初吉甲午，懿王才（在）射盧（廬）。」	「懿王即恭王之子懿王」，為生稱，當是懿王時器。
〈虢仲盨〉 （〈虢仲盨蓋〉）	「虢仲以王南征，伐南淮尸（夷）。」	《後漢書·東夷傳》：「厲王無道，淮夷入寇，王命虢仲征文，不克。」郭沫若認為出土文獻和傳世文獻所說的是同一件事，因此論定時屬王時期的彝器。
〈賞卣〉	「隹十又九年，王才（在）斥。王姜令（命）乍冊安尸（夷）白（伯）」	郭氏註：「十又九年，文王紀年之十九年，成王六年也，因初用文王紀元，至成王七年平王定淮、徐後始『以功作元祀』（《洛誥》）。王國維有《周開過年表》揭發之，其說無可易。」這裡顯然是郭沫若接受了王國維的說法，斷定〈賞卣〉是稱王時期的彝器。趙誠認為郭沫若有發明之功，但有異議。
〈遹簋〉	「隹（唯）六月既生霸，穆穆王才（在）🖿京。」	定為穆王時期的青銅器，取王國維的理由：「此敦（趙誠認為當作殷）稱穆王有三，即周昭王之子穆王滿也。周初諸王若文、武、成、康、昭、穆，節號而非謚。」〔註21〕
〈臤馭簋〉	「臤馭從王南征伐楚荊，又（有）得。」	郭沫若說：「《僖·四年》而古本《竹書紀年》言此與下〈過伯簋〉、〈鼏簋〉二器，唐蘭以為均昭王南征時器，謂《左傳》言『昭王南征而不復』（『昭王十六年伐楚荊』，又言『十九年，天大曀、雉兔皆震、桑六師於漢』，則昭王實與楚戰而隕於漢，故齊桓以討楚耳。〈臤簋〉云：『臤馭，從王南征伐楚荊』，南征之語與《左傳》合。伐楚荊之語與《紀年》合。其書法與〈盂鼎〉同派，可見時代相近也。近是，今從之。」

〔註20〕趙著無引文，此處補上。
〔註21〕王國維，《觀堂集林》（下）（北京：中華書局，1959）頁895。

除此之外，郭沫若還憑著字體將一些青銅器進行了斷代，而這些結果也被多數學者所接受。趙誠舉出三例：

青銅器	郭沫若註解	結　論
〈周公簋〉	「此銘字跡與大小〈盂鼎〉之筆意相同，花紋為象，亦與〈臣辰卣〉、〈臣辰尊〉同，故此簋之㲉必系一人。」	郭沫若認為〈周公簋〉和標準器〈盂簋〉同樣是康王時器，這樣的論證方法是科學性的。
〈師湯父鼎〉	「此銘文辭字跡款式俱類〈趞曹鼎〉（即〈十五年趞曹鼎〉），二器俱有新宮，新宮者蓋新建之宮，決為同時之器無疑。」	郭沫若以此斷定〈師湯父鼎〉也是恭王時的青銅器。
〈何簋〉	「虢仲見〈虢仲盨〉，本銘字體例亦以屬於厲世為宜。」	趙誠說明郭沫若的註解大意為：「郭氏的意思是，當是同時之器，應屬於厲王之世。從字體來看亦當屬於厲世。」〔註22〕

（二）《兩周金文辭大系圖編・彝器形象學試探》

〈彝器形象學試探〉是郭沫若在完成《兩周金文辭大系》增訂工作以後所寫的一篇文章。這篇文章也成為了《西周金文辭大系圖編》的〈序說〉。在這篇文章，郭沫若提出了一個很重要的重點，即將中國青銅器時代分為四大期。到了1945年，郭沫若在《青銅器時代》又將中國青銅器的歷史分為四個時期。兩次的四個時期並沒有太大的衝突，形成了郭沫若所發明的「四期論」。以下列表將1934年合1945年的四期合在一起，以便說明。

1934年分期〔註23〕	說　明	1945年分期〔註24〕
濫觴期	大率當於殷商前期。	
勃古期	殷商後期及周初成和康、昭、穆之世。	鼎盛期
開放期	恭、懿、以後春秋中葉。	頹敗期
新式期	春秋中葉至戰國末年。	中興期
	自戰國中葉以後。	衰落期

兩次的分期重點不在分期所使用的語言（即1945年提及「頹敗」、「衰敗」等詞，和1934年相對積極的用語不同），而是在於郭沫若所使用的研究方法。

〔註22〕趙誠，《二十世紀金文研究述要》，頁96。

〔註23〕郭沫若，〈兩周金文辭大系圖編序說——彝器形象學試探〉，《郭沫若全集》（第七卷），頁65。

〔註24〕郭沫若，《中國古代社會研究》（外二種）（上冊）（河北：河北教育出版社，2000），頁583～584。

如郭氏所言:「蓋余之法乃先讓銘辭史實自述其時代,時代即明,形制與文績遂自呈其條貫也。形制與文績如是,即銘辭之文章與字體亦莫不如是。」〔註25〕

趙誠對於郭沫若的研究方法大為肯定,他指出:

> 很顯然,郭氏是將銘辭史實、形制與紋繪、文章與字體等結合起來,由它們的相互關係來印證其時代屬性,確實可取。由於郭氏的倡導和力行,一方面創建了一個新的學科,另一方面也吸引了更多的學者參與這方面的研究,取得了可喜的成績。〔註26〕

(三)方國考釋

郭沫若在春秋戰國時期對於方國的考釋可說是其重大研究成果之一。趙著並沒有在這方面著墨太多,僅簡略說明郭氏從青銅器「得國三十又二」、「更綜而言之,可得南北二系」、「江淮流域諸國南系也」、「徐、楚乃南系中心」、「實商文化之嫡系」、「黃河流域北系也」、「南北二流實商周之派演」。

針對郭沫若在考釋方國的有限數量和少數錯誤,趙誠認為是當時所見材料的問題,依然將郭沫若放方國研究列為主流。

整體而言,郭沫若在金文學的貢獻最主要在於時代和地方的區分。這也建立了後人對於青銅器的認知。西周時期分代,是周王處於權力中心的時代,其文字相對統一,對於文字流變、異體、繁簡化研究得以不同年代的君主作為分期斷代的標準,以進行分析;到了東周(即平王東遷以後),各諸侯國逐漸強勢,甚至壓過周王的地位。故此時期的文字以各方國、地區作為標準。趙誠將郭沫若的貢獻提出來,固然是對肯定了這名民初學者在近代金文學術史的地位。

四、容 庚

容庚(1894～1983),字希白。根據劉正《金文學術史》的說法,「在金文方面,他的專著有《金文編》(1925)、《寶蘊樓彝器圖錄》(1929)、《秦漢金文錄》(1931)、《頌齋吉金圖錄》(1934)、《武英殿彝器圖錄》(1934)、《海外吉金考》(1941)等。而他自己看重的只是《金文編》和《商周彝器通考》」〔註27〕雖

〔註25〕郭沫若,〈兩周金文辭大系圖編序說——彝器形象學試探〉,《郭沫若全集》(第七卷),頁68。
〔註26〕趙誠,《二十世紀金文研究述要》,頁97。
〔註27〕劉正,《金文學術史》,頁586。

然這番評語是劉正單方面給予容庚的評價，但《金文編》和《商周彝器通考》兩書在金文學的重要性，可見一斑。

（一）《金文編》

《金文編》原來是容庚於 1917 年打算編列的八種《殷周秦漢文字》之一。在容庚求學期間，已經展現出其金文學的成熟度與企圖心。手上的《金文編》初稿，在拜會羅振玉以後得到了鼓勵。於是在 1924 年定稿，1925 年出版。出版的《金文編》目前已經非常難以看見，趙誠提示可從徐文鏡《古籀彙編》看到初版《金文編》。

《金文編》可以說是金文學史上第一步真正意義上的金文字詞典。在此之前，趙誠認為《考古圖釋文》只是將已經釋出的字排列在一起；《說文古籀補》則包含了大量璽印文字、陶文、石鼓文等古文字，自然不能算是金文字典。儘管如此，容庚在《金文編・凡例》中提到：「審視文字，間採各家考證之說。清吳中丞大澂，當代羅振玉先生、王國維先生之說，採擷尤多。」〔註28〕

除此之外，容庚也延續了古文字學家對《說文》的重視，在凡例其他部分說明《金文編》之收字：

> 分別部居，悉許氏《說文解字》」；「《說文・序》云：『倉頡至初作書，蓋依類象形，故謂之文；其後形聲相益，即謂之字。字者言孳乳而浸多也。』故知古人造字，初有獨體之文，孳乳而為合體之字，其見於金文者，文多而字少。如各為格；乍為作；𤔲為鑾旗之鑾，又為蠻夏之蠻，皆竟稱孳乳為某，分隸兩部。註明某字重文」；「古有專字，假借行而專字廢者，如曡為昧曡之專字，經典假爽為之；鰊為在某鰊之專字，經典假次為之；𧮫為𧮫壽之專字，經典假眉為之，茲為補入日部、自部、𧮫部。若字同形異，如赶之入辵部、遭之入足部、𩟚之入皿部，以類相從」；「《說文》所無之字而無見於他字書者，有形聲可識者，附於各部之末」；「圖像文字與形聲不可識者，考釋未盡確者，別為附錄。

從〈凡例〉可以看出容庚對於收字的嚴謹程度。首先，他在《說文》的基

〔註28〕容庚編，張振林、馬國權摹補《金文編》（北京，中華書局，1985，第四版），凡例頁 1。

礎上進行分部,即代表接受了清代學者「不視《說文》為完書,卻重視《說文》的基礎的概念。其次,他結合了《說文》孳乳、象形、形聲的觀念,在收字的部分自然多有獲益。對於假借的部分,容庚意識到古代有專有字的現象。並以經典相互對證,讓字形不太一樣,不容易聯想在一起的兩種字形的字,在字用上連結起來。最後的部分,也是非常重要的一點,容庚對於無法用任何文字理論解釋的文字,皆放入〈附錄〉當中,而非強加解釋。這種治學方法,不但一直到第四版《金文編》都是如此,對於後人編列字書也有一定的影響。

趙誠歸納容庚《金文編》四大貢獻:

1.《金文編》是首創,對於金文研究有起著推動作用,是金文學成為一門獨立的學科。

2. 選擇精審,編排嚴謹,於闕疑執法「用之為尤嚴」(王國維的話),可信度高

(III)字體摹寫,一律採取原形大小,精微入神,可用作範本。

(IV)博彩眾說,擇善而從,於《說文》不僅有所訂正還有所增補。

容庚本身為書法出身,加上對古文字的理解,使得《金文編》一出,變成了金文學術史上無法避而不談的重要里程碑。特別是在文字處理上,以《說文》為排列參考,讓站在《說文》學與金文學產生結合、參考、補正的作用。而字體的部分,則嚴謹按照比例書寫,讓字體大小方圓如實呈現。同時,對於圖畫意味重以及難以處理的文字,列在附錄當中,以供後人參考、突破,而非為了快速達到某種學術成果,反而增添不必要的錯誤。

整體評價來說,趙誠認為《金文編》因為以下優點:

> ……此書出版不久,一方面成了學習、研究金文的字典,另一方面也成了學習書法、篆刻的字帖,深受各界歡迎。不久即應前中央研究院歷史語言研究所之請,將《金文編》加以增訂。〔註29〕

趙誠指出,容庚《金文編》之所以可以做得如此細膩,也和所見青銅器有關。其中包括了清故宮及奉天(瀋陽)、熱河(承德)兩行宮所藏銅器、容氏自己所收之銅器、廬江劉體智收藏之吉金、流失於國外之銅器、羅振玉《三代吉金文存》所收錄之銘文。隨著後來所看到的青銅器越來越多,對於《金文編》

〔註29〕趙誠,《二十世紀金文研究述要》,頁 121。

本身的修訂、增補自然大有益處。

趙誠以楊樹達〈金文編書後〉來評價第二版於香港印行的《金文編》：

> 1924 年至 1925 年間，此書初出，亡友沈兼士君以一冊殆余。近年
> 來余治鐘鼎文字，時取以供參考，未暇細讀也。兩月前在長沙細讀
> 一通，私心頗多不愜之處，以未細讀改訂本，不欲有言也。比來廣
> 州，借得一改定本，日來籀讀，知前此余心未愜之處已多改訂。如
> 和龢勳、匄與敬，前此皆誤認為一字者，今已各析為二字；麻字前誤
> 云《說文》所無者，今已釋為榪；逐字前誤釋為遂者，今已改正。
> 類此者尚多有之，是其改進之處也。〔註30〕

趙誠認為楊樹達這番評論這應當是學界的共識。而楊樹達這篇文章引文描
述了《金文編》的版本問題，以及在版本更新過程當中所解決的文字問題。對
於學界的貢獻自然是很大的，同時也為《金文編》價值加分。

《金文編》的第四此校訂本修訂被趙誠收錄在《二十世紀金文研究述要》
〈20 世紀 90 年代前後的金文研究〉當中，顯然對於此書的後續版本慎重看
待。〔註31〕第四版《金文編》主要增訂內容為正編增加新釋字頭五百二十六個，
大體分兩類、改正了第三版《金文編》的一些誤收。趙誠所列的例子詳盡，但
本節以清末民初學者的成就為主，故不贅述後期修訂之事宜。

（二）《商周彝器通考》

這部書是容庚《金文編》以外最重要的著作。《金文編》屬於字典型工具
書，而《商周彝器通考》則和青銅器通論有關。

青銅器的分類，從宋代就已經開始。有些青銅器的種類相對沒什麼爭議
性，但有的卻面對爭議性。而趙誠指出：

> 宋代學者的錯誤，清人基本上續承。到了清末，略有改進，但大多
> 沿襲。一直到了 1937 年出版的《三代吉金文存》尚不能區分敦、彝
> 和簋。〔註32〕

透過大量的器形和銘文的對比，容庚認為宋代和清代學者的失誤主要出自

〔註30〕楊樹達，《積微居小學述林》（上海：上海古籍出版社，2007），頁 272。
〔註31〕趙誠，《二十世紀金文研究述要》，頁 365 至 383。
〔註32〕趙誠，《二十世紀金文研究述要》，頁 137。

於「商器銘文簡質，不著器名，只稱曰尊、曰彝、曰尊彝」；「周初之器……漸著器名……間仍殷舊，以尊彝稱」；「春秋以後，形制漸變，無銘者亦多，於是定名複感困難。」在劃清各時代青銅器的狀況後，容庚將記載過的 57 種青銅器分為 4 類，逐一介紹，以下列表簡述。

（一）食器 11 種	形　容	額外說明
鼎	圓腹兩耳三足，用烹食物。其方者兩耳四足。（原書附圖 1～144）	以上烹飪器三
鬲	如鼎而款足，或有耳，或無耳。（附圖 145～175）	
甗	上體似鼎，下體款足似鬲，中設箅，用蒸食物。（附圖 176～193）（194～197 為方甗）	
簋	圓腹圈足，用盛黍稻粱。（附圖 198～350，或有耳，或無耳，或有附耳，或有座，或有蓋，或有三足，或有四足）	―
簠	長方有蓋，用盛稻粱。（附圖 351～365）	―
盨	長方而圓其角，其用與簋略同。（附圖 366～374）	―
敦	體圓如球狀，或有足，或無足（附圖 375～396）	―
豆	體圓，中有校（豆中央直者），下有鐙（豆下跗），可以執，用荐菹醢。（附圖 397～403，或有耳，或無耳）	―
盧	長方如盤，用以盛飯。（附圖 404）	―
俎	長方如幾，用以切肉。（附圖 406、407）	―
匕	橢圓有柄，用以取肉（附圖 408～414）	―

（二）酒器 22 類	形　容	額外說明
爵	前為流，後為尾，兩柱三足有鋬（備手提拿把握的部分。）（附圖 415～442，或兩柱相合為一，或無柱）	以上煮酒器五
角	如爵而前後為尾，無兩柱。（原書附圖 443～451，有有蓋者，有蓋作飛燕形者，有分當者）	
斝	如爵而大，無流與尾。（原書附圖 452～461）	
盉	前為流，後為鋬，有蓋，三足或四足。（原書附圖 464～488）	
鐎	易鋬為提梁，昔人稱之為盉。（原書附圖 489～492）	

尊	裝如圓柱，侈口與足。（原書附錄 493～458 為圓柱形尊，圖 549～556 為方尊）	以上盛酒飲酒器十五
觚	如尊而小。（原書附圖 557～567 為圓形觚，568 為方觚）	
觶	如尊而卑。其箸器名則為觛。（原書附圖 569～576 有蓋，577～589 無蓋，590～591 自名為觛）	
方彝	方而有蓋。（原書附圖 592～606）	
卣	或圓或橢，有蓋及提梁。（原書附圖 607～673）	
觥	蓋作獸形，有流及鋬。（原書附圖 607～673）	
鳥獸尊	有似鴞者，有似鳥者，有似兕者，有似象者，有似羊者，有似虎者，有不可名狀者。（原書附圖 686～703）	
壺	巨腹而斂口，或以盛酒，或以盛水漿（原書附圖 704～783）	
罍	廣肩者歸之。（原書附圖 784～795，有方、有圓）	
瓶	壺、罍之無足者歸之。（原書附圖 796～802）	
缶	斂口有蓋。（原書附圖 803～805）	
罎	巨腹斂口而卑，四面獸首銜環。（原書附圖 806～807）	
卮	橢圓無足，兩旁有耳。（原書附圖 808，809）	
罏	斂口無足。（原書附圖 803～805）	
梧	橢圓如面，兩旁長耳可持。（原書附圖 810）	
禁	或方或長，以陳酒器於其上者。（原書附圖 811、812）	―
勺	用以挹酒者。（原書附圖未見）	―

（三）水器及雜器 14	形　容	額外說明
盤	侈口圈足，由無耳而有耳，用以盛水。（原書附圖 821～851）	以上盛水器六
匜	有流有鋬，用以瀉水。（原書附圖 852～871）	
鑒	深於盤者，其大者可以浴。（原書附圖 872～879）	
盂	侈口附耳圈足，有似盆者。（原書附圖未見）	
盆	兩耳廣唇而無足。（原書附圖 880～883）	
甀	形與盆同，有有蓋者。（原書附圖未見）	
枓	圓腹而斂口。（原書附圖 884～886）	以上斟水器二
盌	圓而有柄橫出。（原書附圖 887）	

瓿	圓腹而斂口。（原書附圖 888～907，也有個別方瓿）	以上雜器六，其不知名器附焉。（其中三件方器，兩件三足器，編號為 919～924。）
皿	似瓿。（原書附圖 908、909、911）	
鑪	箸鑪名者，只存一蓋，橢圓似觶蓋。（原書附圖 910、912）	
鍬	形如半球，有流。（原書附圖 913）	
匜	扁腹小口，昔人稱曰扁壺。（原書附圖 915、918）	
行鐙	用以盛燭。（原書附圖 914）	

（四）樂器	形　容	額外說明
鉦	其口向上，持而擊之。（原書附圖 925～935）	—
句鑃	鉦之屬也。（原書附圖 936）	—
鐸	其口向上，有舌，持而振之。（原書附圖 937～939）	—
鈴	口向下而腹有舌。（原書附圖 940～942）	—
鐘	其口向下，懸而擊之，甬者彎口，紐者平口。	—
鐘鉤	以懸鐘於虞者（原書附錄 976、977）	—
錞於	圓如碓頭，上有虎紐。（原書附圖 978、979）	—
鼓	兩端作鼓形，上立二鳥，下有三足。又有作圓筩者，於上擊之。（原書附圖 980、981）	—

　　趙誠按：原書附圖尚有 982 是鼎，983、984 是尊，985、986 是卣，987 也是尊（其形與 983、984 不類，可能由於這一原因，所以另列），988 是觥，989、990 是盂（關於盂，前未言及，在《金文研究述要》472 頁有比較詳細的介紹，概言之為「盛水之器」），991 是卵形三足器。

　　這些分類是容庚針對各種不同的青銅器所做出的分類大綱，在《商周彝器通考》下編當中有針對第一章至第四章《食器》、《酒器》、《水器及雜器》、《樂器》，對於各種青銅器列出了比較詳細的說明和論述。因此不僅僅是將銅器羅列，更是一種科學分類。

　　《商周彝器通考》同時也分作上下兩冊，上冊本身分兩編，上編作通論，從《原起》、《發見》、《類別》、《時代》、《銘文》、《花紋》、《鑄法》、《價值》、《去鏽》、《拓墨》、《偽造》、《辨偽》、《銷毀》、《收藏》、《著錄》十五章，281 頁；下編則是前文所提的《食器》、《酒器》、《水器及雜器》、《樂器》四章，2302 頁）。下冊的部分全部都是青銅器的附圖，一共有 1009 幅。在以上羅列的各種青銅器

所收的附圖共有 991 幅。在這些附圖之前，更有 18 幅分別是寶雞所出的酒器、方氏藏壽縣所出彝器、簋（兩件）、隹壺爵拓本、洗、鐘、瓿、尊、鼎（二件）、甗、簋（兩件）、卣、彝。趙誠指出，「這 1009 幅幅圖除了一副是拓本之外，全是原器照片，不僅有器形，還有器上的花紋。其中有一些器，今已不知何在，可見容書所附器形圖，實在是相當珍貴。」〔註 33〕

說到青銅器的花紋，容庚指出：「言彝器者，始於《呂氏春秋》。」〔註 34〕趙誠再加以繫聯宋代的「《博古圖錄》於器之花紋每有解說」，〔註 35〕以及《西清古鑒》之曾「以花紋命名」，但「漫無標準」。而到了 20 世紀 30 時代，容庚編著的《武英殿彝器圖錄》：「始模拓花紋與文字並列，庶使花紋者有所取材」。〔註 36〕

嚴格說起來，《商周彝器通考》與金文的關聯性遠遠不及《金文編》，因為所講述的還是青銅器的觀念居多。然而，透過青銅器的基本掌握，還是有助於理解銘文。特別是在關鍵的時刻。例如某器如作水器或酒器為用，那麼其銘文自然不會偏向於重要史實的記載，反而透過正史當中記載甚少，甚至毫無記載的人物有理解上的意義。如何看待《商周彝器通考》一書在金文學的地位，劉正給予了正反兩方面的意見，可作參照，一方面他表示：

> 如果把《金文編》看作是金文字典的話，那麼《商周彝器通考》一書在本質上更接近於一部《銅器考古通論》，遠遠沒有達到《金文學術通論》的要求。因此，如果《金文學術通論》或說《金文學術史》面對的是古典文獻學、歷史文獻學、古文字學和漢語言文字學等古代文史研究專業學者的話，那麼，《商周彝器通考》面對的只能是從事銅器考古的商周考古學專業科研人員。〔註 37〕

劉正也批判《商周彝器通考》圖版佔據太多（百分之六十），以及字書不夠（三十萬字左右），並以朱鳳翰《中國青銅器通論》來相互比較，認為無論是圖板或文字，後者都勝於前者。

〔註 33〕趙誠，《二十世紀金文研究述要》，頁 141。
〔註 34〕容庚，《商周彝器通考》（上海：上海人民出版社，2008），頁 99。
〔註 35〕趙誠，《二十世紀金文研究述要》，頁 141。
〔註 36〕容庚，《武英殿彝器圖錄》（北京：燕京大學燕京哈佛學社，1934），自序頁 3。
〔註 37〕劉正，《金文學術史》，頁 589。

然而，另一方面劉正也肯定了《商周彝器通考》前驅性的貢獻，他說：

> 《商周彝器通考》一書真正的學術地位和學術價值卻是第一個建立
> 了比較完整的考古學的學術體系和研究模式，徹底實現了傳統的古
> 器物學的本質更新和轉變。……容氏試圖對傳統的古器物學進行徹
> 底的革新並結合現代考古學的最新研究方法，建立一個古老而又現
> 代的銅器考古學學術架構的努力和實踐。〔註38〕

此處的討論涉及了青銅器銘文「圖」與「文」之間處理的問題。容庚一生學術研究幾乎與青銅器與相關銘文相關，自然在「文」（如《金文編》、《秦漢金文錄》）和「器」（如《商周彝器通考》）都有深入的專研。當然，在「金文學」的角度來看，「容器學」的重要性自然不如銘文，但那屬材料定義的問題，與容庚學術成就不應混為一談。

容庚對於金文學最為重要的貢獻，莫過於總結了傳統金文學和古器物學的研究，並且開創了新的研究方法，以及更重要的，留下了至今仍處於重要地位的學術材料。無論是《金文編》的收器或摹寫，或者是《商周彝器通考》的資料整理，都是踏踏實實的硬工夫，非極具耐心之人沒辦法完成那樣的任務。也因為容庚打下了那樣一個紮實的基礎，後來《金文編》校訂與增訂本的整理工作，相對容易得多了。

五、楊樹達

以上四名金文學著基本上可以總結趙誠〈20 世紀 30 年代前後〉以及〈20 世紀 50 年代前後〉金文的著錄與傳統金文學整理工作。劉正《金文學術史》還羅列了于省吾、楊樹達等跨過清末明初的大家。甚至批評趙誠「只是圍繞著那幾個金文研究大師、幾個老生常談的話題，說來說去而已，更缺乏高屋建瓴的評述和一針見血的指正」〔註39〕更嚴重的，是「甚至居然沒有對楊樹達、徐中舒等先生在 30 年代、50 年代的金文研究給予肯定和總結。」〔註40〕

但事實上，趙誠於〈20 世紀 50 年代前後〉有列出了 20 個例子，其中和楊樹達有關的就有 12 例。以下整理部分楊樹達的考釋：

〔註38〕劉正，《金文學術史》，頁 589。
〔註39〕劉正，《金文學術史》，頁 664。
〔註40〕劉正，《金文學術史》，頁 664。

青銅器	銘　文	楊樹達考釋
〈伯姕簋〉	「白（伯）姕擎其乍西宮室寶，佳用妥（綏）神褱，虩前文人秉德共（恭）屯（純），佳匄萬年，子子孫孫永寶。」	〈伯姕簋跋〉：「字在此蓋假為效。毁、鼎二銘，『虩前人秉德共屯』，並效法前文人秉德共純也。〈叔毛鼎〉云：『叔毛作朕文考厘伯姬尊鼎，用朝夕享孝於……唯……學前文人鼎德』學亦孝也。虩與效古韻豪部字，故虩字得假為效也。」〔註41〕
〈競卣〉	「白（伯）犀父皇競各（格）於官。」	《積微居金說・競卣跋》：「皇字如字讀之，文自難通。以聲求之，蓋乎假字也。呼召之字，金文皆作乎。古音皇在唐部，乎在模部，二部為對轉，故得相通。」〔註42〕
〈令簋〉	「王大耤（藉）農于諆田，餳（觴）。王射，有嗣（司）眔師氏、小子卿（會）射。王歸自諆田，王㺇（馭）溓仲僕（僕），令眔奮先馬走，王曰：「令眔奮乃克至，余其舍女（汝）臣卅家」。王至于溓宮，旣令拜頶首，曰：『小子迺學。』令對王揚休。」	《積微居金文說・令鼎跋》：「餳當讀為觴。《呂氏春秋・達郁篇》注云：『觴，餉也。』」〔註43〕 「王觴群下，為君享其臣。」 楊樹達三說： 其一、以《禮記・燕禮》為證，指出此銘所記是「先觴宴而後射，與禮經次符同。其事殆與〈燕禮〉射為樂相近也。」〔註44〕 其二、以《周禮・夏官》記大馭掌馭王路以祀及犯軷，王馭蓋即大馭。〔註45〕 其三、旣字舊無釋，郭沫若釋為「陳」，楊樹達提出「旣」的說法，認為是從支從臣，蓋從臣聲，余意讀為㜈即《說文・女部》的「㜈，說樂也。從女配聲。」〔註46〕經傳通作熙，《列子・力命篇》註引《字林》云：「熙，歡笑也。」〔註47〕
〈呂方鼎〉	「王饗□大室，呂徂於大室」	反駁吳闓生和郭沫若的說法，在〈呂鼎跋〉一文認為：「徙於大室，與此文情事不合，則非此徙字也。」〔註48〕以及「謂此徙字當讀為侍，謂呂侍於大室也。」〔註49〕理由為：「侍字從寺，寺從㞢聲，古文㞢止不分。」〔註50〕

〔註41〕楊樹達，〈伯姕簋跋〉，《積微居金文說》（北京：中華書局，1997），頁102。
〔註42〕楊樹達，〈競卣跋〉，《積微居金文說》，頁114。
〔註43〕楊樹達，〈令鼎跋〉，《積微居金文說》，頁1。
〔註44〕楊樹達，〈令鼎跋〉，《積微居金文說》，頁1。
〔註45〕楊樹達，〈令鼎跋〉，《積微居金文說》，頁1。
〔註46〕楊樹達，〈令鼎跋〉，《積微居金文說》，頁1。
〔註47〕楊樹達，〈令鼎跋〉，《積微居金文說》，頁2。
〔註48〕楊樹達，〈呂鼎跋〉，《積微居金文說》，頁6。
〔註49〕楊樹達，〈呂鼎跋〉，《積微居金文說》，頁6。
〔註50〕楊樹達，〈呂鼎跋〉，《積微居金文說》，頁6。

〈嘗卣〉	「隹十又九年，王才（在）斤。王姜令（命）乍冊安尸（夷）白（伯）。」	〈嘗尊跋〉：「即自舉小白之名。又自稱余，與此銘相類，知古人固有此例。」〔註51〕
〈䚡攸从鼎〉（〈鬲攸比鼎〉）	「隹（唯）卅又一年三月初吉壬辰，王才（在）周康宮𢼸大室，䚡比呂（以）攸衛牧告于王，曰：『女（汝）受（授）我田，牧弗能許䚡比。』王令眚（省），史南呂（以）即虢旅，虢旅迺事（使）攸衛牧誓曰：『敢弗具付䚡匕（比），其且射分田邑，則殺。』攸衛牧則誓。比乍（作）朕皇且（祖）丁公、皇考叀公隆（尊）鼎，䚡攸比其萬年子子孫孫永寶用。」	針對「䚡从以攸衛牧告於王」，《金文說》將銘文中的「告」釋為「訟」。〈䚡攸从鼎跋〉以同類的相互比勘而確認。
		針對「周康宮𢼸大室」，〈䚡攸从鼎再跋〉認為：「𢼸字作𢼸，从彳从𠂤，《說文》所無」，同時指出「右旁𠂤省口，〈洹子孟姜壺〉壁字、〈毛公鼎〉、〈番生殷〉𢼸字所以之𠂤然，或釋為𢼸，非也。」〔註52〕
		針對「𢼸大室」，楊樹達說：「《左傳·莊公二十一年》云『鄭伯享王於闕西辟』，《疏》云：『辟是旁側之語。』……銘文作𢼸，當與《左傳》、《大戴禮記》辟字同義，周康宮𢼸大室謂周康宮旁之大室也。」〔註53〕
〈毛公鼎〉	「龤𣄼（龤）大命」、「𣄼夙夕」	〈毛公鼎跋〉：「此字不可確識，以意求之，蓋愙之假借字也。」《說文十篇下·心部》云：『愙，敬也。从心，客聲。』經傳通作恪。」〔註54〕
〈散氏盤〉	「用矢𣏗（薄）散邑，迺散用田」	「二用字皆當訓以。即者，今言付與。」〈曶鼎〉：「乃或即曶用田二，又臣一夫，凡用即曶七田，人五夫。」楊樹達《金文說》認為兩者同，「即曶用田」、「即散用田」可說是「文句尤一律。」，更進一步說明「盡疏傳即字無授與之訓，知古字義失傳者多矣。」
〈秦公殷〉	「秦公曰：『不（丕）顯𣄼（朕）皇且（祖）受天命，鼏（宓）宅禹責（蹟），十又二公，才（在）帝之坏，嚴𢾭（恭）天命，保𤳋（業）秉（厥）秦，虩事䜌（蠻）夏，余雖小子，穆穆帥秉明德，剌剌趄趄，邁（萬）民是敕。』」	〈秦公殷跋〉：「𤳋古文業，去蓋加聲旁字，與囧字之𡆰，𤳋字之𤳋同。去古音在模部，得為古文業之聲旁者，去聲之字如狧、劫皆讀如帖部，業與狧、劫音近，去得為狧、劫之聲旁，亦得為業之聲旁矣。……保業者，《書·康誥》云：『往敷求殷先哲王，用保乂民。』〈多士〉云：『亦惟天丕建保乂有殷。』……凡言『保業』、『保乂』、『保艾』、『保辥』者，皆謂保相也。」〔註55〕

〔註51〕楊樹達，〈嘗尊跋〉，《積微居金文說》，頁2。

〔註52〕楊樹達，〈䚡攸从鼎再跋〉，《積微居金文說》，頁13。

〔註53〕楊樹達，〈䚡攸从鼎再跋〉，《積微居金文說》，頁13。

〔註54〕楊樹達，〈毛公鼎跋〉，《積微居金文說》，頁14。

〔註55〕楊樹達，〈秦公殷跋〉，《積微居金文說》，頁26。

| 〈邵鐘〉 | 「隹（唯）王正月初吉丁亥，邵█曰：『余畢公之孫，邵白（伯）之子，余頡岡事君，余嚚乩武，乍（作）為余鐘，玄鏐█鋁，大鐘八聿（肆），其寵四鱐（堵）喬喬其龍，既壽囂虘，大鐘既縣（懸），玉鎣嵓鼓，余不敢為喬（驕），我呂（以）享孝樂我先且（祖），呂黼（祈）眉壽，世世子孫，永呂（以）為寶。』」 | 楊樹達不認同郭沫若《兩周金文辭大系》解讀「寵」字為「造祐四方」。但趙誠認為楊樹達並不是直接反對，而只是提出自己的意見，即於《金文說・秦公𣪘跋》說：「寵囿四方者，《詩・商頌・玄鳥》云『肇域彼四海』。余謂銘文之寵囿即《詩》之肇域。」〔註56〕理由為寵域音近，古通。證據有三：（1）《詩・大雅・靈臺》云：「王在靈囿。」毛《傳》：「囿，所以域養禽獸也。」；《國語・楚語》云「王在靈囿」，韋註云：「囿，域也。」；〔註57〕（2）《詩・玄鳥》云：「奄有九囿」，《文選》35潘元茂《冊魏公九錫文》註引《韓詩》作「奄有九域」。《荀子・禮論篇》云：「人有是，士君子也。」；《史記・禮書》作「人域是。」；《詩・長發》云：「九有有載」；《晉書・樂志・庠樂歌》作「九域有載」；〔註58〕（3）鄭君《箋》《玄鳥篇》：「肇域彼四海，破肇為兆，蓋謂以四海為兆域。」〔註59〕

楊樹達的結論是：「然則銘文寵囿四方，蓋亦謂以四方為兆域矣。」〔註69〕 |
| 〈齊鎛〉
（〈鎛鎛〉） | 「隹（唯）王五月初吉丁亥，齊辟鎛（鮑）弔（叔）之孫，遫中（仲）之子鎛保其身，用享用考（孝）于皇祖聖弔（叔）、皇祉（妣）聖姜，于皇祖又成惠弔（叔）、皇祉（妣）又成惠姜，皇亐（考）遫中（仲）、皇母，用黼（祈）壽老母（毋）死，保█（余）兄弟，用求亐（考）命彌生，肅肅義政，儔（保）█（余）子姓，鎛（鮑）弔（叔）又成裝（勞）于齊邦，侯氏易（賜）之邑，二百又九十又九邑，與鄩之民人、都 | 楊樹達在《金文說》表示「鎛叔」就是「鮑叔」。他的理由從《說文・革部》說起：「鞄，柔革工也。从革，包聲。」；《周禮》：「柔皮之工鮑氏。」因此，他推斷出「鞄」就是「鮑」，且「銘文鎛乃從陶聲，與《說文》異者，陶與包古音無異也。」並以此舉出三大力證，即從《說文・缶部》談到了「匋」字的「从缶，包省聲」到「勹包音同」；以其他青銅器銘文證明「匋」字假借為「寶」；按照《說文・言部》論：「詢，往來言也……从言，匋聲。詢，詢或从包。」〔註61〕楊樹達所列出的三大證據，基本上已經被學界所接受，他更進一步對銘文進行剖解，認為「齊辟鎛（鮑）弔（叔）之孫」認為鮑叔是齊國的大夫，如果按照銘文來讀，「或以為疑」，因此認為應該以「辟鎛（鮑）弔 |

〔註56〕楊樹達，〈秦公𣪘跋〉，《積微居金文說》，頁26。
〔註57〕楊樹達，〈秦公𣪘跋〉，《積微居金文說》，頁26。
〔註58〕楊樹達，〈秦公𣪘跋〉，《積微居金文說》，頁27。
〔註59〕楊樹達，〈秦公𣪘跋〉，《積微居金文說》，頁27。
〔註69〕楊樹達，〈秦公𣪘跋〉，《積微居金文說》，頁27。
〔註61〕楊樹達，〈鎛董鎛跋〉，《積微居金文說》，頁82。

啚(鄙),侯氏從造(告)之曰:『枼(世)萬至於辝(台)孫子,勿或俞(渝)改。』 鞏(鮑)子斔曰:『余彌心畏誋(忌),余四事是台(以),余為大攻尹、大史、大口、大宰、是辝(以)可事(使),子子孫永僳(保)用享。』」	(叔)」來連讀。 除了處理文字和通讀問題,楊樹達也引了不少地下材料和出土文獻證實,最後得出「鮑叔有功於齊,故稱有稱惠叔,婦人以夫之謚為稱,故惠姜亦稱又成惠姜也。」〔註62〕

趙誠承認:

> 對於各家論述,間有筆者的評品。由於筆者學識有限,評品未必得當。寫入本書的實例,均經過選擇,同類型者往往僅選一例或數例。所選實例,均以易於簡述者為主,所以,有相當的論著,如孫詒讓、于省吾、楊樹達等人的考釋未能多選,優先甚至未選,但不影響瞭解金文研究的大體狀況和學術發展的大致趨勢。〔註63〕

本節之所以沒有將楊樹達單獨列出,是因為《二十世紀金文研究述要》一書本來就把楊樹達的貢獻放入〈銘文考釋〉的部分當中。裡頭混有郭沫若、于省吾、陳夢家等人的看法,不容易獨立看待。同理,銘文考釋的成果要在以上郭沫若金文學的貢獻上提出也不是很容易,要單憑這二十個例子整理于省吾的貢獻也很困難。(陳夢家出生於民國以後,故與前兩者不同)

無論如何,能夠列舉那麼例子,就不能否定楊樹達在金文學的貢獻。更何況,在第五節〈考釋方法述要〉趙誠所舉的六個例子,有不少便是取楊樹達的研究方法,並討論他在進行金文研究時的思路。除此之外,在介紹楊樹達《金文說》的時候,就列舉了他〈新識字的由來〉以及整理十四種考釋金文的綱領性總結或分類說明,即:據《說文》釋字、據甲骨釋字、據甲骨定偏旁釋字、據銘文釋字、據文義釋字、據古禮俗釋字、義近形旁任作、音近聲旁任作、古文形繁、古文形簡、古文象形會意加聲旁、古文位置與篆文不同、二字形近混用。

就算少了前面銘文討論的二十例,或文字考釋的六例,楊樹達的十四種研

〔註62〕楊樹達,〈鞏薑鎛跋〉,《積微居金文說》,頁82。
〔註63〕趙誠,〈後記〉,《二十世紀金文研究述要》。

究綱領就已經是很好的「總結」了。劉正還有提到趙誠未對徐中舒作出總結，但劉書同樣不見徐氏。因此，學術史的定位並不容易。除此，隨後將論及的于省吾也是屬於這時期的重要學者，雖然趙著並不像劉正《金文學術史》那樣將于氏和其他學者的貢獻羅列起來，但也不能說沒論及于省吾之貢獻。趙、劉兩位先生取向不同，唯這段期間屬於傳統金文學和現代金文學研究的轉折時期，在進行討論的時候，自然難免會有意見不同的地方。

第二節　金文著錄專書

趙誠指出 20 世紀 50 年代的金文著錄的專書不多，但包含新材料的卻不少。且不同於傳統著錄，也可以從著作和論文中看到。因此，他將這些材料分成四種。

這些包括了李泰棻的《痴盦藏金》（1940）、《痴盦藏金續集》（1941）、梁上椿的《岩窟吉金圖錄》（1943）、安徽省博物館的《楚器圖錄》（1954）、故宮博物院的《故宮銅器圖錄》（1958）、陝西博物館的《青銅器圖釋》（1960）、王獻唐的《黃獻彞器》（1960）、于省吾《商周金文錄遺》（1957）。這些著錄當中，趙誠特別肯定了于省吾著錄的貢獻，因為其著錄不但「數量多、清楚，而且無偽器，的確難能可貴，所以為學術界所重視。」〔註64〕于省吾所收的青銅器來源及數量，據他自己於〈序言〉所說的：

> 計郭沫若院長四器，容庚教授十四器，商承祚教授六器、唐蘭教授
> 三器，陳夢家研究員三十三器，胡厚宣教授二十二器，陳偉之館員
> 一百二十器，共二百零四器。借自我校圖書館者（吉林大學）三器，
> 自藏者四百零七器，共計六百十六器。〔註65〕

趙著轉引《商周金文錄遺》在總數量上同，唯讀在轉引吉林大學圖書館〈序言〉說是三器，趙著說是六器，顯然有出入。但如果依總數量來看，顯然是趙著糾正了〈序言〉的部分，實在是難能可貴。

第二種並非金文著錄專書，卻刊載有青銅器銘文。如前面所說的《商周彞器通考》。趙誠挑選了此書其中幾個例子進行說明，例如〈趙孟介壺〉、〈禺邗

〔註64〕趙誠，《二十世紀金文研究述要》，頁144。
〔註65〕于省吾，《商周金文錄遺》（北京：中華書局，2009），頁6。

王壺〉。

第三種，則是屬於新出土的青銅器報告、專著、刊物等等。例如安徽博物館的《壽縣蔡侯墓出土遺物》（1956年科學出版社出版）、考古所《上村岭虢國墓地》等。

第四種，是一些文章發表的同時，刊出了銘文拓片，例如1954年陝西省長安縣斗門鎮普渡村出土之西周青銅器〈長由盉〉，銘文出現在郭沫若發表的文章〈長由盉銘釋文〉（《文物參考資料》，1955年第二期）。這部分可以看出趙誠編列學術史同時，關注一個時代的學術活動之細膩之處。金文學經歷漫長歷史，傳世器於其學術研究工作已經多有學者整理。但新出青銅器銘文卻都是新的資訊，需要由看到這些文物的學者進行考釋，而這些考釋在經過更多的討論、糾正之前，不宜收錄於著錄或考釋專著當中。

第三節　斷代研究

青銅器的斷代是金文學重點研究項目之一。透過判定一個青銅器隸屬什麼時期，對於銘文的理解有極大的幫助。在〈20世紀50年代〉當中，趙誠認定陳夢家的《西周銅器斷代》為學術界所傾向的。雖然在陳夢家之前，有郭沫若開啟了斷代研究的工作，但到了陳夢家時期，他更懂得善用銘文中所提供的訊息，因此得以提供更精確的資訊，不但總結和糾正前人的錯誤，也為後代學者打下了深厚的基礎。

陳夢家的斷代研究，趙誠紀錄如下：

陳氏的《斷代》，連續發表於《考古學報》1955年9月第9冊、12月第10冊、1956年3月第1期、6月第2期、9月第3期、12月第4期。文未完，只發表了一、略論西周銅器；二、武、成間文獻紀錄；三、武王銅器；四、成王銅器、五、西周之燕的考察；六、西周金文的都邑；七、成、康銅器；八、康王銅器；九、西周的冊命制度；十、昭王銅器；十一、穆王銅器；十二、共王銅器；十三、懿、孝銅器。

趙誠共列十三例，並指出後面夷王、歷王、宣王、幽王銅器未發表，根據其未及發表之著作，夷王、厲王、宣王已經完稿，但未能發表，而幽王則尚未

處理。趙誠以兩種計算方式總結陳夢家斷代所使用的青銅器總數，即到宣王為止使用二百一十八件，而已經發表的則是到孝王銅器為止，為九十八器。為了可以更好地和接下來提到的前人郭沫若的研究進行比較，趙誠取後者作為參照。

在陳夢家之前，郭沫若開啟了從銘文著手青銅器斷代的工作。在《兩周金文辭大系・序》當中有討論到自己的研究方法，即：

> 余專就彝銘器物本身以求之。不懷若何之成見。亦不據外在之尺度。蓋器物年代每亦有於銘文透露者，如上舉之〈獻侯鼎〉、〈宗周鐘〉、〈適簋〉、〈趞曹鼎〉、〈匡卣〉等皆是。此外如〈大豐簋〉云：「用牲嚳周王□王成王」，當為康王時器，均不待辯而自明。而由新舊史料之合證。足以確實考訂者，為數亦不鮮。據此等器物為中心，以推正它器。其人名、事蹟，沒有一貫之脈絡可尋。得此，更就文字之體例、文辭之格調及器物之花紋形式以參驗，一時代之器大抵可以蹤跡。即其近是者，於先後之相去，要必不甚遠。至其有歷朔之記載者，亦於年月日晨間之相互關係，求其合與不合。[註66]

接下來將進行陳夢家以及郭沫若斷代分期的比較研究。趙誠所使用的列表方式比較特別，即將陳夢家所排定的青銅器列出，再用郭沫若排列該青銅器的次第。例如〈旅鼎〉在成王器底下，陳夢家直書器名，郭沫若則寫「成王19」。

一、武王銅器

武王時期銅器不多，趙誠僅以文字說明，不特別詳細列表。趙誠指出，郭沫若將〈大豐簋〉（即〈天亡簋〉）和〈小臣單觶〉列為武王時期的青銅器；陳夢家則把〈天亡簋〉和〈保卣〉二器列入，而將〈小臣單觶〉列為成王之器。陳夢家認為小臣單受錫（賜）於周公，應該是跟隨周公東征的人，除此，那一次是成王第二次克商，這些理由基本上為學界接受。但將〈保卣〉列為武王之器，顯然是錯誤的。

[註66] 郭沫若，《兩周金文辭大系・序》，《郭沫若全集》（第八卷），頁14。

二、成王銅器

成王銅器	
陳夢家	郭沫若
甲、克商	
〈小臣單觶〉	武王 2
〈康侯殷〉	
〈宜侯矢殷〉	
乙、伐東夷	
〈塱（量）方鼎〉	
〈旅鼎〉	成王 19
〈小臣逨殷〉（〈小臣速簋〉）	成王 14
〈憲鼎〉	成王 12
〈雪鼎〉	成王 21
丙、伐東國	
〈明公殷〉	成王 4
〈班殷〉	成王 13
丁、伐蓋、楚	
〈禽殷〉	成王 5
〈岡劫尊〉	
〈令殷〉	成王 1
戊、白懋父諸器	
〈召尊〉	
〈小臣宅殷〉	成王 17
〈御正衛殷〉	成王 15
己、明保諸器	
〈令方彝〉	成王 2
〈乍冊䰧卣〉	成王 3
〈士上盉〉（〈臣辰盉〉）	成王 27
庚、燕、召諸器	
〈小臣攎鼎〉	
〈大保殷〉	成王 20
〈匽厚盂〉	
辛、畢公諸器	
〈召圜器〉	
〈獻殷〉	

〈奚方鼎〉	
〈小臣遉鼎〉	
〈乍冊魋卣〉	
壬、「王才」諸器	
〈趞卣〉	
〈乍冊嘗卣〉	成王 7
〈獻侯鼎〉	成王 6
〈盂鼎〉	成王 26
〈蔡殷〉	
〈士卿尊〉	
〈臣卿鼎〉	
癸、其他諸器	
〈中齋〉	成王 8
〈中齋其二〉	成王 9
〈中觶〉	成王 10
〈中甗〉	成王 11
〈呂行壺〉	成王 16
〈師旅鼎〉	成王 18
〈員卣〉	成王 22
〈員鼎〉	成王 23
〈厚趠齋〉	成王 24
〈令鼎〉	成王 25

　　趙誠替陳夢家的斷代研究做出了六項總結，即陳夢家部分同意郭沫若部分意見；另一部分陳氏未拿定主意（遺稿中列入〈其他諸器〉）；部分意見於郭沫若不同（如〈呂行壺〉）；陳夢家新增十六器部分為郭沫若未曾所見，而部分郭氏所看過的卻也沒拿定主意；個別青銅器如〈宜侯矢殷〉對於金文學研究相當重要，陳夢家定為成王之器，並提出了自己的觀點；針對〈令方彝〉，陳夢家表示：「郭沫若定此器為成王時代的，十分正確。學者因見此器有康宮，以為康王之廟，則器應作於康王之後。此說蓋不明於古代宮廟的分別。」〔註67〕這個問題牽涉到康宮的相關問題，針對這一個議題，趙誠有在第三章〈20 世紀 30 年代前後的金文研究〉列為重要議題之一，和〈㝬鐘〉（即〈宗周鐘〉）和三十年代新出銅器並列為重要議題。

〔註67〕陳夢家，〈西周銅器斷代〉（二），《考古學報》（中國社會科學院，1956，第二期），頁 87。

三、成、康王銅器

趙誠指出：「郭氏無『成、康銅器』這一類，於成王之後即列出康王銅器。陳氏列出這一類，當是無法判然分開。」﹝註68﹞因此，這一部分和郭沫若斷代的可比性自然相較其他部份來得少。

成、康銅器	
陳夢家	郭沫若
〈史叔隋器〉（陳氏：應屬於成王時）	
〈北子方鼎〉	
〈應公觶〉	
〈矗叚〉	
〈周公叚〉（〈邢侯簋〉）	康王
〈小子生尊〉	
〈奠尊〉	
〈耳尊〉	
〈𩛥鼎〉	
〈史獸鼎〉	
〈小臣靜卣〉	穆王

趙誠指出，這一類的銅器郭沫若大多數未收，除了後出青銅器郭氏無法看見之外，另一個原因是郭沫若雖然看到了但無法判定該青銅器應屬什麼時期。後期學者的共識逐漸傾向於有不少青銅器只能靠鼎大致上的時間，而無法一刀切。陳夢家設立「成、康銅器」、「懿、孝銅器」的做法顯然是先見之明的。

在這個發展脈絡之下，西周分作早、中、晚三期形成了新的斷代標準。這一個標準比起分王要擴大許多，卻可以增加斷代研究的精確性。後來金文學最重要的工具書之一《殷周金文集成》、馬承源《商周青銅器銘文選》等都是按照早、中、晚三期作為西周斷代標準，再合以東周分王的分域觀念編列。

四、康王銅器

康王銅器	
陳夢家	郭沫若
〈魯侯熙鬲〉	
〈乍冊大方鼎〉	康王

﹝註68﹞趙誠，《二十世紀金文研究述要》，頁153。

〈大保方鼎〉	
〈成王方鼎〉	
〈盉鼎〉	
〈白盉鼎〉	
〈大史友甗〉	
〈庚嬴卣〉（〈庚嬴卣〉）	康王
〈大盂鼎〉	康王
〈小盂鼎〉	康王
〈師旂鼎〉	康王
〈它殷〉（〈沈子它殷〉、〈沈子也殷〉）	昭王
〈遇甗〉	
〈競卣〉	
〈效尊〉	
〈寧殷蓋〉	
〈貉子卣〉	
	〈麥尊〉
	〈麥彝〉
	〈麥盉〉
	〈康嬴鼎〉
	〈史臨彝〉
	〈獻彝〉

　　這一部分青銅器學者分歧最大，趙誠特別指出〈乍冊大方鼎〉在馬承源《商周金文暨青銅器銘文選》說明：「可能是昭王或穆王初時器。」﹝註69﹞〈人保方鼎〉則可能是成王之器；﹝註70﹞〈遇甗〉、〈競卣〉或認為是穆王時器；〈效尊〉被認為是恭王時器；〈貉子卣〉被認為時西周中期時器。這一些青銅器學界之間所保持的態度不太相同，看法也不一致。另外，〈成王方鼎〉在《殷周金文集成》被認定為西周早期的青銅器；〈師旂鼎〉在馬承源《商周金文暨青銅器銘文選》則被認為是「康王或昭王」之器；﹝註71﹞〈寧殷蓋〉在《殷周金文集成》則被認定為「西周早期」的青銅器。因此，趙誠做出了結論，即郭沫若和陳夢家兩人

﹝註69﹞ 馬承源編，《商周金文暨青銅器銘文選》（第三冊），頁107。
﹝註70﹞ 馬承源編，《商周金文暨青銅器銘文選》（第三冊），頁24。
﹝註71﹞ 馬承源編，《商周金文暨青銅器銘文選》（第三冊），頁60。

所列出的二十四件康王時期的青銅器，其中十五件已經普遍被學界所接受，有三器與大眾學者意見相近，只有六器不為一般學者所接受。對此，趙誠給予兩人肯定，特別是陳夢家，將其形容為「陳氏的貢獻主要在於重新審定、補充材料，提出問題，把研究引向深入」。〔註72〕

　　陳夢家所列的康王時期青銅器，雖然只有四件和郭沫若相同，但兩人分別列舉了十七件和十一件青銅器，增添了研究的空間。並且將這種異同的斷代意見擴到到當時學界的看法，可以說是開啟了談論的空間。

五、昭王銅器

　　昭王時期的青銅器無論是陳夢家或郭沫若，所列舉的青銅器都不算多。

昭王銅器	
陳夢家	郭沫若
〈緐毀〉	
〈無其毀〉	
〈友毀〉（〈丁卯毀〉）	
〈尹姞齊鼎〉（〈尹姞鬲〉）	
〈公姞齊鼎〉（〈公姞鬲〉）	
康王	〈沈子毀〉
	〈盂爵〉
	〈段毀〉
	〈宗周鐘〉
	〈狀毀〉
	〈過伯毀〉
	〈鼐毀〉

　　在昭王時期青銅器的部分，趙誠總結說陳夢家的斷代是郭沫若很好的一個補充，主要原因在於兩人所列的青銅器總數只有十二件，並且只有四件被後期學者所接受。陳、郭以及其餘學者對於兩人所列的青銅器斷代看法有著相當大的差距。然而，這樣的差距，也提醒了學界需要重新檢視昭王時期的銅器，依然有著相當重要的啟發價值。

〔註72〕趙誠，《二十世紀金文研究述要》，頁157。

六、穆王銅器

穆王銅器	
陳夢家	郭沫若
〈長由盉〉	
〈遹殷〉	穆王
〈剌鼎〉	穆王
	〈靜殷〉
	〈靜卣〉
	〈小臣靜彝〉
	〈趞鼎〉
	〈呂齋〉
	〈君夫殷〉
	〈寏鼎〉
	〈遇甗〉
	〈稿卣〉
	〈臤觶〉
	〈錄致卣〉
	〈錄殷〉
	〈錄伯致殷〉
	〈伯致殷〉
	〈善鼎〉
	〈競卣〉
	〈競殷〉
	〈縣妃殷〉

關於穆王時器的青銅器，趙誠表示：

> 郭、陳二氏所列，如果將分別所列簡單相加，共是 23 件，由於有兩件相同，實際是 21 件。從後來學術界的研究來看，這 21 件均有學者同意為穆王時器，連與郭、陳二氏意見分歧較大的唐氏（《西周青銅器銘文分代史徵》）也同意其中的 20 見為穆王時器。[註73]

以這個脈絡來看，趙誠推斷說陳夢家已經看過郭沫若的考釋，但不僅僅抱持著補充的心態，且有意糾正。他從銘文上去釋讀，「列出某器，必有自己的意

見或新得可說，絕不人云亦云，抄襲他人之成說」。因此，穆王時器的青銅器雖然所列不多，但背後的學術考量卻是極其深遠的。

七、共王銅器

郭沫若在共王時器的青銅器列出了十六件，陳夢家則是十三件，其中重疊的有十件。說明兩人的斷代分期差別並不算特別大，同樣的兩人分歧的點上，也一樣促進了學界的討論，也可以透過趙誠的整理總結出當時學界的討論以及達到共識的部份。

共王銅器	
陳夢家	郭沫若
〈趞曹鼎一〉（〈七年趞曹鼎〉）	共王（恭王）
〈利鼎〉	共王
〈師虎設〉	共王
〈豆閉設〉	共王
〈師毛公設〉	共王
〈師奎父設〉	共王
〈走設〉	共王
〈趞曹鼎二〉	共王
〈乍冊吳方彝蓋〉	共王
〈師遽方彝〉	
〈師遽設蓋〉	
〈鄭牧馬受設蓋〉	
〈師湯父鼎〉	共王
	〈史頌設〉
	〈頌鼎〉
	〈牧設〉
	〈望設〉
	〈師望鼎〉
	〈格伯設〉

陳夢家於《斷代》指出：

> 西周中期金文，只有到了共王才有完備的右者與史官代宣王命的制度，才具體地表現在銘文上，而其銘文漸固定為一種新形式……西周初期的「作冊」至此改為「內史」，只有〈吳方彝〉還稱乍冊，此

期有了「乍冊內史」、「乍冊史」的官名……西周初期至穆王時，王
常在豐、鎬；共王時的銅器多記「王才周」即洛陽。根據《紀年》，
穆王至共、懿的王都不必在豐、鎬而在西鄭……西周初年有生物之
賜（牛、羊、鹿、魚、鳧等）和彝器之賜（鼎、爵等），更多的是金、
貝之賜，中期已漸沒有；自共王起，最多的是命服、武具和車具，
只有少數賜貝的。〔註74〕

　　針對以上論點，陳夢家做出了結論：「以上就銘文的形式與內容，割分周初
至穆王百年間為一階段，共王開始了另一階段。」由於陳夢家對共王時期體制
改變的觀察敏銳，不但為郭沫若定為共王時的青銅器做出了補充（如〈師奎父
設〉），也讓後代學者接受郭陳兩人共列的青銅器，如唐蘭《西周青銅器銘文分
代史徵》接受 14 器，馬承源《商周金文暨青銅器銘文選》接受 13 器。

　　如果要說分歧點較大的，趙誠列出了三器，即〈鄭牧馬受設蓋〉在《殷周
金文集成》3879 號定為西周晚期器；〈頌鼎〉在《西周青銅器銘文分代史徵》定
為夷王之器，〔註75〕《商周金文暨青銅器銘文選》定為宣王之器；〔註76〕〈史頌
設〉來說，《西周青銅器銘文分代史徵》定為孝王時青銅器，〔註77〕《商周青銅
器銘文選》定為共和時青銅器。〔註78〕

　　綜合以上諸家論點來看，郭沫若開啟了共王時期的斷代研究工作，且在這
一部分的分期做得相當完善，故得到了後人的接受；陳夢家則是將共王時代的
官制、賞賜制度來將這一個時期作為一個分隔點。使得斷代分期的學術研究得
以進一步擴大至周代文化的變遷。

八、懿王銅器

　　原本陳夢家發表《斷代》（六）的時候，是以〈懿、孝銅器〉為標題，趙
誠估計陳夢家是希望將懿王和孝王一併討論。因此發表時使用了「甲、〈懿王
銅器〉」、「乙、〈免組銅器〉」、「丙、〈師晨組銅器〉」為副標，但之後沒有繼續

〔註74〕陳夢家，《西周金文斷代》（全二冊）（北京：中華書局，2004）。
〔註75〕唐蘭，《西周青銅器銘文分代史徵》（第二冊）（上海：上海古籍出版社，2016，第
　　　　二版），頁 594。
〔註76〕馬承源主編，《商周青銅器銘文選》（第三冊），頁 302。
〔註77〕唐蘭，《西周青銅器銘文分代史徵》第二冊），頁 583～589。
〔註78〕馬承源主編，《商周青銅器銘文選》（第三冊），頁 301。

發表。縱然陳夢家手稿遠比起《二十世紀金文研究述要》所轉引的來得多，但趙誠以相對務實的態度，只列出已發表的青銅器。

懿王銅器	
陳夢家	郭沫若
甲、懿王銅器	
〈匡卣〉	懿王
乙、免組銅器	
〈免䛗〉	懿王
〈免簠〉	懿王
〈免尊〉（〈免觶〉）	懿王
〈免盤〉	懿王
〈趡觶〉	
〈守宮盤〉（〈守宮尊〉）	懿王
丙、師晨組銅器	
〈師晨鼎〉	
〈師俞䛗〉	
〈諫䛗〉	
〈大師虘豆〉	
〈楊䛗〉	
〈蔡䛗〉	
	〈猶鐘〉
	〈師遽䛗〉
	〈師遽彝〉
	〈康鼎〉
	〈卯䛗〉
	〈同䛗〉
	〈大䛗〉
	〈大鼎〉
	〈師酉䛗〉
	〈史免簠〉
	〈史懋壺〉

趙誠指出，郭沫若和陳夢家所列且重疊的六件青銅器，後來馬承源也表示認同。但他以唐蘭的例子表示這不代表學界看法是一致的。除了〈匡卣〉被認定為懿王時期的青銅器是沒問題之外，其餘無論是陳夢家所列的青銅器，還是

郭沫若所列的，都有學者抱持不同的看法。以下將趙誠所舉出的郭沫若五器列表處理：

青銅器	郭沫若	陳夢家	馬承源	唐　蘭
〈康鼎〉	懿王	孝王	厲王	共王
〈卯設〉	懿王	孝王	懿王	共王
〈同設〉	懿王	孝王	共王或懿王	共王
〈大設〉	懿王	孝王	夷王	共王
〈大鼎〉	懿王	孝王	夷王	共王

由於陳夢家的〈斷代〉只發表到第六篇，許多後續工作尚未完成。後來中華書局將陳夢家已經處理好的斷代相關作品，以及所遺之手稿，出版了《西周銅器斷代》。雖然少了還沒開始進行的幽王青銅器，但對於學界可說是一大貢獻。

在〈20 世紀 90 年代〉當中，金文斷代和西周諸王年代研究得到了相當的發展，趙誠羅列了一系列有關斷代的學術論文，所舉的例子包括了戚桂宴的〈厲王在位年考——兼論西周諸王在位年數問題〉（發表於《山西大學學報》1979 第一期）、容孟源的〈試探西周紀年〉（發表於《中華文史論叢》1980 年第一期）、高木森的〈略論西周武王的年代問題與重要的青銅彝器〉（發表於《華學月刊》1980 第 107 期）、周法高的〈西周斷代的一些問題〉（發表於《國際漢學會議論文集，1981 年》）、丁驌的〈西周王年與殷世新說〉（發表於《中國文字》1981，第四期），以及海外學者如美國的夏含夷的〈西周諸王年代〉（《發表於西周史資料》附錄三，加州大學出版社，1991 年）、日本的平勢隆郎的〈西周年代曆法與金文月相紀日〉（發表於《中國古代紀念研究》第三節，東京大學東洋文化研究所報告，1996 年）等等。〔註79〕

同時，趙誠也交代了中國大陸在當時推行「國家第九個計畫重點科技項目之一的『夏商周斷代工程』」。而所謂「工程」，目標之一類就是「西周共和元年，（公元前 841 年）以前，包括西周早中期和晚期前半各王，確定比較準確的年代。」〔註80〕另外，趙誠也肯定了王世民、陳公柔、張長壽三人撰寫的《西周青銅器斷代研究》，即該工程的一項研究成果。這時陳夢家的影響力又得以

〔註79〕趙誠，《二十世紀金文研究述要》，頁 427。
〔註80〕趙誠，《二十世紀金文研究述要》，頁 427～428。

更清楚地看到了，他們同樣是「以西周青銅器中銘文可供西周曆譜研究者為主，就其形制、紋飾作考古學的分期斷代研究，為改進西周曆譜研究提供比較可靠的依據。」〔註81〕談到了銘文，就不得不談到陳夢家從銘文進行斷代分期的創舉。即透過銘文中的王年、月序、月相、干支四大要素，這種科學性的研究工作，自然有被繼承的價值。

透過了嚴謹的研究工作，王世民、陳公柔、張長壽三人得出了西周早、中、晚三期的研究，更細膩地將每一期的王羅列出來，即早期：武王、成王、康王、昭王；中期：穆王、恭王、懿王、孝王；晚期：厲王、宣王、幽王。對此，他們表示：

> 採取考古類型學方法排比的器物發展譜系，劃分的是一種相對年代，
> 所謂相當的王世，不過指出大體相當於某王前後，上下可稍有游移，
> 以期為年曆推算提供可信而有寬泛的年代幅度。〔註82〕

無論如何，其他學者所編撰的青銅器銘文選也有不一樣的斷代分期，可見到了90年代，單就相對研究時代久遠的西周就無法達成共識。其中最常被引用的包括了馬承源的《商周青銅器銘文選》（全四冊）以及唐蘭的《西周青銅器斷代史證》（全二冊）。

最後，趙誠引張培瑜〈西周年代曆法與金文月相紀日〉〔註83〕三個論點來總結〈20世紀90年代前後的金文研究〉之斷代部分。其一、「至今研究家的斷代結果及所得西周年表，沒有一家所用紀年銅器能完全合曆。月相紀日都差失1至2日及某些銅器無法安排或曆日需要『校正』的情況」；其二、「正像銅器標型銘文有著考古學、歷史學上的內在聯繫一樣，月相紀日也有其曆法學自身的規律」；其三、「太史公給出了宣幽的年代，史記又有厲王年數，下限已定」但，「司馬遷整理重建西周年曆工作為什麼沒有再向上擴展，肯定是遇到了極大的困難或無法理清的頭緒。」

以上幾點雖然是張氏的結論，但趙誠直接引用，向來是對20世紀90年代前後的斷代研究有著相似的看法。總結來說，古人乃至於近人能使用的斷代研

〔註81〕王世民、陳公柔、張長壽，〈前言〉，《西周金文斷代》（北京：文物出版社，1999），頁1。

〔註82〕王世民、陳公柔、張長壽，〈前言〉，《西周金文斷代》，頁4。

〔註83〕張培瑜，〈西周年代曆法與金文月相紀日〉，《中原文物》（1997年第1期）。

究方法基本上已經達到了一個巔峰。除非有更多的出土文物，否則僅能在前人
的基礎上略談己見，卻不容易達成突破。

　　本章談到了清末民初幾位學人的學術研究成果，並分別在清末民初學人小
結，以及金文著錄當中補充了楊樹達、于省吾之貢獻。接著談到了陳夢家和郭
沫若的斷代分期的對比，並以陳夢家的研究基礎跨到了 90 年代前後的斷代研
究發展史。本章雖以剖解重整趙誠《二十世紀金文研究述要》文本內容為主，
但所談論的部分大部分還是在於〈20 世紀 30 年代前後的金文研究〉、〈20 世紀
50 年代前後的金文研究〉。

第五章　趙誠金文學術史研究（下）

第一節　專題研究

一、康宮議題

趙誠《二十世紀金文研究述要》於〈20 世紀 30 年代前後的金文研究〉首次提到了「康宮」的議題。所謂「康宮」，爭議點不在於「宮」是不是宗廟之名，而在於其唐蘭所舉出的論點：

> 周世於京宮祀太王、王季、文王、武王、成王，於康宮祀康王以下。〈𩵋攸從鼎〉有康宮䢅大室，當即夷王之廟。〈克鐘〉有康𠟭宮，當即屬王之廟……京宮以王季為昭、文王為穆、武王為昭、成王為穆，故《尚書》稱文王為穆考，乃其證。康王則以昭王為昭、穆王為穆、恭王為昭、懿王為穆、孝王為昭、夷王為穆、屬王為昭、宣王為穆，故昭王、穆王稱昭、穆，是其證也。〔註1〕

以上唐蘭整理出一段王室的稱謂問題，並引青銅器銘文進行說明，而其結論為：

〔註1〕唐蘭於〈西周銅器斷代的「康宮問題」轉引郭沫若評論其舊作〈武英殿彝器圖錄〉，《唐蘭先生金文論集》（北京：紫禁城出版社，1995），頁116。

金文每見「康邵宮」、「康穆宮」者，康宮中之昭王廟、穆王廟也。康宮為其總名，而昭、穆以下則各為宮附於康宮也……若〈吳彝〉云「成大室」，則成王廟之太室也；〈君夫𣪘〉云「康宮太室」，為康宮之太室；〈盲鼎〉云「周穆王大室」，則穆王廟之太室；〈䚦攸從鼎〉云「周康宮徲大室，則夷王廟之太室也。〔註2〕

當時唐蘭提出的意見不被郭沫若所認同，儘管在當時來說，他所提出的論點綜合了廟制、禮制和王室的傳承，但郭沫若認為：

說實巧費心思，唯惜取證未充，且包含有選擇與解釋之自由……如文王稱「穆考」乃適以穆字為懿美之辭，與文考、烈考、皇考、帝考、顯考、昭考等同列，非謂乃京宮之穆而稱之為穆考。昭王、穆王均係生號，尤非預於生時自定當為康宮之昭、穆而號昭號穆。〔註3〕

在青銅器的部分，郭沫若指出：

至如選材，則〈何𣪘〉有「王在華宮」；〈利鼎〉有「王各般宮」、〈趙曹鼎〉之一言「王在周般宮」，又其一言「王在周新宮」；〈師湯父鼎〉言「王在新宮」；〈師遽𣪘〉言「王在周客新宮」；〈望𣪘〉言「王在周康宮新宮」，華、般、新等武王可附麗也。……〈盲鼎〉之「王在周穆王大」，大下一字適缺，補為室字大抵近是，然僅此一例而已。僅此一例以證其他均當為某王之宮或室，未免有孤證單文之嫌。〔註4〕

郭沫若最後的結論是：「故康宮非康王之宮，亦猶宣廟非宣王之榭也。」〔註5〕在30年代左右，針對康宮問題進行討論的主要只是郭沫若和唐蘭兩人，兩人所持意見不同，也個別寫過不少文章。但唐蘭在《國立北京大學國學期刊》四卷一期〈乍冊令尊及乍冊令彝銘文考釋〉當中表示這篇文章當中「有些問題」，「解釋得比較詳細」而郭沫若卻「沒有看到」。〔註6〕趙誠列出了這篇文章

〔註2〕唐蘭於〈西周銅器斷代的「康宮問題」轉引郭沫若評論其舊作〈武英殿彝器圖錄〉，《唐蘭先生金文論集》，頁117。

〔註3〕郭沫若，〈令彝〉，《兩周金文辭大系上編》，《郭沫若全集第八卷‧兩周金文辭大系》（第七卷）（北京，科學出版社，2002），頁32。

〔註4〕郭沫若，〈令彝〉，《兩周金文辭大系上編》，《郭沫若全集第八卷‧兩周金文辭大系》（第七卷），頁33。

〔註5〕郭沫若，〈令彝〉，《兩周金文辭大系上編》，《郭沫若全集第八卷‧兩周金文辭大系》（第七卷），頁34。

〔註6〕後收入〈西周青銅器斷代的「康宮問題」〉，《唐蘭先生金文論集》，頁117。

的重點，肯定了唐蘭這篇文章對於京宮和康宮的解釋「的確要詳細且清楚許多」。〔註7〕

到了 70 年代，陳夢家在《西周銅器斷代》對唐蘭以及郭沫若都保持反對的態度，這也促進了唐蘭隔了數十年，再次針對康宮的問題發表文章。〔註8〕他在 1962 年 1 期的《考古學報》發表〈西周銅器斷代中的「康宮」問題〉，趙誠分析成五個部分：

（1）唐蘭認為：「康宮是不是康王之廟，是西周青銅器斷代裡的一個關鍵的問題。」〔註9〕所以要「對這問題做一次深入研究來跟大家商榷，對於西周史的研究工作，將有一定的用處。」〔註10〕

（2）四個方面證明「康宮」是康王之宮，其一、從〈令彝〉銘裡京宮和康宮的對列，可以看出康宮是康王的廟；其二、從西周其他銅器有關「康宮」的記載，也說明是康王的廟；其三、從古代文獻材料裡的宮廟名稱，來證明康宮是康王的廟；其四，從周廟在宗法制度方面分昭穆兩輩的事實，可以說明「康宮」是康王的廟，而昭、穆兩宮是昭王、穆王的廟。

（3）關於「宮與廟有分別的討論」，主要回應陳夢家主張的「宮、寢、室、家」是生人所住的地方，「宗、廟、宗室」是人們設為先祖鬼神之位的地方，則『宮』不是『廟』，『康宮』就不是康王的宗廟」。但唐蘭認為，「這種分別論證是不足的」〔註11〕，在古代這些名詞都經歷過改變，不能訂於一格去看待。

（4）唐蘭指出相當一部分青銅器屬於西周的某王某王，提出了部份理由。

（5）結論：「康宮是周康王的宗廟……所以，用「康宮」來作為分時代的標尺，不只是一兩件同期的問題，而將是一大批同期的問題。」〔註12〕

康宮的問題目前仍有爭議性，但透過唐蘭以及其他學者大量的研究，其中結果對斷代研究有了相當紮實的基礎。後來趙誠紀錄 20 世紀 70 年代前後的斷代研究時，在康宮問題緊接著談論〈關於王姜和周王后妃〉、〈微氏家族銅器探索〉，更是對於斷代研究進行更深入的探討。前篇文章提到了陳夢家透過銘文進

〔註7〕趙誠，《二十世紀金文研究述要》，頁 128。
〔註8〕趙誠，《二十世紀金文研究述要》，頁 249～250。
〔註9〕唐蘭，〈西周青銅器斷代的「康宮問題」〉，《唐蘭先生金文論集》，頁 118。
〔註10〕唐蘭，〈西周青銅器斷代的「康宮問題」〉，《唐蘭先生金文論集》，頁 118。
〔註11〕唐蘭，〈西周青銅器斷代的「康宮問題」〉，《唐蘭先生金文論集》，頁 134。
〔註12〕唐蘭，〈西周青銅器斷代的「康宮問題」〉，《唐蘭先生金文論集》，頁 165。

行斷代分期，是屬於從青銅器本身內部出發的理解；而康宮、王姜等問題則是外部的文化現象。

二、周代官制議題

論及周代官制，傳統來說學人多參考《周禮》，或別稱《周官》。《周禮》作為傳世文獻的地位依舊重要，卻無可否認這部作為反映周代官制的古書，顯然有許多問題存在。

趙誠《二十世紀金文研究述要》中提及楊筠如於《國立中山大學語言歷史學研究週刊》第二集第2期的文章〈周代官名略考〉，當中引文為：

> 言周代官制，率以《周禮》為本。然《周禮》一書，世人多攻其偽。余疑《周禮》出自春秋之後，乃雜採春秋各國官制為之；其中雖大致與周制相近，而謂全為周制，則殆不可信。故就古籍金石所見周代之官名，略為輯釋，以存其真。[註13]

楊筠如的論點有兩個地方特別值得注意，其中之一即是對於《周禮》匯集春秋各國的管制來概括整個周代的官制，那麼出現矛盾或難解的地方，或許可以透過楊氏的推斷得出結果。除此，楊氏提及了「金石所見之官名」，即是傳世文獻與青銅器銘文的對比。趙誠認為，楊筠如「不僅匯輯了《周禮》以外的有關資料，還首先利用銅器銘文有關職官記載來研究西周官制，雖然所獲不多，卻開闢了一個新的研究途徑。」[註14]

事隔一年，郭沫若〈周官質疑〉（後收入《金文叢考》）提及了：

> 《周官》一書，其自身本多矛盾，與先秦著述中所言典制亦多不相符，然信之者沒好曲為皮傅，而教人以多聞闕疑，不則即以前代異制或傳聞異辭為解。因之疑者自疑，信者自信，紛然聚訟者千年有餘，而是非終未可決。良以舊有典籍傳世過久，嚴格言之，實無一可以作為究極之標準者，故論者亦各持其自由而互不相下也。余今於前人之所已聚訟者不再牽涉以資紛擾，僅就彝銘中所見之周代官制揭櫫於次而加以考核，則其真偽純駁與時代之早晚，可以了然矣。[註15]

[註13] 後收錄於《楊筠如文存》（南京：江蘇人民出版社，2014），頁190～202。

[註14] 趙誠，《二十世紀金文研究述要》，頁423。

[註15] 郭沫若，〈周官質疑〉，《金文叢考》，《郭沫若全集》（第五卷），頁121～129。

郭沫若對於古書的闕疑，先以其成書時代開始，再配合青銅器所列舉的官職，如趙誠所說的「對於《周禮》之不信任又進了一步」〔註16〕，並肯定他「全用青銅器銘文來考察周代官制，其研究方法顯然又有了較大的發展，為學界所稱道。」〔註17〕這對於學界來說，帶來了很大的影響，1986年張亞初與劉雨撰寫了《西周金文官制研究》，〔註18〕這部著作共分為三個部分，即〈西周銘文官制分類彙考〉、〈西周銘文職官資料集錄〉以及〈總論〉，就趙誠的分析來說，第一部分和第三部分是研究之資料；第二部分是收集之資料。

除此，後期也有學者如許兆昌編寫了《周代史官文化——前軸心期核心文化形態研究》。〔註19〕但因為該書體例以傳世文獻佐證為主，極少引用青銅器銘文，加上出書年代與《二十世紀金文研究述要》十分接近，因此未納入趙著篇章當中是可以理解的。

第二節　新出青銅器

60年代初對於中國大陸來說，無論是在社會經濟，都處在一個調整期。更直接的說法，就是趙誠所形容的「多事之秋」。以文化大革命來說，對於中國大陸社會帶來相當大的影響。既然基層生活都成了問題，學術活動自然也不會那麼熱烈。對於古文字領域來說，能夠在這個時期進行一定程度，甚至相當大的學術成果，郭沫若有在朝捍衛之功。而這一個時期，卻又成為青銅器大量出土的旺盛期，這些新出土的青銅器也自然帶起了討論。

趙誠共舉出55例，也：

> 只是這一段時期新出有銘銅器的一部分，但也足以說明這一時期的新發現確實相當豐富，對這一時代乃至於下一時期甚至對於21世紀的金文研究以及商周兩代歷史、社會的研究，都將產生積極的意義。〔註20〕

以下整理部份趙誠所列的例子，針對其銘文進行述說。

〔註16〕趙誠，《二十世紀金文研究述要》，頁424。
〔註17〕趙誠，《二十世紀金文研究述要》，頁424。
〔註18〕張亞初、劉雨，《西周金文官制研究》（北京：中華書局，1986）。
〔註19〕許兆昌，《周代史官文化——前軸心期核心文化形態研究》（吉林：吉林大學出版社，2001）。
〔註20〕趙誠，《二十世紀金文研究述要》，頁215。

出土年	青銅器	青銅器述要
1960	陝西省扶風縣齊家村出土〈散伯車父鼎〉四件、〈散父車簋〉五件（同銘）、〈散父車壺〉二件。〈歸叔山父簋〉三件（同銘）。	「散」字皆用。 這一部分屬於「散」字字形方面的問題。金文編所收的散字包括了（〈散伯簋〉）、（〈散伯卣〉）、（〈散姬鼎〉）、（〈陳散戈〉），〔註21〕至於〈散伯車父鼎〉等器，其「散」字金文編檢索也隸定作「𢼸」，和其他青銅器構形大不相同。
1962	安徽省宿縣蘆古城出土〈蒿君鉦〉一件。	〈蒿君鉦〉銘文為：「蒿高君淲盧與𦨶（朕）㠯（以）作（作）無者俞寶，其萬年用享用考（孝），用旂（祈）眉壽，子子孫永寶用之。」第一句和常態青銅器銘文大不相同，趙誠認為如何解釋尚有待考證
1963	陝西省藍田縣新村外輞川河東岸出土〈弭伯簋〉一件。	趙誠指出，此器有人認為屬於西周中期，例如馬承源《商周青銅器銘文選》；有人認為是晚期，個別意見不同。其銘文「隹（唯）八月初吉戊寅，王各于大室，赞（榮）白（伯）內（入）右師耤，即立（位）中廷，王乎（呼）內史尹氏冊命師耤：易（賜）女（汝）玄衣黹屯（純）、鉥（素）市、金鈧（衡）、赤舄、戈琱戟彤沙、攸勒䜌（鑾）旂五日，用事。弭白（伯）用乍（作）隮（尊）𣪘（簋），其萬年子子孫孫永寶用。」這種意見的分歧點可能出在部份的假借字使用上的不同。
1967	陝西省長安縣灃西鄉新旺村出土〈趞盂〉一件	透過〈趞盂〉的銘文：「隹（唯）正月初吉，君在雝（雍）既宮，命趞事于述土，㒸（）諆（其）各㠯（以，）司寮女寮：奚、㠩（）、華，天君事（使）趞事𣲍（沫），趞敢對揚，用乍（作）文且（祖）己公隮（尊）盂，其永寶用。」，趙誠認為個別句子頗具特色。
1969	陝西省藍田縣瀉湖鎮出土〈永盂〉一件	〈永盂〉銘文為：「隹（唯）十又二年初吉丁卯，益公內（入）即命于天子，公廼出氒（厥）命，賜畀（畀）師永氒（厥）田，滄（陰，）易（陽）洛疆眔師俗父田。氒（厥）眔公出氒（厥）命：井（邢）白（伯）、赞（榮）白（伯）、尹氏、師俗父、遣中（仲）。公廼命酉（鄭）𤔲徒函（溫，）父，周人𤔲（司）工（空）𡱂（殿），㪤史、師氏、邑人奎父、畢人師同付永氒（厥）田。氒（厥）逹（率，）履：氒（厥）疆宋句。永拜䭫首，對揚天子休命，永用乍（作）朕文考乙白（伯）隮（尊）盂，永其逹（率）寶用。」 銘文字數共一百二十三字，涉及的內容極廣，趙誠認為這件青銅器對於西周中期的歷史研究有重大的價值，一直到80年代都還有學者為此寫文章。

〔註21〕容庚編、張振林、馬國權摹補《金文編》（北京，中華書局，1985，第四版），頁283。

1970	山東省歷城縣北草溝出土〈魯伯大父作季姬婧簋〉	此器是魯伯大父為小女出嫁所作的青銅器，銘文極為簡潔：「魯白（伯）大父乍（作）季姬婧媵（媵）段（簋），其萬年眉壽永寶用。」除此之外，另外有兩件同名傳世器，分別為嫁出長女和次女所作，銘文差別為「乍（作）孟□姜媵（媵）段（簋）」和「乍（作）中（仲）姬俞媵（媵）段（簋）」，三件青銅器對比起來，可以針對周代媵文化進行研究，而三女的名字也為追朔王室婚嫁留下了很好的紀錄。
1972	湖北省棗陽縣段營出土青銅器兩件，其中之一為〈曾子仲悔鼎〉。	與 1971 年河南省新野縣小西關村古墓出土的〈曾子仲悔甗〉同樣為 21 字，內容並無甚特別之處。唯趙誠認為兩者出土地隸屬於不同的省份，似乎距離很遠，但這一百公里以內的距離對於曾國的地域研究別具意義。
1973	湖北省枝江縣新華村村民發現戰國早期的〈秦王鐘〉一件。	〈秦王鐘〉銘文僅僅 12 字，為「秦王卑（畢）命，競（景）坪（平）王之定救秦戎。」其字形和常見小篆差別並不大，但趙誠認為難以通讀，故引起學術界的重視。
1974	陝西省扶風縣黃堆鄉強家村出土西周青銅器五件：〈師訇鼎〉、〈即簋〉、〈師奐鐘〉、〈桓簋蓋〉兩件	〈師訇鼎〉字數 197 字，有自身世代特色的詞義。
		〈即簋〉銘文 72 字，銘文為：「佳（唯）王三月初吉庚申，王才（在）康宮，各大室，定白（伯）入右即，王乎（呼）命女（汝）赤市、朱黃（衡）、玄衣黹屯（純）、綵（鑾）旂（旗），曰：『嗣（司）琱宮人號膳，用事。即敢對揚天子不（丕）顯休，用乍（作）朕（朕）文考幽弔（叔）寶段（簋），即其萬年子子孫孫永寶用。』」裡頭出現了「康宮」和「琱宮」，但趙誠看法兩者詞義有別。「康宮」的議題前段已有討論，而「琱宮人」當三字連讀，馬承源認為：「『琱』為西周國名，金文中有琱生，見召伯虎簋銘『琱生有事』……宮人，內宮官名。《周禮·天官冢宰·宮人》：『掌王之六寢執之脩』」〔註22〕
	陝西省回龍村出土〈駒父盨蓋〉一件。	〈駒父盨蓋〉銘文共 82 字，為：「唯王十又八年正月，南中（仲）邦父命駒父段（殷）南者（諸）侯，達（帥）高父見南淮尸（夷），氒（厥）取氒（厥）服，董（謹）尸（夷）俗。豕不敢不敬畏王命，逆見我。氒（厥）獻氒（厥）服，我乃至于淮小大邦，亡（無）敢不□具逆王命。四月，還至于蔡，乍（作）旅盨，駒父其萬年永用多休。」通篇銘文說明了西周與淮夷諸侯國的關係，其中「豕不敢不敬畏王命，逆見我。」馬承源的解釋是「南淮夷不敢不畏懼王命來迎見我，不下一字殘缺，應為『茍』，即『敬』字。」〔註23〕

〔註22〕馬承源主編，《商周青銅器銘文選》（第三冊），頁 169。

〔註23〕馬承源主編，《商周青銅器銘文選》（第三冊），頁 311。

1976	河南省安陽市小屯村殷墟五號墓出土銅器四百六十八件，其中二百零八件有銘。	由於該墓屬於商代武丁，即斷代分期中的第二期。雖然銘文文字不多，但和出土的甲骨文可以進行對比。趙誠認為有益於研究商代晚期的歷史與文字。
1978	河北省平山縣中七汲村西，距離古城址西牆二公里第 1 號墓，出土若干有銘青銅器，其中最為重要的是：〈中山王鼎〉、〈中山王壺〉、〈䌐壺〉、〈兆域圖版〉。	這幾個青銅器的出土價值主要有幾項，其中之一便是揭開傳世文獻少有提及的中山國面紗，讓出土文物補足紙上文獻記載的不足；另外則是字數之多。〈中山王鼎〉和〈中山王壺〉分別有 469 和 450 字，〈䌐壺〉和〈兆域圖版〉則是分別有 182 和 460 字；這些字數也提供了極為豐富的內容，可供研究。 除此，趙誠也指出，這些銘文當中出現了不少以往未曾見過的形聲字。有些上古曾經使用的形義字，後代已經失傳，但這些青銅器銘文尚個別存在著。
1979	河南省淅川縣下寺北部發現春秋墓群，出土有銘青銅器六十件。	六十件有銘青銅器當中，〈王子午鼎〉銘文為：「隹（唯）正月初吉丁亥，王子午■（擇）其吉金，自乍（作）鼎彝■（瀝）鼎，用享呂（以）孝于我皇且（祖）文考，用祈眉壽，圅（溫，■）龏（恭）䵼屖（遲），敄（畏）期（忌）趩趩，敬乑（厥）盟祀，永受其福，余不敄（畏）不差，惠于政德，忠（淑，■）于威義（儀），闌闌（閑閑）獸獸（攸攸），命（令）尹子庚歐民之所亟，萬年無諆（期），子孫是利」，字形屬於鳥蟲書，且用詞用句具備特色，藝術水平甚高，有一定研究的價值。
1980	陝西省長安縣下泉村發現西周青銅器〈多友鼎〉一件。	〈多友鼎〉是西周青銅器當中相當重要的一件。其銘文為：「唯十月用嚴（玁）嬊（狁）放（方）興（廣），寊（廣）伐京自（師）告追于王。命武公遣乃元士，羞追于京自（師）武公命多友達（率）公車羞追于自（師）。癸未，戎伐筍（郇）、衣（卒）孚（俘），多友西追，甲申之朞（辰）、衣（卒）孚（俘），多友西追，甲申之朞（辰），搏（搏）于郲多友右（有）折首執訊，凡呂（以）公車折首二百又□又五人，執訊廿又三人，孚（俘）戎車百乘一十又七乘，衣（卒）复（復）筍（郇）人孚（俘）。或搏（搏）于龏（共），折首卅又六人，執訊二人，孚（俘）車十乘。從至，追搏（搏）于世，多友或右（又）折首執訊。乃追至于楊冢。公車折首百又十又五人，執訊三人，唯孚（俘）車不克呂（以），衣（卒）焚，唯馬歐（驅）盡。复（復）奪京自（師）之孚（俘）。多友䢦獻孚（俘）聝（馘）訊于公，武公䢦獻于王，䢦曰武公曰：『女（汝）既靜（靖）京自（師）、贅（釐）女（汝），易（賜）女（汝）土田。』丁酉，武公才（在）獻宮，䢦命向父詔（召）多友，䢦逆于獻宮，公親（親）曰多友曰：『余肇事（使）女（汝），休不噬（逆），

| | | 又（有）成事，多禽（擒）。女（汝）靜（靖）京自（師），易（賜）女（汝）圭𤫊（瓚）一、湯鐘一𩵚（肆，），鐈鋚百匀（鈞）。』多友敢對揚公休，用乍（作）隣（尊）鼎，用倗用友，其子子孫孫永寶用。」 |
| | | 這段兩百餘字的紀錄，將西周晚期獫狁大舉進攻，而周王遣兵取勝的過程描述得非常清楚。其中周王對多友說的話，也可以反映西周晚期書面語和口語使用上的區別，並可據此和其他時代進行比較。 |

　　趙誠在出土青銅器的部分列了 55 例，也僅僅是 20 世紀 70 年代前後的一部分。本節因範圍有限，只能就趙誠舉出的部分例子，合以字形或銘文以及近代學者所見進行討論。無論如何，在那麼短的時間內出土了大量東西周以及商代的青銅器，是不可忽略的學術史。趙誠所舉的 55 例雖然描述上大部分頗為簡潔，卻在整體編排上看得出其細膩之處，即從字形、字用到周代史、周文化、與諸侯國和外邦的接觸等等，都有舉出相對應的例子。這些紀錄除了可以幫助讀者連結當時學界的研究動向，也提供了一系列尚未解決，卻可供後人設法處理的議題，可謂貢獻良多。

第三節　相關工具書

　　本節將整理趙誠於《二十世紀金文研究述要》所提到的工具書，並將其分類為銘文考釋類型、銘文匯集類型、字詞典類型、銘文索引類型、銘文選本類型。至於第四章已經提過的相關近代學者著作，此處將不重複提出。

一、銘文考釋類型

（一）白川靜《金文通釋》

　　《金文通釋》是日本學者白川靜所作，前身是其上課的講義。1962 年（昭和 37 年）開始，在《白鶴美術館志》發表 55 輯，其中前 40 輯為銘文考釋的部分。每一輯收有若干青銅器，將各國青銅器分為西北（一、二、三）、中土、東土（一、二）、南土四大類，再將各諸侯國器銘分別納入。

　　趙誠認為，白川靜《金文通釋》的體例不容易描述，因此將〈作冊大方鼎〉的銘文考釋全文引入，作為該書金文考釋的一個範例。並總結出三大優點：

　　其一、介紹的情況全面，能通過閱讀過程了解某銅器曾有名稱、銅器總數、

斷代觀點、出土年份與地點、收藏者或單位、著錄與考釋、行款特點與異同；其二、將前人和近現代學者考釋主要論述幾乎引用，讓讀者對於某器能有更近於通盤的理解；其三、銘文考釋最後一部分的〈參考〉，即字體、賜物、形制、紋飾、用字、行款、修辭、語法、韻讀、斷代異說、世系考察、相關銅器、銘文比較、家族簇徽號、段落劃分、文獻對照、時代特徵、關聯人物、學者思路、宗族關係、歷年推算、疑問概括、要點記述、同銘器群、各家辯駁等。〔註24〕

（二）周法高《金文詁林》、《金文詁林附錄》、《金文詁林補》

趙誠對於《金文詁林》的形容是：

> 《金文詁林》由周法高主編，張日昇、徐芷儀、林潔明編纂，始於
> 1967 年秋，成於 1974 年夏，1975 年香港中文大學出版。全書共 16
> 冊。書名仿照丁福保的《說文解字詁林》，但體例略有不同。〔註25〕

所謂不同之處，在於《金文詁林》仿照的體例更傾向於容庚增訂本的第三版《金文編》，依照《說文》排列分卷，圖形文字列為附錄上，不識字列為附錄下。與《金文編》相比較的話，《金文編》少有銘文，即使有也只限於某字底下的說明，無法直接對比同字之間在不同銘文之中的運用。《金文詁林》則補足銘文的部分，並參考郭沫若《兩周金文辭大系考釋》、《文史論集》、容庚《商周彝器通考》以及其他、于省吾《雙劍誃吉金文選》及其他、吳闓生《吉金文錄》、羅振玉《貞松堂集古遺文》、《補遺》、《續補》及其他、陳夢家《西周金文斷代》及其他，其他學者著作。

《金文詁林》主要體例是由周法高等人分工集成，在《金文詁林・序》，由周法高提到：「是書肇始於一九六七年秋，由余指導研究生張日昇、徐芷儀二君著《金文編考證》，列舉《金文編》各條所據器銘文句，歷時八月而成初稿」〔註26〕的成書開始，內容的部分，則主要是《金文詁林・序》所提到的：「余（周法高）舊著《金文零釋》十萬言，泰半來入本書，又新加案語若干條。」〔註27〕趙誠認為，這是「在集輯了各家學說之後所作的有針對性的按語，即並非是一般

〔註24〕趙誠，《二十世紀金文研究述要》，頁 283～284。此處納入趙誠三大總結，用詞的部分按照趙氏原文敘述文字，以便列名其觀點。
〔註25〕趙誠，《二十世紀金文研究述要》，頁 286。
〔註26〕周法高主編，張日昇、徐芷儀、林潔明編纂《金文詁林》（第一冊）（香港：中文大學印行，1974），頁 36。
〔註27〕周法高編，《金文詁林》（第一冊），頁 36。

意義上的按語。」〔註28〕至於張日昇和林潔明的部分，則是「張日昇君加按語八萬言，林潔明君加按語三萬言」〔註29〕，更詳細來說，則說「張君於考證成書以後，閱讀金文諸書，以便收入《詁林》，為時三載，草紮記八萬言」〔註30〕；「林潔明君於 1971 年研究所卒業後繼續《金文詁林》之校閱工作，草紮記三萬言。」〔註31〕在《金文詁林》附冊當中，有一篇由徐芷儀撰寫的《金文編紮記》，是作者碩士論文的一部分。全書的完成，歷時七年，即《金文詁林·序》所說的：「余司策劃、監督、搜集、選才、大學當局按年撥款前後七年，始終其事。卒此全書編纂之經過。」〔註32〕以下整理周、張、林三人於《金文詁林》的學說：

學 者	學 說
周法高	（一）從《金文零釋》納入《金文詁林》的學說，例如白懋父是否為文獻中的康伯髦。 （二）介紹或評論白川靜《金文通釋》與相關著作，例如白川靜誤釋〈師㝅𣪕〉 （三）屬於按語的論述，分為對各家考釋評定以及僅對張、林二人的按語而論兩種。 （四）指出某人之論與周氏相同。
張日昇	（一）介紹各家之說加以批評並提出己見，例如《金文詁林》1146 尸字頭按語。 （二）提出自身新解，例如《金文詁林》0215 復字頭的學說。 （三）總結古文字形體演化的規律。 （四）以語言學角度來研究金文用義。 （五）以字形、字音、斷句、文例、語法等考證銘文。
林潔明	（一）補引《說文》註解，並略作說明。 （二）對各家說法逐一進行評論，包括了容庚、郭沫若、林義光等人。 （三）提出新解，例如《金文詁林》1619 亡字頭。
徐芷儀	（一）提出《金文編》第三版「各器排列，不盡依據時代區分……致使檢查者不辨時代，易致誤解」。 （二）「容氏此編，以研究字形為主，對於字之用法，亦偶加註明，但語焉不詳，使檢查者必須翻檢原文，始能得其用法，極為不便。」 （三）指出《金文編》收字不全。

〔註28〕趙誠，《二十世紀金文研究述要》，頁 286。
〔註29〕周法高編，《金文詁林》（第一冊），頁 36。
〔註30〕周法高編，《金文詁林》（第一冊），頁 37。
〔註31〕周法高編，《金文詁林》（第一冊），頁 36～37。
〔註32〕周法高編，《金文詁林》（第一冊），頁 37。

（四）指出《金文編》每字下器名與器目所引器名前後不一致，並做
出對照編，幫助檢核。

（五）指出容庚誤收器目銘文所無之字，共 34 例。

（六）對比容庚和郭沫若釋文句讀的不同之處，釋字不同者 60 例，
句讀不同者 20 例。

（七）指出自己「未查到原銘文句者」共 12 處。

綜合了以上四家的說法，趙誠總結《金文詁林》其他值得注意的地方，〔註33〕
例如周、張、林三位注重字的用法，即注重考察某字用作何詞表示何義；通假
與上古音韻之間的關係，周、張、林三家皆重古音韻，討論較多，甚至互相駁
難；20 世紀 50 至 70 年代兩岸關係緊繃，《金文詁林》收錄大量臺灣學者的成
果，因出版於香港，促進了大陸學者對於臺灣金文研究的認識。

在《金文詁林》出版後，李孝定於 1982 年出版《金文詁林讀後記》，趙誠
指出：

> 從書名來看，似為《金文詁林》之繫記，其實近似於《金文詁林》
> 的按語，所以讀此書，當與《金文詁林》合而讀之，至少也要參看
> 《詁林》二讀，否則李氏之說有時會不太明白。〔註34〕

透過《金文詁林》的閱讀，加上李孝定的《讀後記》，即是趙誠所形容的
「相輔相成的兩部作品。除此之外，《讀後記》也涉及了李孝定的《甲骨文字
集釋》，這兩部著作的對比，又是從金文論及殷墟甲骨文的理解。

李孝定在《金文詁林讀後記》完稿以後請陳槃審閱，並將其意見納入《讀
後記》當中。趙誠認為陳槃對於金文的見解不多見，能夠從《讀後記》看到實
屬難得，並肯定李孝定的治學精神，以及《讀後記》的可信度。另外，也介紹
了《讀後記》一些對於研究金文、古文字以及古文字研究方法的認識進行了評
述，可見《讀後記》本身並非單純的字詞典，或《金文詁林》的「讀後記」，而
是一部涉及到古文字學整體研究的重要著作。雖然最後趙誠評定了一些《讀後
記》的不足，但不影響其重要性。

論及《金文詁林》之後，不能不提到的是本來計畫一起出版的《金文詁林
附錄》。如書名所示，《金文詁林附錄》即是效仿容庚《金文編》第三版的做法，
將「圖形文字之不可識者為附錄上」，共五百六十二文，而本來《金文編》第三

〔註33〕趙誠所謂「值得注意的地方」是將徐芷儀的說法納入，唯徐氏也是《金文詁林》編
輯工作成員之一，故抽出和周、張、林三家對比。

〔註34〕趙誠，《二十世紀金文研究述要》，頁 311。

版並沒有變好，周法高在編定《附錄》時加了上去。《金文詁林附錄》對於《金文編》的修訂有一定的幫助，包括了新添《金文編‧附錄》的編號，補出文句、列出學人考釋、提醒容庚對於古音的重視（透過《金文詁林附錄‧後記》中容庚回覆周法高的信件）。

續《金文詁林》、《金文詁林附錄》之後，周法高於 1978 年回到臺灣，繼續編撰《金文詁林補》，為時三年。周法高在《金文詁林補‧自序》當中提到：

> 補編體例，與正編大體相似，而微有不同……補編增錄三十年來出版之銅器銘文七百餘通，逐字編為索引，附於有關各條之下，其異一；正編據容庚三訂《金文編》所收之字，補編則增收三百餘字，其異二；正編篇幅雖多，而余在中文大學有碩士弟子協助，殊為得力。又因公務鞅掌，無暇細勘。編附錄時，弟子星散，始親自操作。來臺後，事必躬親，如〈墻盤〉及中山王四器銘文，整理各家考釋，並附己意，歷時三月，始克竣事。篇幅少於正編，而所得反多餘前，其異三。〔註35〕

除了以上三項，趙誠指出另外兩項補編的特色，即補編所收多為新出銅器銘文以及單字之考釋，所以能「增錄銅器銘文七百餘通，增收三百餘字」以及；正編所收日本學者較少，補編則增收不少，包括了加藤常賢的《漢字之起源》；赤塚忠的《稿本殷金文考釋》、白川靜的《金文通釋》和《說文新義》，約「數十萬言」，並均由林潔明翻譯。

二、銘文匯集型

《甲骨文合集》對於古文字研究來說是極其重要的著作，特別是在中國大陸動盪不安的社會背景之下。而在這個時期，海峽兩岸同時有學者編輯青銅器銘文的匯集，這也是在青銅器經歷大量的字形、器物、訓詁等研究到了一個階段後，針對青銅器銘文從量的部分進行大型的匯整工作。

（一）《金文總集》與《商周金文集成》

這兩部著作在臺灣出版，時間均在《殷周金文集成》之前。由於兩岸因政

〔註35〕周法高編，《金文詁林補》（第一冊）（臺北：中央研究院歷史語言所，1997，第二版），頁 4～5。

治緊張的緣故，中國大陸新出之青銅器自然是無緣見到。加上嚴一萍編纂《金文總集》和邱德修編纂的《商周金文集成》的學術考量不同，在數目來看分別比《殷周金文集成》少了四千多件和三千多件。趙誠也指出：

> 嚴、邱二書內容上基本上由已經發表過的資料重新編輯，原來發表時摹本或縮小本基本上沒有改變，若干偽器也未刪去，原來存在的某些混亂如名與實不符等現象仍基本保留。最讓人遺憾的是一批未曾發表過的銘文和精善之拓均未能收入。〔註36〕

然而，趙誠以簡單的方式帶過《金文總集》顯然有商榷之處。從《金文總集·序》來看，嚴一萍從一開始就引許慎《說文·序》：「郡國往往於山川得彝，其銘文皆前代之古文。」〔註37〕又引《漢書·郊祀志》：「上有故銅器問少君，少君曰：『此器，齊桓公十年，陳於柏寢。已而案其刻果齊桓公器』」〔註38〕，並評論為「此春秋器而有文字也。」〔註39〕之後從張敞考釋出該鼎屬於西周重器，並考釋出其釋文，再交代各朝代對於青銅器圖錄、摹本地狀況，直到乾隆《西清古鑑》到民國以來的金文學術概況。到後面表達了編輯《金文總集》的想法：

> 夫七厄所生，皆當變革之際，近三十年來，世局之一大變也，宜乎私家所藏，靡有厥遺。幸地不愛寶，往往高原古塚之間，觸處呈露，日出不窮。所謂考古發掘者，亦時時散見於書刊報告，數亦匪少。今日倖存於天壤，百年之後，存否又不可知矣。心實憂之。年來蟄居異域，日夕摩挲，惟甲骨、金文、古籍而已；甲骨有著述，金文則罕及。去年冬，友人有貽我《金文著錄簡目》一書，檢其所錄器物之出處，視萍廬藏書，闕者無幾，油然而生撰輯《金文總集》之想。〔註40〕

由此看來，在所見材料並不算多的情況下，嚴一萍這一部著作可說是在國

〔註36〕趙誠，《二十世紀金文研究述要》，頁363。

〔註37〕〔東漢〕許慎著、〔清〕段玉裁注：《說文解字註》（臺北：藝文印書館，2007，第二版），頁769。

〔註38〕〔東漢〕班固著，〔唐〕顏師古注，《漢書》（第四冊）（北京：中華書局，1962），頁1126。

〔註39〕嚴一萍，〈序言〉，《金文總集》（第一冊）（臺北，藝文印書館，1983），頁1。

〔註40〕嚴一萍，〈序言〉，《金文總集》（第一冊），頁2。

民政府遷臺以前所見材料的大匯集相當重要。甚至可以說是這一時期臺灣金文研究代表作之一，有特殊的時代意義，自然不能忽略。

（二）殷周金文集成

《殷周金文集成》的編撰可以說是 20 世紀 90 年代乃至於整個近代古文字學史上一個重要的事件。根據趙誠的論述，《集成》的前身可追朔到 1937 年羅振玉編輯的《三代吉金文存》、1950 年代郭沫若所建議的《金文合集》計畫、1956 郭沫若再次提出，但文化大革命之下，編輯小組成員如陳夢家以及陳慧亡故使得計劃無法推行。直到歷史所《甲骨文合集》推出以後，所長夏鼐積極主張《金文合集》計劃早日進行，才在 1979 年初成立新的編輯小組，由王世民主持，陳公柔負責業務指導，加上新調進成員張亞初、劉雨以及歷史所得曹淑琴、王兆瑩、劉新光七人，全面開展工作，並將「金文集成」的書名正式定為《殷周金文集成》。〔註41〕

《殷周金文集成》的特點有兩大部分，即資料搜集和精心選配。資料的搜集上，包括了已著錄的三百多種銘文一一羅列，同時為了保持質量，編輯組派出專人進行手拓，以獲得更大的拓本。

因此，在種種細膩的編排、處理工作之下，《殷周金文集成》成為了古文字研究，特別是從事金文研究最重要的工具書。甚至可以說，如果要掌握夏商周三代底下材料的圖檔與銘文匯集，《甲骨文合集》和此節提到的《殷周金文集成》是不可不研讀的第一手資料。

三、字詞典類型

編　者	書　名	特　色
陳初生編	《金文常用字典》	由山西人民出版社，全書收一千個金文常用單字。如同書名，屬於金文單字中比較常見的，音義上也較為明確。同樣的也是按照《說文》部首編列。主要分「釋形」（西周各家考釋字形的重要成果）、「釋義」（分三大部分：列出《說文》對正篆的解釋；通過「析形」探索造字本義；根據銘文用義結合文獻印證，分別設立若干義項逐一加以簡釋）。除此之外，將兩者相輔的注音，包括了漢語拼音、同音字、反切以及上古音韻部、聲紐和聲調。趙誠認為《常用字典》的不足之處主要原因有二：編寫

〔註41〕趙誠，《二十世紀金文研究述要》，頁 356~357。

		時間倉促（僅用十五個月）以及編纂此書時許多重要的研究成果尚未問世或剛面世未能得見。同時針對「析形」和「析義」談了一些問題，但最後扔將其肯定為「能起一定作用的工具書」。〔註42〕
戴家祥主編、馬承源副主編，潘悠、王文耀、沃興華編纂	《金文大字典》	這部字典有四大特色，其一、為了保持金文原來面貌，該書金文字頭均根據銘文拓片輯錄影印，遇到錯金銘文，採用摹本剪輯；其二、收字頭力求清晰、完整，也有了少量殘泐但仍可辨識其結構的字頭；其三、《大字典》收《三代吉金文存》、《兩周金文辭大系圖錄》、《商周金文錄遺》、《中、日、歐、美、澳、紐縮減所拓所摹金文匯編》等。〔註43〕中華人民共和國建國以後，收錄來自上海博物館、陝西省考古研究所、山西省文物管理委員會、山西省博物館《陝西出土商周青銅器》、臺北《中國文字》等材料，唯不知何故不使用《殷周金文集成》，但不影響其實用性；其四、此書「考釋僅收錄被學術界公認的，比較可從的最早的一家之說」，擇從的原則是：「第一，釋形正確無誤；第二，審音合乎上古音理；第三釋義不背雅馴。如三者備其二，也收錄之，以備一說。」〔註44〕
王文耀編	《簡明金文詞典》	王文耀於前言有說到：「由於歷史時代和環境的變遷，我們在辨識金文單字，並進而理順文章，通釋全篇時，經常遇到不少困難。先賢在金文單字考證和整理方面，做了大量工作。而而對豐富、複雜的金文詞彙，相對將還缺乏系統的詮釋和整理，尚無一部金文詞典問世。」〔註45〕《簡明金文詞典》的特色有幾點，即「詞典選收商周青銅器銘文中常用單字和複詞，兼收器銘中出現的重要人物和典章制度等，共1975條⋯⋯一部份是為後世沿用的詞和成語，包括部分人名、國名、地名；也有金文特有的習慣用語，以及古今歧異的詞，還有少量至今仍眾說紛紜沒有定論的詞。對於這些疑難詞，作者或權衡眾家之說後，遴選一家比較可靠的說法，或根據自己的心得整理成文」〔註46〕；其二以「歲貞」的各家看法為例，探討《詞典》的功能性是否適合將詞組作為詞收入；其三、以「武佊」為例，採取「一說」的辦法，將其他各說列於文後，以供參考；其四、以「純」和「屯」為例，視作一字，但有爭議存在；《詞典》以語言角度收字，二字至四字組成的詞語較多，是《詞典》的特色，趙誠認為值得重視。

〔註42〕趙誠，《二十世紀金文研究述要》，頁388。

〔註43〕戴家祥主編、馬承源副主編，潘悠、王文耀、沃興華編纂，《金文大字典》（上海：學林出版社，1999第二版），〈凡例・取材及收字〉頁1。

〔註44〕戴家祥主編、馬承源副主編，潘悠、王文耀、沃興華編纂，《金文大字典》，〈凡例・分部及編排〉頁2。

〔註45〕王文耀，〈前言〉，《簡明金文詞典》（上海：上海辭書出版社，1998）頁10。

〔註46〕王文耀，〈前言〉，《簡明金文詞典》，頁9。

四、銘文、著作索引型

編　者	書　名	特　色
周何總編，季旭昇、汪中文主編，周聰俊、陳韻、方炫琛、盧心懋編輯	《青銅器銘文檢索》（全六冊）	1995 年臺北文史哲出版社出版，以《金文總集》所收錄的 8034 的有銘青銅器為依據，另外參考《商周金文集成》和《金文編》、《商周青銅器銘文選》、《殷周金文集成》等書，共收 8530 器左右。其不足之處莫過於收器上的不足（能見青銅器一萬多）；字頭的不足（能見約 4000～5000 多字，《檢索》僅 3910 字。）；僅有檢索，並無釋文，無法核查；有相當研究成果未能吸收進來。
張亞初編	《殷周金文集成引得》	2001 年中華書局出版，分〈序言〉和〈凡例〉兩部分。〈序言〉歸納出 4972 字，比《金文編》第四版多出一千多字，分十二類說明：即：利用金文裝飾美化的特點釋字；利用繁趨簡的規律釋字；利用簡趨繁的規律釋字；利用偏旁通轉規律釋字；利用引進偏旁釋字；利用正確隸定釋字；利用甲骨文偏旁釋字；利用晚期文字形體釋字；利用《說文》釋字；利用後代字書釋字；利用文獻記載釋字；利用古代字數釋字。 〈凡例〉的部分則列出了幾個特點，其一：《殷周金文集成》釋文編寫者主要為考古所和張亞初，張亞初認為兩者可以互相補充，並行不悖。〔註47〕；其二「對於銘文可隸定之……部分文字，為方便讀者辨識對照，在該字號下，先寫原篆，後寫隸定字，實難隸定者，案原篆形書寫」；〔註48〕「文字的隸定，儘量與《集成》保持一致。部分採用了學術研究最新成果……；〔註49〕本書出於疏通古文字流變之考慮，而在字號下註明其本字及後起形體……」；〔註50〕其三、此書第三部分為《殷周金文集成》釋文，共 180 頁；其四、釋文之後列有《部首表》，分部據字形自然歸納。個別的部首分部按照《說文》而定」；〔註51〕其五、〈部首表〉之後為〈單字排序便覽〉，詳細列出 413 條所包含的 4685 字一級其他類所包含的 4686 至 4972 之字。有了這個〈便覽〉，從某種意義來講，的確有一些方便，但某字查找起來仍相當困難。〔註52〕其六、〈便覽〉之後的《殷周金文引得》是本書主題；其七、《引得》之後為《金文編引得收字對照表》進行三點說明；〔註53〕其八、《對照表》之後

〔註47〕張亞初，〈凡例〉，《殷周金文集成引得》（北京：中華書局：2001），頁 1。
〔註48〕張亞初，〈凡例〉，《殷周金文集成引得》，頁 1。
〔註49〕張亞初，〈凡例〉，《殷周金文集成引得》，頁 1。
〔註50〕張亞初，〈凡例〉，《殷周金文集成引得》，頁 1。
〔註51〕張亞初，〈凡例〉，《殷周金文集成引得》，頁 2。
〔註52〕張亞初，〈凡例〉，《殷周金文集成引得》，頁 2。
〔註53〕張亞初，〈凡例〉，《殷周金文集成引得》，頁 2。

		是《引得新收字一覽表》，所謂「新收字」即《金文編》未收之字；〔註54〕其九，是《殷周金文集成單字出現頻率表》；〔註55〕其十，也就是最後一部分，即《筆畫檢索》，從一劃到三十八劃。〔註56〕
華東師範大學中國文學研究與應用中心編	《金文引得》（全二冊）	由華東師範大學出版的《金文引得》共有兩冊，一個是《殷商西周卷》，一個是《春秋戰國卷》。在此處趙誠著重的是《殷商西周卷》，原因在於兩冊書在不同時期出版，因此在《金文研究述要》編寫之時，趙誠或尚未看到出版未久的《春秋戰國卷》。趙誠否定《殷商西周卷》的前言「出土古文字引得編制時一向缺乏前人經驗借鑑的工作」〔註57〕，列舉了例如島邦男編輯的《殷墟卜辭通述》、姚孝遂、肖丁（趙誠）等人的《殷墟甲骨刻辭類纂》等作品；其二，此書《凡例二》云：「《金文引得》由『釋文』、『引得』、『檢字』三大部分構成；《金文引得·殷商西周卷》收入之九千九百一十六件有名銅器，絕大多數可見於《殷周金文集成》，新增補的極少，大約兩百五十件」〔註58〕；《金文引得·殷商西周卷·凡例三》說到：「釋文首先以銘文所在之器類排序……同器類的釋文則按照釋文字數為排。」〔註59〕；《金文引得》的釋文大多數是參考他人的考釋，有的已經形成共識，有些則是和他人所考釋的結果有所不同；《金文引得》所收的單字不得而知，趙誠從書後附錄的《青銅器銘文釋文引得檢字》人工統計，得出大約 3548 字；編者設計了「三級字符拼編碼檢字」，將金文字符分成三種類型：形音義都可以確定而且具有較強構字功能者；音義不明但字形可辨者；音義及字形都不可辨，只可從幾何圖形角度來劃分類別者。 在《春秋戰國卷》的部分，同樣由「釋文」、「引得」、「檢字」三部分構成。「『釋文』包括了見於 2001 年以前的專書、雜誌著錄的春秋和戰國銅器兩千兩百五十三器（少數銘文殘泐模糊不清者除外）一千六百九十二片銘文的隸定斷句；『引得』以字為單位列出各字為單位列出各字在『釋文』中所出現的句子；『檢字』表明『引得』中所有單字的頁碼」〔註60〕除此之外，在「釋文」的部分，包括了：釋文編號；釋文正文；釋文所對應的

〔註54〕張亞初，〈凡例〉，《殷周金文集成引得》，頁2。

〔註55〕張亞初，〈凡例〉，《殷周金文集成引得》，頁2。

〔註56〕張亞初，〈凡例〉，《殷周金文集成引得》，頁2。

〔註57〕華東師範大學中國文字研究與應用中心，〈前言〉，《金文引得》（殷商西周卷）（南寧：廣西教育出版社，2001，頁1。

〔註58〕華東師範大學中國文字研究與應用中心，〈凡例〉，《金文引得》（殷商西周卷），頁1。

〔註59〕華東師範大學中國文字研究與應用中心，〈凡例〉，《金文引得》（殷商西周卷），頁1。

〔註60〕華東師範大學中國文字研究與應用中心，《金文引得》（春秋戰國卷）（南寧：廣西教育出版社，2002，〈凡例〉頁1。

		青銅器在《金文語料庫》中的編號、器名及其時代；銘文所對應青銅器的主要著錄，並依照銘文所在之器類進行排序。 在用字的部分，「釋文的器名使用現代通用字，徵文用字以保持銘文原貌為原則。」〔註61〕（即銘文字形與現代通行字不同者，釋文用字以隸定古定為原則，並將其現代通用字以小號字標註於後；銘文已用借字者，釋文一仍依舊，相應後起字以小號字標註於借字之後；銘文原形已識但難以隸定者，釋文先出原形字，後注現代通行字；銘文中未識字只出原形）如此看來，《春秋戰國卷》雖然涉及的區域更廣，銘文的內容、行款更為複雜，但根據〈凡例〉的標準來看，編輯組以更嚴謹的態度去處理其青銅器銘文的材料，雖然沒附上拓片或摹本，但對於東周青銅器銘文研究可以說是馬承源《商周青銅器銘文選》（第二、第四冊）之外最為重要的銘文總集之一。
孫稚雛編	《金文著錄簡目》	孫稚雛的《金文著錄》簡目效仿容庚《三代秦漢金文著錄表》作為基礎，參考了陳夢家《美帝國主義劫掠的我國殷周青銅器集錄》、周法高《三代吉金文存著錄表》、白川靜《金文通釋》等書的著錄，收錄對象以《三代吉金文存》、《商周金文遺錄》、《文物》、《考古學報》等各種銅器圖錄中有銘文拓本者為主，編者見過原拓而未見著錄之器，近代學者引用較多的宋代、清代著錄的金文，也酌量收入。除此之外，也增收了禮器、樂器、兵器、量器、符節、車馬器等等，共有七千三百一十二件。趙誠認為「有關殷周時代的重要銘文資料，大體已經收錄在內，可以說是一部相當有用的工具書。」〔註62〕
中國考古所編	《新出金文分域簡目》	所謂「新出」的定義是在於1949年以後出土的青銅器。這些青銅器雖然出土年代偏晚，數量卻十分可觀。但由於這些資料分散於各種書刊，一般學者較難看到，對於學術研究來說十分不利。中國考古所在編輯《殷周金文集成》的同時，將新出土的殷周金文資料（含春秋戰國時期），以1981年發表者為準，按照出土地一一收錄，並於1983年由中華書局出版。從〈凡例〉來看，《簡目》有四大特色：其一、所收每項發現，先表明地點、年代和性質，再簡述出土情況，著名資料來源遂而列舉有銘青銅器以及將無銘青銅器列在其後；其二器物尺度和器銘釋文，一般依照資料來源欄中文獻，編者對釋文不加改動，也不包括注解今字；其三、舊日著錄的傳世銅器，如出土地點可考，按照柯昌濟《金文分域篇》摘抄，再作校正補充（列為附錄一）；其四、1949年以來大多數出土概況者有辦法知道其隸屬縣份，出土地不明的則按照收集或現存單位編排（列為附錄二）。

〔註61〕華東師範大學中國文字研究與應用中心，《金文引得》（春秋戰國卷），〈凡例〉頁1。
〔註62〕趙誠，《二十世紀金文研究述要》，頁416。

孫稚雛著	《青銅器論文索引》	趙誠認為《青銅器論文索引》可以說是《金文著錄簡目》的「續篇」，前者「以器為綱的著錄表，所收以金文專著為限」〔註63〕；後者「則兼收各種論文集和報刊雜誌上有關青銅器和金文的中文論著。」〔註64〕其不足之處在於時間到1982年為止，但這並非學術的問題，而是學術上的侷限。
吳鎮烽	《金文人名彙編》	如同書名，這是一部由吳鎮烽編纂的人名著錄，由中華書局於1987年出版。其來源是七十八種著錄書刊中，搜尋出「傳世的和考古發掘出土的青銅器銘文中的任命五千二百二十八條，人名詞頭用字一千五百六十二個，分別按筆畫加以編纂，並根據銘文內容和有關文獻記載，對每個人物作簡要的介紹。」〔註65〕

五、銘文選型

在《二十世紀金文研究述要》中，趙誠將「銘文選本」列出兩本，即唐蘭的《西周青銅器分代史徵》以及馬承源的《商周青銅器銘文選》，而劉昭瑞的《宋代著錄商周青銅器銘文箋徵》則列入前方的〈相關工具書〉當中。本節考量到劉氏作品的體例，將其納入銘文選相關工具書當中，以便和《西周青銅器分代史徵》以及《商周青銅器銘文選》進行對比。

（一）《宋代著錄商周青銅器銘文箋徵》

趙誠認為，「此書實在是一部研究著作，但可以作為工具書來使用」，〔註66〕如第三章所提，這一部書的前人著作，有王國維於1914年編制的《宋代金文著錄表》，以及容庚於1928年在此基礎上重編的《宋代金文著錄表》，張亞初於1985年在王、容二人的基礎上進行改變，做成《宋代所見商周金文著錄表》，並刊於《古文字研究》第十二輯。後來到了劉昭瑞，於2000年著作《宋代著錄商周青銅銘文箋徵》。

這一部書的出現，和對前人學者的整理結果有若干不滿意之處，其中包括了張表：

（一）「收宋人著錄有銘文器目共五八九，是在《集古錄跋尾》（歐陽修）、《考古圖》（呂大臨）、《金石錄》（趙明誠）、《博古圖》（王黼等）……等十一種

〔註63〕趙誠，《二十世紀金文研究述要》，頁421。
〔註64〕趙誠，《二十世紀金文研究述要》，頁421。
〔註65〕趙誠，《二十世紀金文研究述要》，頁421～422。
〔註66〕趙誠，《二十世紀金文研究述要》，頁417。

書的基礎上編制而成……就宋人其他著作來看，大量計有青銅器的，還有鄭樵《通志‧金石略》、高似孫《緯略》卷一一《三代鼎器銘》，前者收器二三七件，後者收器二三一件，其中均有若干器不見於他書。又元代楊鈞所撰《增廣鐘鼎篆韻》，近人考證是在薛尚功《重廣鐘鼎篆韻》基礎上成熟了，並基本上保存了薛書原貌，該書有引用器目一卷，其中也有若干器不見於他書。散見於宋人筆記小說中的青銅器亦復不少。所以精確地統計出宋人所見商周青銅器及其銘文，這是幾乎不可能的。」〔註67〕

（二）「張表體例是真偽兼收……」〔註68〕這一類註明張氏地辨偽比王、容進了一步，對了解宋人的偽造情況和辨偽水平可能有一定作用。

（三）「張表也有疏漏處，主要表現為不同書所著錄的同一器，表中誤分為二……」〔註69〕，劉昭瑞指出「此類例共八」。

（四）「就宋人著錄青銅器銘文形式而言，有器圖、銘文摹本並存的，有器圖不傳而有銘文摹本傳世的，有僅有器名並跋語的，有僅列器名連跋語也無的。」〔註70〕劉昭瑞認為如果「僅有器名，或雖有跋語，但又每每語焉不詳，這樣著錄底青銅器銘文，對我們從事科學研究來說，已幾乎沒有什麼參考價值。

趙誠認為，劉昭瑞的意見有一定的道理，但作為一種整理方法，王國維、容庚和張亞初所列的表有一定的意義，不宜一概否定。

至於劉昭瑞《宋代著錄商周青銅器銘文箋徵》一書的成書背景和前方他所批判三家列表不足有關，而在自己著作當中，於〈凡例〉明確指出：「宋代各家所著錄，僅有著錄，僅有器名、器圖或跋語者均未入錄；所著錄秦、漢器銘文亦未收入。」〔註71〕由此可見，劉昭瑞注重在器的「質」遠大於「量」，因此比起王、容、長三家所收的青銅器自然少了許多，但精確性則增添不少。同樣根據〈凡例〉，劉昭瑞實收商器一百九十五種，西周器二百零二種，春秋器就種，封過器五六種，一共是四百六十二種。

〔註67〕劉昭瑞，〈代序〉，《宋代著錄商周青銅器銘文箋證》（廣州：中山大學出版社，2000），頁10～11。

〔註68〕劉昭瑞，〈代序〉，《宋代著錄商周青銅器銘文箋證》，頁11。

〔註69〕劉昭瑞，〈代序〉，《宋代著錄商周青銅器銘文箋證》，頁11。

〔註70〕劉昭瑞，〈代序〉，《宋代著錄商周青銅器銘文箋證》，頁11。

〔註71〕劉昭瑞，〈凡例〉，《商周青銅器銘文箋證》，頁12。

　　除此之外，劉昭瑞在〈代序〉的部分強調宋人考釋的科學性，除了在著錄的編排之外，在定名和術語方面的沿用也有相當的功效。〔註72〕同時，宋人的古文字研究有一定的成果，其中所舉的例子是劉敞的《先秦古器記》當中：「小學正其文字，禮家明其制度，譜牒次其世溢」〔註73〕，即前兩者屬於文字學範疇，後二者屬於歷史學範疇。倆倆相對，自然對於古文字學有重要的基礎和發現。接著，宋人對於「古文字學」的有了定義：「以今所不識，是古人所為，故名古文，形多頭粗尾細，腹狀團圓，似水蟲之科斗也。」〔註74〕其後，《說文》的地位從無刻本、認知李陽冰妄改，便從二徐、句中正開始進行校勘訂正，成了傳統小學發展史上一件重要的大事。

　　在這樣的背景當中，劉昭瑞整理出六條宋人考釋古文字的方法：其一、利用古文字象形、會意等特點認識古文字；其二、對古文字筆畫繁省和偏旁變異規律的認識及運用；其三、對古文字同義項義符原則的認識及運用；其四、同音通假原則在識讀古文字的運用；其五、「推勘法」的運用；其六、對古文字中「合文」的認識。

　　同時，劉昭瑞也針對宋人考釋古文字集中規律性的錯誤。這幾項錯誤包括了：其一、對商、周族氏文字性質認識的模糊性；其二、「推勘法」的濫用，與先秦文獻若干詞語相比符，不考慮字形的相似與否，強釋其不可釋，強通其不可通，是造成識讀古文字致誤的原因；其三、釋字時的「計其一點，不計其餘」。宋人釋結構較為繁複的難釋字，往往只看到其中一偏旁可釋即釋為某字，其他則略去不計，這種錯誤在宋人著作中也常可見到；其四、銅器銘文殘泐而造成的誤釋。〔註75〕

　　除了〈代序〉以及〈凡例〉所提出的問題之外，在〈正編〉的部分，每一器均附上了銘文摹本和釋文，註明出處，對於參考檢索而言十分方便。因此趙誠評價《宋代著錄商周青銅器銘文箋徵》為一部「相當好的工具書」，〔註76〕並且肯定「本書作了大量的考證，實應是一部學術著作，其價值自然要更高一些。」〔註77〕

〔註72〕劉昭瑞，〈代序〉，《商周青銅器銘文箋證》，頁5。
〔註73〕劉敞，《先秦古器記》（佚書）。
〔註74〕劉昭瑞，〈代序〉，《商周青銅器銘文箋證》，頁8。
〔註75〕劉昭瑞，〈代序〉，《商周青銅器銘文箋證》，頁5。
〔註76〕趙誠，《二十世紀金文研究述要》，頁420。
〔註77〕趙誠，《二十世紀金文研究述要》，頁417。

除了以上將劉昭瑞的《宋代著錄商周青銅器銘文箋徵》納入本節一併討論之外，學界通常會以唐蘭的《西周青銅器分代史徵》以及馬承源的《商周青銅器銘文選》作為相對重視的工具書。由於《西周青銅器分代史徵》只涉及到西周的部分，並且作者在完稿前就已經逝世，因此與《商周青銅器銘文選》也只能針對西周青銅器銘文、文字的對比。論及東周，恐怕得獨立去進行討論較為合適。

（二）唐蘭《西周青銅器分代史徵》

唐蘭於 1986 年出版了第一套的《西周青銅器斷代史徵》，共一冊。後來到了 2016 年，由上海古籍出版社代為出版，分作上下兩冊。

初版《西周青銅器斷代史徵》（1986）

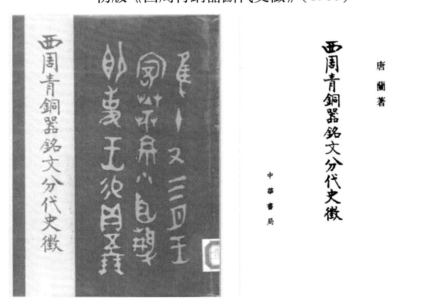

第二版《西周青銅器斷代史徵》（全二冊）（2016）

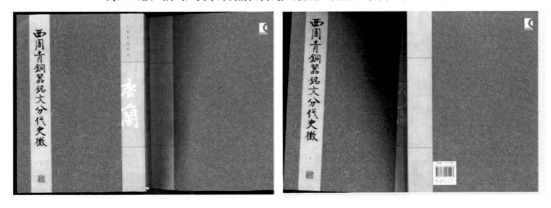

第二版《西周青銅器斷代史徵》〈附件整理說明〉提到：

附件作於一九六七年初，鋼筆寫於四百字稿紙上，共四十六頁，其性質是作者開始撰寫本書前身所作的一個提綱。收集武王到夷王有銘青銅器二百六十九件，對於大部分器作了釋文，但釋文比較簡單，有少數器未作斷句，有的對所作斷代及釋文尚有疑慮，旁加問號，以待再考。有一些器附有著錄，其中凡不著書名只記頁碼的，是指《三代吉金文存》；寫「遺」或「錄遺」的指《商周金文錄遺》；「上海」指《上海博物館藏青銅器，「美帝」指《美帝國主義劫掠我國殷周青銅器集錄》；「薛」指《薛氏鐘鼎彝器款式》；「故宮」指故宮藏器。也有的沒寫著錄。

附件中穆王及其以前的銅器除少數外，多數重見正文，共王及其以後器則多數不見于正文，對此附件目錄中均有註明。

為呈現作者的寫作思考原貌，整理著對附件全文未加改動加工。

趙誠在撰寫《二十世紀金文學術史》時，所使用的版本為出版。唯第一版和第二版之間差別只在於初版為手寫體，次版為電腦排版（見下圖），於內文毫無影響。既然內文無差異性，加上初版已經絕版。本文徵引第二版之《西周青銅器斷代史徵》，故註腳之頁碼為第二版之頁碼，特此說明。

初版《西周斷代史徵》內頁

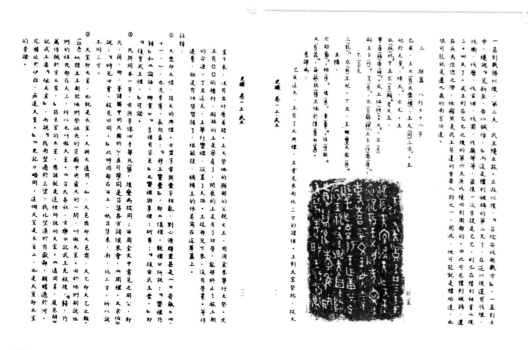

第二版《西周斷代史徵》內頁

根據《西周青銅器斷代史徵》，唐蘭將王按照年份進行分期，即：

卷　次	斷　代
卷一上	武王
卷一下	周公
卷二上	成王
卷二下	—
卷三上	康王
卷三下	—
卷四上	昭王
卷四下	—
卷五	穆王

　　其中特別值得注意的是，唐蘭將周公列王西周王之一，顯然無論接受周公稱帝與否，或只是在「成王年幼期間」攝政，都承認他為西周早期的重要領導人物，自然將其納入列王當中。將這些王進行分類以後，再將青銅器按照各王所屬的年代進行歸納整理，並且在某王青銅器前方進行介紹，例如〈武王〉一章節錄如下：

　　西周銅器，應斷自武王伐紂開始。據我所考殷曆，無望伐紂王在公元前一〇七五年，所謂「甲子咸劉商王紂」是為殷曆二月五日。《世俘解》說：「惟四月乙未日，武王成辟，四方通殷命有國。」者在陰曆是在三月七日，由於要表示殷王朝已經顛覆，周王朝改變了正朔，由建丑改為建子，所以說是四月了。〔註78〕

〔註78〕唐蘭，《西周青銅器銘文分代史徵》（第一冊）（上海：上海古籍出版社，2016，第二版），頁1。

以上僅僅是介紹武王的一小部分，之後唐蘭大量引用了傳世文獻，記載和有關武王的事蹟。雖然和學界共識一樣，唐蘭所認同的武王器只有〈利簋〉和〈勝簋〉兩件，但透過清楚明瞭的文字，能讓讀者更清楚這兩件青銅器背後的時代意義，而非單純的銘文釋讀。

唐書還有另一個優點在於列出青銅器圖片本身，而非只是拓片或描本而已。這除了可以增加讀者更具象化看待某器，也可以針對青銅器的種類命名進行批判。更進一步來說，可透過青銅器上的紋飾、形制來進行斷代分期。這也是唐書一大貢獻之一。

除此之外，唐書還有一大特色在於白話的意譯以及說明的部分。所謂的白話意譯不單純只是將銘文中的「古文」切換成現代漢語而已，這也涉及到了作者對於青銅器的理解。例如〈天亡簋〉，唐蘭附上的意譯如下：

> 乙亥，王有了大典禮，王會見東、南、北三方的諸侯。王到天室祭祀，從天室下來，沒有出什麼差錯。王大祭他的顯赫的父親文王，用酒食來舉行大祭。文王有□□的德行，顯赫的王是察看了，開展的王是有了功勞，能夠終止了殷王朝的命運。丁丑這天，王舉行了饗禮，設置了大俎。王從那兒下來，沒有勞累。等待退囊，朕是有功勞讚揚了，很敏捷，讚揚王的休美寫在這尊簋上。

唐蘭的意譯不僅僅是提供了一份「白話翻譯」，而是透過這些如前文所說的現代漢語，更清楚地表達他本身對於這件銘文的理解。雖然意譯之後和《商周青銅器》銘文選一樣有注釋，但讀者先行閱讀考釋者的想法，再探討其佐證方式，也不失為一種好的理解方法。此番工作一直進行到此書三百八十六頁的〈靜簋〉（穆王時器），幾乎涵蓋了整本《西周青銅器斷代史徵》的上冊。

在注釋的後方，唐蘭往往附上說明，可說是全篇銘文和青銅器考釋的結論。從介紹西周某王的時代背景，到某器銘文與圖檔、隸定文字、意譯、注釋、說明。這樣的編排相當完整，是金文研究上相當有前驅性的整理方法。

趙誠指出：

> 《史徵》屬於一家之言，自然有一些與眾說不同之處，如釋武王時〈利簋〉之戕為戒，就與他人異。讀者參考其他作品時如細為閱讀，

必然多所發現，此從略。不過應多注意唐氏的發現。〔註79〕

以此條例子來看，馬承源釋戉為歲；唐蘭釋作戉，也可寫為「越」。前者「歲鼎」的意思是當前，說明征商的時間和歲星降臨的位置相當；〔註80〕後者則是從呂戉聲，和鉞字相同，而呂就是呂字，相等於兩塊銅板，並以《孟子‧萬章下》「殺越人於貨」，強調「戉鼎」就是「奪鼎」。〔註81〕可見兩者的理解差距甚大。

唐蘭與其他學者意見之不合之處，但趙誠給予肯定：「在斷代方面，唐氏無疑是一大家，貢獻良多，宜特別重視。」〔註82〕

（三）《商周青銅器銘文選》

《商周青銅器銘文選》由時任上海博物館陳列研究部副主任馬承諺主編，攜同陳佩潘建民、陳健敏、濮茅左編撰，於 1984 年完成。全書共四冊，分別為殷商與西周青銅器圖檔與銘文、東周青銅器圖檔與銘文、殷商與西周青銅器釋文與壓縮圖檔以及東周青銅器壓縮圖檔與釋文。《商周青銅器銘文選》細分的話還可以列為五個部分，除以上四項，還包括了各種索引以及圖錄。根據趙誠的紀錄，如果算到 2000 年底，只見文物出版社分別於 1986、1981、988 以及 1999 出版前四冊。（出版時馬承源已擔任上海博物館館長）在時間上完全沒有和唐蘭的《西周青銅器分代史徵》有所重疊（第一版《史徵》出版於 1986），因此馬承源等人並沒有看過《史徵》。

馬承源主編《商周青銅器銘文選》的優勢在於材料的豐富。上海博物館一直以收藏青銅器和整理青銅器的拓片聞名。在上海博古館的基礎上，也獲得了中國大陸當局的支持，使得「全國文物博物館內進行普查式的銘文墨拓工作」得以順利推行，得到了不少優良的拓本，也逐漸加強馬書資料的完整性。趙誠給予的肯定是：

> ……這就使得他們編撰的這一部《銘文選》所收錄的銘文，不僅豐
>
> 富，而且精良，是 20 世紀金文選本中最優秀的一部……總之，《銘

〔註79〕趙誠，《二十世紀金文研究述要》，頁 439。
〔註80〕馬承源主編，陳佩芬、潘建民、濮茅左編撰，《商周青銅器銘文選》（第三冊）（北京：文物出版社，1984），頁 13。
〔註81〕唐蘭，《西周青銅器銘文分代史徵》（第一冊），頁 6。
〔註82〕趙誠，《二十世紀金文研究述要》，頁 439。

文選》所收銘文豐富、精良、是一大特色。一般的讀者有此一書基本夠用。〔註83〕

由於《西周青銅器分代史徵》和《商周青銅器銘文選》在編輯和出版上並無重疊，因此前者的獨立著作與後者的團隊工作上有所分歧是正常的。此處再舉一例，即《西周青銅器分代史徵》所命名的〈朕簋〉以及《商周青銅器銘文選》的〈天亡簋〉。以下引出兩家所考釋的釋文：

《商周青銅器銘文選》釋文	《西周青銅器分代史徵》釋文
乙亥，王又（有）大豐，王凡（泛）三方。王祀于天室，降。天亡又（佑）王，衣（殷）祀于王不（丕）顯考文王，事喜（糦）上帝，文王□才上不（不）顯王乍眚（省）不（不）龢王乍廆（庚），不（不）克乞（殷）王祀。丁丑，王鄉（饗），大宜（房）。王降。亡助復□□□巢佳朕又（有）蔑。每（敏）揚王休于尊白。	乙亥，王又（有）大豐（禮），王凡（同）三方。王祀于天室，降天，亡尤。王，衣（殷）祀于王不（丕）顯考文王，事喜（饎）帝（禘），文王德□，不（丕）顯王乍眚（省），不（丕）龢王乍廆（庸），不（丕）克乞（殷）王祀。丁丑，王鄉（饗），大□（俎）。王降。亡助（勯）□（須）□（退）巢（囊）。佳朕又（有）蔑。每（敏）揚王休于尊白（簋）。

將兩者的釋文兩兩對比，就可看出唐、馬二人在處理這件武王器方式上的不同。武王器為數不多，因此研究的學者亦是不少，如果連這一件青銅器也出現了不同的看法，那麼其他青銅器的解釋自然會有更多不同的論點了。

撇開文字考釋的部分，這一部器在器主人的看法上兩人就有完全不同的意見。唐蘭認為作器者為「朕」，故命名「朕簋」；馬承源則認為是「天亡」，並且身兼輔助君王舉辦儀式的重任，而「朕」是君王自稱的代名詞。這一個例子就可以讓提供一個有很好的參照，讓讀者可以進行多方對比，以獲得更接近史實的考釋方法。

趙誠對於《商周青銅器銘文選》的批判主要也在於銘文本身的不足，例如〈曾侯墓〉相關資料並不完整，經過重新臨摹也未能和原物進行校對，因此在〈凡例〉當中有清楚說明。為此，趙誠認為這種安排充分表現了編著的努力和實事求是的精神。

除此之外，趙誠也針對兩點提出了看法，即語法的部分以及收錄殷商器的部分。就語法而言，引王力在《漢語史稿》第四十八節的〈被動式的發展〉：「在

〔註83〕趙誠，《二十世紀金文研究述要》，頁440。

遠古的漢語裡，在結構形式上沒有被動和主動的區別，直到甲骨文金文裡也還是這種情況」；〔註84〕在〈漢語被動式的發展〉則說「當我們在討論被動式的時候，指的是具有結構特點的被動式，而不是概念上的被動。」〔註85〕趙誠提出了幾個問題，即按照什麼原則來研究、論證上古漢語語法？是根據現成的某一語法理論的體系或框架裝進上古漢語的實例，還是從上古漢語實際意義的方式總結出上古漢語的語法體系？

以上關於語法的問題，下一節將延伸探討。至於殷商青銅器則較為單純，即《商周青銅器銘文選》收 21 器，趙誠認為獨立來看就會成了和羅振玉《殷文存》相比較的《殷商銘文選》。而隨著出土文物不斷地增加，特別是在於《銘文選》出版以後（1979 年）的出土文物，可在增訂本納入其中。其中最好的例子就是 1981 年山西省曲沃縣曲村在西周墓葬中出土的〈㝬𣪕方鼎〉共二十七字，對於陰曆研究有重大價值，也就是前段文字所說的，增訂本可將這部分納入。

關於《商周青銅器銘文選》與郭沫若金文研究成果的關係，趙誠提出了《兩周金文大系考釋》的看法，強調《銘文選》有著採納郭氏的意見，但增加了一些意見，有者則與郭氏的看法不同。但在東周的部分，卻有些不足，趙誠引出了他自己極為看重的文章〈㝬簋鐘新解〉作為例子，認為《銘文選》誤釋。然而，趙誠仍肯定《銘文選》東周部分是郭沫若《大系》之後最好的選本。當然，《金文引得‧春秋戰國卷》趙誠尚未能見，否則也許會有另一番比較空間了。

六、語法與詞性研究型

在語法研究與詞性的部分，趙誠提到了管燮初的《西周金文語法研究》。此書的特色在於作者選用的字數較多，共兩百零八篇銘文，主要為郭沫若《兩周金文辭大系圖錄考釋》以及其他郭氏著作為研究材料，進行全面性的研究。〔註86〕同時，文中所舉的例子大多以《尚書》為主的傳世文獻配合出土文物，例如〈小盂鼎〉的「孚人萬八千八十二人」，和《尚書‧周書‧秦誓》的「雖則云然，尚猷詢茲黃髮，則罔所衍」，這也和作者在〈後記〉所提到的：

〔註84〕王力，〈被動式的發展〉，《漢語史稿》（中冊）（北京：中華書局，1982），頁 420。
〔註85〕王力，〈漢語被動式的發展〉，《語言學論叢》第一輯。
〔註86〕管燮初，《西周金文語法研究》（北京：商務印書館，1981），序言頁 1。

西周金文最接近的古書是《尚書》中的〈周書〉，二者所寫的都是西
周史事，文體都是散文。作共時比較，材料相近的較為合適，故對
比材料以金文《尚書》的《周書》為限。〔註87〕

在管書問世以後，帶起了西周語法研究的風潮。其中同時期受其影響的作
品就包括了馬國權的〈西周銅器銘文數詞量詞初探〉、楊五銘的〈西周金文被動
句簡論〉、陳永正的〈西周春秋銅器銘文的聯結詞〉等等（以下在虛詞的部分將
再次提出相關作家著作，此從略），成為了一個時代的趨勢。

進入《西周金文語法研究》一書，當中的篇章分為謂語、主語、賓語、兼
語、修飾語、補語、連接（詞）以及語氣、詞類、構詞法。一般而言，談及句
子結構，會以「主語、謂語、賓語」作為討論順序。然而在句子的理解上來說，
謂語扮演的角色最重。於此作者分為了「體詞謂語」（名詞、數詞、量詞、聲
詞）、「形容詞謂語」、「動詞謂語」（簡單式、並列式、連動式、兼語式、綜合
式、動詞謂語與主語、動詞謂語與賓語）、「主謂結構謂語」（體詞謂語構成、形
容詞謂語構成、動詞謂語構成）四個部分，進行深入的討論。這無非是一種明
智的處理方式。

在主語的部分，管書以純語言學角度看待，不苛求理解作器者（或銘文寫
手）的身分，而是以「主語同謂語之間的語法關係」（含施事、受事、陳述對象）
以及主語的詞類進行分析。賓語的部分，則是討論動詞（次動詞）同賓語之間
的語法關係（受事賓語、同一性賓語、賓語表示存在的情況、次動詞的賓語）
以及賓語的詞類。

在虛詞的部分，管書列舉了兼語、修飾語、補語和連接（詞）四部分。其
中修飾語篇幅最長，涵蓋了謂語的修飾成分、主語或賓語的修飾成分、修飾
語或同位語的修飾成分、句子的修飾成分、修飾語的層次五個部分，對於絕
大部分有字青銅器都包涵「對揚王休」之類的讚美詞的銘文研究來說，是一
項重要的整理工作。至於兼語的部分，管書定義為「動賓語和主謂結構在一
起，前一個動賓結構的賓語兼做後一個主謂結構的主語。這種造句成分叫做
兼語。」〔註88〕在這一個部分，管書分為「兼語的職能」和「兼語的詞類」兩
個部分。補語的部分，管書定義為「也叫補充成分，是補充結構的構造成分，

〔註87〕管燮初，《西周金文語法研究》，頁207。
〔註88〕管燮初，《西周金文語法研究》，頁89。

在中心語之後，補充說明中心語的意思。用作補語的有動詞、形容詞、名詞和促動詞結構。」〔註89〕共分四項：動詞作補語、次動詞結構作補語、形容詞作補語、名詞作補充成分。連接（詞）的定義為：

> 連接成分起聯繫作用，聯結句子成分或分句。句子成分與句子成分之間不用連接成分的居多，只有並列關係的句子成分之間有時用連接成分連接。幾個意義相關的分句構成的句子叫做複句，分句與分句之間的關係可以大別為並列關係和偏正關係兩類，無論並列關係或偏正關係，都可以用連接成分聯繫，也可以不用連接成分。不用連接成分的銜接全憑意會，叫做意合法。〔註90〕

另外，管書特別有列舉「語氣」（詞）的部分，這也是應當特別注意的。因為青銅器銘文大部分為官方書面語，如包涵「王」或作器者或其他身分人士以口語表達的話語，將成為西周口語研究的重要資源。在此部分，管書分為「句首語助詞」、「句中語助詞」、「句末語助詞」三大類。接下來作者針對「詞類」進行分析，共有名詞、代詞、數詞、量詞、動詞、形容詞、副詞、連詞、語助詞、象聲詞，其中動詞分類最多，有表示動作的，表示存在的，表示同一性的。最後一部分則是構詞法，主要分複音詞和複合詞（並列式、偏正式、動賓式、主謂式、前綴式、後綴式）。

《西周金文語法研究》是一套以語法角度來理解銘文的重要著作，除了大量的文獻和銘文材料之外，作者也做出了許多列表，包含某詞出現的次數和百分比，對於讀者的閱讀與參考，是十分便利的。近期越來越多有字青銅器出土，或有些已出土但未曾以語法角度切入的銘文，在此書的基礎上，能讓後期相關領域學者提供一個發展的方向。如同作者所表達的：

> 本書補充金文與《尚書·周書》語法共時比較這項內容，希望金文中遺漏的語法格式從〈周書〉中得到補充，使西周金文語法能較全面地反映西周語言的語法構造。至於〈周書〉中哪些有春秋以後的語法格式，哪些是因錯簡而形成的特別句式，需要作歷史比較研究以後才能正確辨別，有待於漢語語法史地進一步研究。只見於〈周

〔註89〕管變初，《西周金文語法研究》，頁150。
〔註90〕管變初，《西周金文語法研究》，頁159。

書〉的語法格式，雖然一時不能詳細辨識，對於閱讀古書還是有參考價值的。三代古籍的語言文字大多不純，可以用古書的語法讀古書。〔註91〕

但總歸而論，管書面對虛詞的時候沒有正面處理，而只是「列出了出現的頻率表，並沒有對每一個虛詞作必要的簡略說明或解釋，充分表現了以往的金文考釋常常不夠注意虛詞用義的考察，所以把管書放在上一個時期簡介。」〔註92〕對此趙誠列舉了李學勤的〈歧山董家村訓匜〉（《古文字研究》，1979年第1輯）、王力《漢語史稿》（中冊，1982）、楊五銘〈西周金文聯結詞「以」、「用」、「于」釋例〉（《古文字研究》，1983年第10輯）、陳永正〈西周春秋銅器銘文中的聯結詞〉（《古文字研究》，1986年第15輯）、陳永正〈西周春秋銅器銘文中的語氣詞〉（《古文字研究》1992，第19輯）、趙誠〈甲骨文至戰國金文「用」的演化〉（《語言研究》，1993年第2期）、陳初生的《金文常用字典》（1987）作補充說明，可見趙誠對於虛詞的重視程度。當中也舉出了自身的研究成果，將在下一章進行更深入的探討。

〔註91〕管燮初，《西周金文語法研究》，頁208。
〔註92〕趙誠，《二十世紀金文研究述要》，頁506。

第六章　趙誠青銅器銘文考釋、文字理論以及其他金文學研究

第一節　趙誠青銅器銘文考釋

　　趙誠青銅器銘文考釋的作品不算特別多，經出版的作品僅收錄於《古代文字音韻論文集》的〈利簋銘文通釋〉、〈牆盤銘文補釋〉、〈中山壺、中山鼎銘文試釋〉三篇以及收錄在《探索集》的〈𪔭薲鐘新解〉和〈史伯碩父鼎試釋〉。而這五篇所探討的青銅器銘文研究性質不太相同，考釋的方法也不一致，但趙誠對於學術史整理有獨到的眼光，善於蒐集各家見解，且對於文字與詞性有敏銳的觀察，因此要討論趙誠金文學的研究，就不得不提這五篇文章。

一、〈利簋銘文通釋〉

　　〈利簋〉是少數武王器之一，且是在近代出土，所討論的歷史事件又是極其重要的征商一事，故其價值可見一斑。〈利簋銘文通釋〉這篇文章一開始簡介〈利簋〉的背景，接著主要是以文字考釋為主。其中所討論的字詞包括了：珷、歲、貞、克、聞（二例）、夙、有。當中結合了許多學者的重要意見，並在需要的時候追朔到甲骨文的字形，對於文字流變給讀者提供了非常豐富的資訊。

舉例而言，■字趙誠說明此字釋為「鼎」或「貞」皆可，但從句子的結構來看，應該釋作貞。字形方面而言，■字在甲骨文當中本義即鼎之形，後假借為貞問之貞的用法。殷民族用字有次先例，在周民族以相等的方式解釋，也是合理的。

■字來說，趙誠引容庚說法，釋為聞。即《說文》古文之■，隸定作睧，並表示郭沫若對此大表肯定，而唐蘭斷定其為「聞之本字」。接著，討論到的另一個重要的問題即是■字假借為「昏」的情況。此部分而言，趙誠贊成唐蘭的「■，聞之本字」的說法，但對於假借為「昏」是有所保留的。此條說明：「此句極難理解，除以上（係指（《說文》、《尚書·牧誓》、《逸周書·世俘解》、《淮南子·兵略訓》等傳世文獻）外，還有多種不同的解釋：1. 唐蘭將歲隸作伐（鉞），讀作奪，說「奪鼎」即「遷鼎」……昏都指紂的品德，也可轉而作為具有這種品德的人的代名詞，如後世常說的「昏君」。所以，「克昏」即指戰勝商紂。2. 或說歲為祭名，殷商甲骨文常見。鼎讀為貞。卜問……「歲鼎克」即進行歲祭、占卜、從而能克敵制勝。3. 也有人講「克聞（昏）夙有商」連讀，解其意為『（武王）從昏到次日早晨的一夜之間佔領商國……』昏晨就是昏夙。」〔註1〕

除了字形的考釋之外，趙誠也提出了商代和周初的祭祀文化。證明了商周民族在祭祀文化上有共通甚至相互影響之處。同時，趙誠也藉由周初歷史中至親擔任重要大臣的常態現象，例如成王時代的周公。因此對於檀公的身分也推測為武王的「弟兄叔姪」之類的人物。但礙於資料有限。只能點到為止。

二、〈牆盤銘文補釋〉

〈牆盤〉，或稱〈史牆盤〉，是西周中期的青銅器，馬承源《商周青銅器銘文選》定為穆王之器，〔註2〕王輝則定為共王之器。〔註3〕全文共兩百七十六字，內容分兩段，前一段談周代文王、武王、成王、康王、昭王、穆王幾位的君主的歷史事蹟，後一段則談散史家族。趙誠指出：

〔註1〕 王輝，《古文字導讀——商周金文》（北京：文物出版社，2006），頁31～32。
〔註2〕 馬承源主編，《商周青銅器銘文選》（第三冊），頁153～154。
〔註3〕 王輝，《古文字導讀——商周金文》，頁155說：「〈牆盤〉歷述文、武、成、康、昭、穆六王功德，六王前所加稱號皆謚法，而對時王則稱「天子」，可知天子乃穆王之子共王。

初讀〈牆盤〉，很容易將銘文前一段所歷述的周初文、武、成、康、昭、穆六王的事蹟和文獻相印證，以為銘文作者是在敘述歷史。反覆咀嚼，細細翫味，方悟作者對於周初君主的讚頌，其實用來襯托作者自己家族的前輩對於西周王朝的貢獻。換句話說，作者對於周初君王的讚揚，僅是為了自我表功，因此作者久只能選擇那些能表明本家族貢獻的東西加以表揚。這種以自我為中心的選擇必然不考慮周王朝的全面情況。由此纔可以理解：像周慕王周遊天下那樣的重大史實，竟然隻字未提，而對於昭王的南征，只寫他「廣懲楚荊」，卻不提喪師於漢，卒於江上。〔註4〕

前面一段問題，便已經將作者鑄造此青銅器的目的交代得相當清楚。之後趙誠進一步針對銘文中若干文句進行考釋，共分為五個部分，以下列表呈現：

〈牆盤〉銘文	趙誠所提出的問題	說　明
「曰古文王，初敢（利）龢于政，上帝降懿德大屏（屏），匍（撫）有上下，迨受萬邦……靜幽高祖，在微靈處」	趙誠認為兩段文字相輔相成，以前者襯托後者。這也是〈牆盤〉全文的重要典範，即透過讚揚周代先王表現出自己祖先的功績。同時也對「靜幽高祖」理解為周王朝的有功之臣。同時，和〈師訇簋〉之「熱龢雩政」確係當時成語。〔註5〕	這一部分說明了〈牆盤〉造器者史牆明確的目的。即透過讚頌歷代周王與周王先祖來彰顯自己祖先在這些偉大君王先祖的功績下，有一定的貢獻，不同於一般士大夫。敢字王輝說明為「敢同窖出土〈癲鐘〉銘作盭。《說文》：『盭，弼戾也。讀若戾。』《漢書・張耳陳餘傳贊》：『後相背之盭也。』顏師古注：『盭，古戾字。』……初戾和於政。開始做到了政事和諧。」〔註6〕
「紹圉武王，遹征四方，達（撻）殷畯民，永不（丕）珖（恐）狄盧，托伐尸（夷）童。」；「雩武王既戈殷，散（微）史剌（烈）且（祖）廼（乃）見武王，武王	趙誠認為武王克商之後，對於殷後代並非一味討伐，而是以安撫為主，這些可以從《史記・周本紀》的「封商紂子祿父」、「釋箕子之囚」、「釋百姓之囚，表商容之閭」、「振貧弱萌隸」、「封	這一段記載了武王克商以後的事蹟。武王時期青銅器不多，而此處「達（撻）殷畯民，永不（丕）珖（恐）狄盧，托伐尸（夷）童。」等用詞用句更能夠證實武王以撫慰百姓和殷王遺親為主，而非大肆

〔註4〕趙誠，〈牆盤銘文補釋〉，《古代文字音韻論文集》（北京：中華書局，1991），頁270。
〔註5〕此意見收錄於周法高編，《金文詁林補》（第一冊）（臺北：中央研究院歷史語言所，1997，第二版），頁679。
〔註6〕王輝，《古文字導讀——商周金文》，頁147。

則令周公舍圉（宇）于周，卑（俾）處甬（誦）。」	比干之墓」，《尚書·召誥》的「先服殷御事，以介于我有周御事。」 趙誠對字進行了補釋，即認為是「麾」，《說文》之「攠」（摩）字，「从手靡聲」，許慎釋為旌旗之形，也就是後期的引申義，基本字就是〈牆盤〉的字，象以手執牦牛尾之形。上古無絲綢布帛之時，亦無旌旗，指揮軍隊作戰，只能舞動牦牛尾。引了幾段古書佐證，包括了《尚書·牧誓》的「武王右秉白旄以麾」。	打壓，可看出無望欲平定天下的心理。 裘錫圭認為，「尸童」應該讀為「夷、東」。東指處於殷之東方的東國。童是古代一種奴隸的名稱。東國人多依附殷人而與周人為敵，〈牆盤〉把「東」寫為「童」（）可能是有意的。〔註7〕此意見或可參照。
「憲聖成王，左右綏（柔）敱（會）剛鮫，用肇（肇）嫫（徹）周邦。」；「惠乙且（祖）遟（弼）歔匋（腹）心。」	前一段讚頌聰睿聖哲的成王，治理好了周邦，是因為左右有一批賢良剛正的大臣，後一段敘述自己的乙祖曾輔弼其君，成了深謀遠慮的腹心之臣。	兩段文字同樣是前一段歌頌周代先王的貢獻，後一段強調自己的祖先的功績。當中出現的「祖乙」（乙祖）不僅是朝中大臣，且極得君王的信任，製作青銅器的史牆將這位祖先的功績特別寫進了銘文當中。 嫫（徹）字，王輝解讀為「治」，引《詩·大雅·江漢》：「徹我疆土」，鄭《箋》：「治我疆界」。並指出「此句意謂肇始治理周邦。」〔註8〕
「淵哲康王，分（分）尹億疆，弘（宏）魯邵（昭）王，廣敱楚荊（荊），佳寏南行。」；「犂明亞且且辛，龔屍（毓）子孫，毓猷（攴）多犛，檔（茨）角（祿）	趙誠首先談到了「賓」字，說到了古代「賓」字从貝宎聲，宎字从宀万聲。這裏的分字从八万聲，與賓、宎同聲。上古音輕重唇不別，郭沫若釋分為兮可從。	尹，正也，王輝說治理之義。〔註9〕「分治億疆」即分封諸侯治理各方，有開拓疆域，統一天下之意。可以對應《左傳·昭公二十六年》記載的「成王靖四方，康王息民，並建母弟以蕃屏周」。

〔註7〕 裘錫圭，〈史牆盤解釋〉，《裘錫圭學術文集——金文及其他古文字卷》（上海：復旦大學出版社，2012），頁10。裘氏補充說：「一般古書記周初征伐，只提到毋柱死後周公攝政時有伐淮夷、東國之事。但是《周書·世俘》說武王克殷後「遂征四方」，「凡憝國九十有九國……凡服國六百五十有二」，其中就很可能有某些東方之國在內。《周書·作雒》說武王「建管叔于東」，就應該是對東國用兵的結果。而裘氏認為，周公攝政時沒用成王紀元，所以〈牆盤〉記此事於武王頌辭當中。

〔註8〕 王輝，《古文字導讀——商周金文》，頁149。

〔註9〕 王輝，《古文字導讀——商周金文》，頁149。

龔（熾），義（宜）其禋（禋）祀。」		廣字，《說文》：「殿之大屋也。」，王輝說：「引申為大。」〔註 10〕 能字，《說文》：「熊屬，足似鹿。从肉，㠯聲。」 王輝說：「或說，能當解為《尚書・舜典》及《詩・大雅・民勞》『柔遠能邇』之能，謂安撫和睦荊楚也。」〔註 11〕
「祗覭穆王，井（刑）帥宇（訏）誨，緟寧天子，天子䦉屢長(烈)。」；「害屖文考乙公，遽趬𣭀屯無諫農嗇戉䵹隹辟。」	刑就是「型」，帥就是「率」，宇義為「大」，悔讀為「謀」。「型率宇誨」即用祖先偉大的謀略為榜樣來進行教育，翻開周代的歷史就能清楚地知道這裡所說的榜樣指的是周代歷史上有所作為，有成就的先祖。 趙誠也對䵹（）進行了說明，贊同李學勤將其釋為苗字，引申出農業是周王朝的根本，穆王的「型率宇誨」就是以先祖后稷、公劉等人的功績為榜樣教育當今天子。	祗字。說文：「敬也。」 此處有若干字馬承源有不同於趙誠的解釋，例如字，趙誠隸定為害，馬承源隸定為「㝬」，通「舒」；趬字則加註通作「爽」。 除此之外，馬承源釋字為「㝵」，和趙誠隸定為𣭀不太相同。但字上部从貝並沒有太大的問題，下从確實看不出來是是从手（例如、）或从毛（例如、），但如馬承源通作「得」（㝵）來看，下从的問題看似不會對通讀造成太大的影響。 辟字，王輝說是「效法」之義。引《詩・大雅・仰》：「辟爾為德」，鄭《箋》：「辟，法也。」……並指出「此句說墻遵循孝友之道。」〔註 12〕
「天子眉無匄㝬祁上下，亟獄逗（宣）慕（謨），昊紹（昭）亡（無）昊（斁）上帝司（嗣）夏，尤保受（授）天子綰（綰）令、厚福、豐年，方蠻亡（無）不俎見。」；「孝春（友）史牆，夙夜不彖（墜），其日蔑曆，	史牆歌誦當今天子恭王的得到了上帝之嗣的夏代先君授予的　美好命運，因而厚富純福，年年豐收，四方諸侯都來拜見。這樣的天子，很有雄才大略。他的功績似日出光芒，昊然無斁，是賢明的君主，所以萬壽無疆。史牆本身則是日夜不墜，夜以繼日，勤於王事，所以得到从烈祖到	「上帝司（嗣）夏」馬承源解讀為「上帝后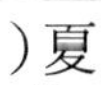」，除了司解讀為「后」之外，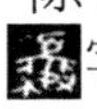字不作隸定處理，並認為是后稷，可見兩人對於「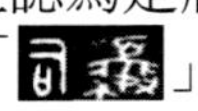」一者認為是動賓詞語，一者認為是單純名詞，在理解上有相當大的落差。 龕字，王輝指出：「《說文》：『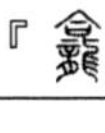，龍皃。从龍，今聲。』

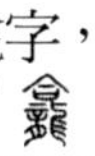

〔註 10〕王輝，《古文字導讀——商周金文》，頁 149。

〔註 11〕王輝，《古文字導讀——商周金文》，頁 149～150。

〔註 12〕王輝，《古文字導讀——商周金文》，頁 154。

| 牆弗敢狙對揚天子不（丕）顯休令，用作寶隝彝。剌（烈）且（祖）文考弌（翼）竉（休），受（授）牆爾孊（㻬）福褢猒彔，黃耉彌生，龕對氒辟。其萬年永寶用。」 | 文考手語的庇祚而福祿豐命，立即呈上，為了報答當今天子肯定是搶家族的功績這一休美之銘，特別鑄造了這個青銅器，並把天子肯定的話語寫在銘文之中，以流傳於後代。

暴字趙誠引〈秦公敦〉形近的暴（虢事蠻夏）證明為夏字。 | 段玉裁注：『假借為伐亂字。今人用勘堪字，古人多假龕……各本作合聲，篆體亦誤，今依《九經字樣》正。』段說與金文相合。堪，能也。《韓非子・難三》：『君令不二，除君之惡惟恐不堪。』銘謂史牆至老年尚能事奉其君。」〔註13〕 |

三、〈中山壺、中山鼎銘文試釋〉

中山國君主為姬姓諸侯，其古史在傳世文獻所見不多，僅僅在《史記・趙世家》、《戰國策・中山策》、其前身鮮虞則是在《國語》有所提及。隨著 1997 年間古文物的出土在河北省平山縣出土〈中山鼎〉、〈中山壺〉的出土，解開了這個國度神秘的面紗。其中〈中山壺〉銘文四百四十五字（重文四），〈中山鼎〉則有四百六十二字。在青銅器當中算是字數偏多的範例，因此研究價值極高，有眾多學者對此進行研究。

由於兩件中山器銘文較長，此處舉〈中山壺〉（或稱〈中山王嚳壺〉）為例，針對其內文分作幾個部分：

> 隹（唯）十四年，中山王嚳命相邦貯戁（擇）郾（燕）吉金，鈺（鑄）為彝壺，節（即）于醴（禮）醭（禘）可灋（法）可尚（常），以鄉（饗）上帝，以祀先王。穆穆濟濟，嚴敬不敢惎（怠）荒。因軎（載）所美，邵（昭）犮（跋）皇工（功），詆郾（燕）之訛，以憼（警）嗣王。

以上趙誠列為第一段。首先，他透過▓字確立了此器屬於中山王嚳時期。換言之在中山文公、中山武公、中山成公、中山桓公之後，並在中山王（名字無法確定）以及中山王尚之前。對於這一論點，幫助了讀者客觀看待中山國數代諸侯王的歷史，以及以中山王嚳為分界點，在此之前稱某公，在此之後稱王某。▓字隸定為嚳，趙誠從張政烺意見，讀作「錯」。但「昔」字篆體（𦧄）與《說文》、以及一般金文（𦧇）、甲骨文（𦧄）同，但在此器▓形

〔註13〕王輝，《古文字導讀——商周金文》，頁 155。

異,「存以待考」。除此,趙誠也確立了「相邦」等同於後世丞相,在中山王嚳的時代名叫「」(趙誠按照字形結構隸定為「賈」,﹝註14﹞馬承源隸定為「賙」,﹝註15﹞中央研究院歷史語言所殷周金文暨青銅器資料庫則隸定為「貯」。)「尽」字趙誠說明為:「尽為怠字之異構。金文㠯字作厶,或作台,可證」;﹝註16﹞「重」一字,趙誠從于省吾作「載」,在此處為紀錄的意思。

> 隹(唯)朕(朕)皇褆(祖)文武,趄(桓)祖成考,是又(有)
> 紌(純)惪(德)遺尽(訓),以陀(施)及子孫,用隹(唯)朕(朕)
> 所放(倣),慈孝寰(寏,寬)惠,舉(舉)臤(賢),天不臭(斁)
> 其又(有)忞,速(使)昚(得)臤(賢)在(才)良猚(佐)珤,
> 㠯(以)以輔相卒(厥)身,余智(知)其忠諃(信)施(也),而
> 溥(專),賃(任)之邦,氏(是)㠯(以)遊夕歈(飲)飤(食),
> 寧又(有)益(寧)憄(懍)惕,貯渴(竭)志盡忠,㠯(以)猚
> (佐)右卒(厥)闢(辟),不貳其心,受賃(任)猚(佐)邦,夙
> 夜篚(匪)解(懈),進臤(賢)敔(措)能,亡(無)又(有)轒
> 息,以明闢(辟)光,

以上趙誠列為第二段。這裡所出現的「皇褆(祖)文武,趄(桓)祖成考」列舉了中山王嚳之前的先祖。並列舉《史記‧趙世家》印證「武公」,以及《太平御覽》卷一百六十一的趄公。當然,由於中山國是姬姓後代,趙誠也沒完全排除張政郎將「文武」視作周文王與周武王的看法。針對「昚」一字,趙誠說「昚,即得。甲骨文『得』字从⿱从文,《說文》古文訛變从見,古陶文古鉨竟訛變从目,古鉨「皇得」、「得志」據如此作。」﹝註17﹞

「忞」一字趙誠的說法是:「忞,借為願。忞从心元聲,元、原古同韻,故得通假。《說文》『願,大頭也』。王紹蘭云:『左氏襄七年經鄭伯髡頑如會。公羊髡原……願从原得聲,願頑聲近,故左氏作頑,公羊作原。原即願之省文。』(《說文段注訂補》第九卷)可證。『天尔斁其佑願』,與〈毛公鼎〉『皇天亡

﹝註14﹞ 趙誠,〈中山壺與中山王鼎銘文試釋〉,《古代文字音韻論文集》(北京:中華書局,1991),頁 278。
﹝註15﹞ 馬承源主編,《商周青銅器銘文選》(第四冊),頁 574。
﹝註16﹞ 此條意見收錄於周法高編,《金文詁林補》(第五冊),頁 2837。
﹝註17﹞ 此條意見收錄於周法高編,《金文詁林補》(第四冊),頁 2818。

斝,臨保我有周』意近。」〔註18〕除此,趙誠針對「猍」做出了說明,即「猍,從犬從木左聲,此用作『佐』。『使得賢才良佐買』,與另一個圓壺所說『得賢佐司馬買』意同。這裏的意思是由於上天保佑,因而得到了買這個賢臣。」〔註19〕至於「賢」字,趙誠說:「臤、賢均從臣聲,故得通用。又《說文》臤,堅也,古文以為賢字。王筠《句讀》云:『公羊成四年傳,鄭伯堅卒,疏云,左氏作堅字。臤,正猶堅為賢字,則臤、堅、臤、賢為同字異體。」由此可以得出這樣一個結論(或通例):古文字中某種異體字大都同聲或音近,如中山銅器思為順、用為訓、訝為信等等均是。又中山銅器凡與人有關之字多從子作,如賢人之賢作臤、幼童之幼作學、少君之少作𡥀,則臤為賢字,不僅取其聲,而且會其意。」〔註20〕

僃(適)曹(遭)郾(燕)君子噲(噲),不輶(顧)大宜(義),不
䦮(忌)者(諸)侯,而臣宗𤔍(𤔍,䚡)立(位)以內𢇍(絕)邵
(昭)公之業,乏其先王之祭祀,外之則牂(將)逮(使)𡆥(上)
勤(觀)於天子之𡪍(廟),而退與者(諸)侯齒辰(長)於𨒋(會)
同。則𡆥(上)逆於天,下不忩(順)於人施(也),寏(寡)人非
之。

以上趙誠列為第三段。開頭說明了「曹,金文、小篆作『𣍘』,古林有省一東作『書』者,與此同,這裏用作遭。」〔註21〕同時,提到了子噲這一個人,也就是燕王噲。談及退位,並立其子子之為王的事件。「𢇍」字為「絕」,可對應《說文》古文,「象不連體絕二絲」。〔註22〕而這樣的「易位」關係,也使到燕王噲居於臣下,再也不能以君王身分祭祀自己的先王。「僃」字趙誠的解釋是:「僃,借為適。僃、適均從商聲。」趙誠也解釋了「會同」的含義,即諸侯朝見天子,以及諸侯之間的盟會。至於一般隸定作「勤」的 𥄂 字,趙誠隸定作「臥」,即「於」,與《說文》鳥字古文相近。〔註3〕

〔註18〕 此條意見收錄於周法高編,《金文詁林補》(第五冊),頁 2841。
〔註19〕 此條意見收錄於周法高編,《金文詁林補》(第五冊),頁 3117。
〔註20〕 此條意見收錄於周法高編,《金文詁林補》(第六冊),頁 3081。
〔註21〕 此條意見收錄於周法高編,《金文詁林補》(第三冊),頁 1521。
〔註22〕 〔東漢〕許慎著、〔清〕段玉裁注:《說文解字註》(臺北:藝文印書館,2007,第二版),頁 654。收錄於周法高編,《金文詁林補》(第六冊),頁 3779。
〔註3〕 此條意見收錄於周法高編,《金文詁林補》(第二冊),頁 1064。

貯曰：為人臣而返（反）臣其宗，不𡙲（箐，義）莫大焉，牂（將）
與虜（吾）君並立於𢾭（世），齒𪗚（長）於𣌭（會）同，則臣不忍
見施（也），貯忈（願）從在大夫，呂（以）請（靖）郾（燕）彊（疆），
氏（是）呂（以）身蒙夽（皋）胄，以戕（誅）不忈（順），郾（燕）
茷（故）君子鄶（噲），新君子之，不用豊（禮）宜（義），不頯（顧）
逆忈（順），茷（故）邦𨒅（亡）身死，曾亡（無）毤（一）夫戕（救），
述（遂）定君臣之堳（位），上下之軆（體），休又（有）成工（功），
刅（創）闢封彊（疆），天子不忘其又（有）勛，逨（使）其老筭（策）
賞中（仲）父，者（諸）侯皆賀，

以上趙誠列為第四段。「茷」通「故」，這裡係指燕王噲已經禪位，如今國
君是其兒子。[註24]在當時燕國內部大亂，齊國趁機攻打。燕國因此滅國，燕
王噲、子之皆死於亂中。同時，趙誠也說：「膚，借為列，均從多聲，故可通。
張政烺以為此字是『辥』字之省，猶『𧭈』省作『𧮫』，『𡐦』省作『杢』。《說
文》：『𧮫，分別也，從𧮫對爭貞，讀若迥。』泰詔版『皆明一之』，皆字或寫
作𧮫。此處亦讀為皆。「列賀」、「皆賀」意近，都是慶賀的意思。」[註25]

此處還有一個值得注意的地方，即「大夫」一詞的解釋。趙誠說：「大夫係
合文，與《候馬盟書》十六・三同。」[註26]「夽」一字的解釋，趙誠說：「夽，
《說文》從大從羊，讀若瓠，此借作介，音近而通。《禮記・曲禮》：『介胄則有
不可犯之色』，皋比為虎皮，單言皋，從本銘看，應為虎皮製作的鎧甲，與言介
胄同。讀介、讀皋皆可通。」[註27]

至於對「堳」的理解，趙誠認為：「借為位。甲骨、金文以立為位。借為位。
本銘有立有堳，可見立與位已經開始分化，不過還沒有定形於位，則堳當是由立
發展成位的中間形態。立有位者，從它的中間堳透露立這一消息。」[註28]

夫古之聖王敄（務）才（在）昊（得）𡐦（賢），其即得民，古（故）
諱（辭）豊（禮）敬則𡐦（賢）人至，𢉋（惠）忎（愛）深則𡐦（賢）

[註24] 此條意見收錄於周法高編，《金文詁林補》（第四冊），頁 1064。
[註25] 此條意見收錄於周法高編，《金文詁林補》（第三冊），頁 1353。
[註26] 此條意見收錄於周法高編，《金文詁林補》（第五冊），頁 2710。
[註27] 此條意見收錄於周法高編，《金文詁林補》（第五冊），頁 2746。
[註28] 此條意見收錄於周法高編，《金文詁林補》（第四冊），頁 2621。

人 旃（親），戔（作）斂（斂）中則庶民疍（附）。烏（嗚）虖（呼）！
妾（允）俅（哉）若言，明犮（跋）之于壺而時觀焉，祗祗翼翼，卲
（昭）告遂（後）嗣，隹（唯）逆生禍，隹（唯）悊（順）生福，輩
（載）之竼（簡）簎（策），以戒嗣王，隹（唯）悳（德）輩（附）
民，隹（唯）宜（義）可緄（長），子之子，孫之孫，其永保用亡（無）
彊（疆）。

以上趙誠列為第五段。「諄」字的部分，趙誠說：「諄字所从之埻近似辛字，則此字當為諄，从言辛聲。古文字从言从口可通，故諄即辭字。」〔註29〕「緄」是「長之繁形，此為長幼之意。」〔註30〕

〈中山鼎〉（或稱〈中山王響鼎〉）銘文共分為以下幾個部分：

隹（唯）十四年中山王響詐（作）貞（鼎）。于銘曰：「於（烏）虖
（乎）、語不竣（悖）俅（哉）！棄（寡）人聥（聞）之，蒦（與）
其汋（溺）於人施（也），寧汋（溺）於噩（淵）。

以上趙誠列為第一段。此處僅討論 　 一字，隸定作「噩」，理解為「淵」。

昔者，郾（燕）君子噲（噲）觀（叡）夲夫貈（悟），娘（長）為人
宗，閗（見）於天下之勿（物）矣，猶親（迷）惑於子之而辻（亡）
其邦，為天下繆（戮），而皇（況）才（在）於少（少）君虖，

以上趙誠列為第二段。首先，趙誠表示：「噲同即會同，古時候朝見天子稱為會同，諸侯之間的盟會亦稱會同。」〔註31〕其中有討論到的字形包括了「觀」字，即《說文》的「叡」字；「貈」字則通悟，此處為穎悟之義；「閗」字从門干聲，趙誠引郭沫若意見理解為「炅」，即《廣雅》的：「明也」；「親」字則是《說文》當中的「難解也」，段注云：「謂相佀難分別也。親、類古今字。」至於王筠的《說文義證》則「通作迷」，由於王筠善於以金文評斷《說文》，故其說比之段氏可信；〔註32〕「繆」字用作戮，與「僇」通，辱也，病也。趙誠引用《禮記·大學》之「辟則為天下僇」，認為和此篇銘文相近；「皇」

〔註29〕此條意見收錄於周法高編，《金文詁林補》（第六冊），頁3632。
〔註30〕此條意見收錄於周法高編，《金文詁林補》（第五冊），頁3024。
〔註31〕此條意見收錄於周法高編，《金文詁林補》（第三冊），頁1445。
〔註32〕〔東漢〕許慎著、〔清〕段玉裁注：《說文解字註》（臺北：藝文印書館，2007，第二版），頁421。

字用作「況」，是基於《尚書大傳》的「皇于聽獄乎」的註解「猶況也」而來；「子」之《說文》古文作 ⿰ ，〔註38〕與此銘文的 ⿰（⿱）形近，可以理解為幼小的意思，因此可以釋為「少」。〔註34〕

> 昔者，纛（戮），而皇（況）才（在）於半（少）君虖，昔者，盧（吾）
> 先考成王，纛（早、暴）弃羣臣，顛（寡）人學（幼）踵（童）未甬
> （通）智，佳備（傅）毋（姆）氏（是）坒（從）。天降休命于朕邦，
> 又（有）卑忠臣賏，克悤（順）克卑（俾），亡不逢（率）尼（仁）
> 社稷之賃（任），敬悤（順）天悳（德），呂（以）猏（佐）右（佑）
> 顛（寡）人，速（使）智社稷之賃（任）。臣宗之宜（義），舭（夙）
> 夜不解（懈），呂（以）詳道（導）寡人，含（今）會（余）方壯，
> 智天若否，侖（論）其悳（德），省其行，亡不悤（順）道。考宅（度）
> 佳（唯）型。於（烏）虖（乎）新（慎、欣）竿（哉），社稷其庶虖，
> 卑（厥）蕃（業）才（在）祗，

以上趙誠列為第三段。⿰ 在《說文》裡理解為 ⿱ 字，即「暵也。從日，從出，從收，從米」，古文為 ⿱ 字，〔註35〕，底部的「來」理解為「麥」在本篇銘文理解為「暴」，有「突然」的意思。全句通讀，即突然拋棄羣臣的意思，是突然死去的婉轉說法。學字從子幽聲，即幼小之義。踵字從立從重，古文重、童一字，即《說文》的「⿱」字，「男有辠曰童，女曰妾。」〔註36〕社稷的「⿰」與《說文》古文「⿰」同，本義為「社，地主也。從示、土。《春秋傳》曰：『共工之子句龍為社神』；『《周禮》：‘二十五家為社，各樹其土所宜之木。」」〔註37〕接著，趙誠透過「含」（今）等字的同銘異體，「可見當時異體字之盛行。」〔註38〕

> 顛（寡）人聘（聞）之，事半（少）女（如）立㢟（長），事愚女
> （如）智，此易言而難行施（也）。非賃（信）與忠，其佳（誰）
> 能之？其佳（誰）能之？佳盧（吾）老賏是克行之。於（烏）虖（乎）

〔註38〕〔東漢〕許慎著、〔清〕段玉裁注：《說文解字註》，頁742。

〔註34〕此條意見收錄於周法高編，《金文詁林補》（第二冊），頁1159～1160。

〔註35〕〔東漢〕許慎著、〔清〕段玉裁注：《說文解字註》，頁307。

〔註36〕〔東漢〕許慎著、〔清〕段玉裁注：《說文解字註》，頁102。

〔註37〕〔東漢〕許慎著、〔清〕段玉裁注：《說文解字註》，頁8。

〔註38〕趙誠，〈中山壺與中山王鼎銘文試釋〉，《古代文字音韻論文集》，頁284。

攸粦（哉）！天其又（有）埶（刑），于粦（在）辝邦是呂（以）須
（寡）人医（惊）賃（任）之邦，而呑（去）之遊。亡宴（懷）惕
之忌（慮）。

以上趙誠列為第四段。「女」字在〈中山王䇂鼎〉中呈現為「†」，通讀作
否定虛詞的「毋」沒有問題。〔註39〕「事少毋長」就是侍奉年幼的君主不要倚
老賣老，也要裝作愚昧無知，即所謂大智若愚。〔註40〕至於「長」和「智」，
趙誠認為是「意動用法」，意思是以自己為長，自認為睿智，用趙誠的話，是
「事奉笨蛋要把他當作智者」。〔註41〕趙誠的意思是這兩者字面上的意思雖然
有所不同，但實質上都是意思為居於下位者要把上位者視作神明。最後，賃
（趙誠隸定作恁）以壬為聲，按以仁聲（大徐本改為從女信省，誤，見《校
錄》、《段注》），音近可通。又《爾雅》以「佞」訓任，壬，徐顥曰：「任所謂
任事也。人有巧慧材能則能任事。故任訓為佞……謂佞為美也。」〔註42〕「忌」
字則從呂從心，假借為「慮」，意思為憂慮。

昔者，虘（吾）先祖趄（桓）公、邵（昭）考成王，身勤社稷，行
四方呂（以）䢅（憂）怒（勞）邦家。含（今）虘（吾）老朆斳（親）
遹（率）參軍之眾，呂（以）征不宜（義）之邦，歔（奮）桴晨（振）
鐸闟（闐）啟封疆，方響（數）十，克偁（敵，儃）大邦，須（寡）
人庸其惠（德）、嘉其力，氏（是）呂（以）賜之辝命：

佳（雖）又（有）死辠（罪），及參殜（世），亡不若（赦），呂（以）
明其惠（德），庸其工（功）。虘（吾）老朆奔走不（聽）命。寡懼其
忽然不可旻（得），憚憚憬憬，忑（恐）隕社稷之光，氏（是）呂
（以）須（寡）許之惊（謀）忌（慮）膚（皆）丝（從）克又（有）
工（功），智施（也）。詥死辠之又（有）若（赦），智為人臣宜（義）
施（也）。於（烏）虖（乎），念之粦（哉）！逡（後）人其庸庸之，
母（毋）忘尒（尔）邦。

以上趙誠列為第五段。 † 字隸定作尒，馬承源《商周金文銘文選》處理作

〔註39〕此條意見收錄於周法高編，《金文詁林補》（第六冊），頁3046。
〔註40〕趙誠，〈中山壺與中山王鼎銘文試釋〉，《古代文字音韻論文集》，頁285。
〔註41〕趙誠，〈中山壺與中山王鼎銘文試釋〉，《古代文字音韻論文集》，頁285。
〔註42〕趙誠，〈中山壺與中山王鼎銘文試釋〉，《古代文字音韻論文集》，頁285。

「尔」，〔註43〕趙誠則處理作「余」。〔註44〕兩者雖然在代名詞的解讀上有完全相反的意思，但對於句義的理解還是沒太大影響，因為對話之人皆為中山國的臣民。談及燕國內亂，「燕王噲之太子被立為國君，重新確定了君臣關係，使之各得其位，並規劃燕國的封疆。在當時，確是為維護宗法制度做了好事，立了大功，這就是銘文所說的『休有成功』。」〔註45〕這裡確立了貴在燕國「仲父」的地位，趙誠將這種「仲父」與國君的關係比喻為「齊桓公」與管仲；秦王政與呂不韋。釐清了這樣的關係，就能解決為何一個君主所製作的器，卻在表揚人臣的功勞。所謂的功勞，自然直的是燕國內亂而相邦參與平定的工作，因此得到了天子的賞賜，諸侯的慶賀。除此之外，趙誠也說，「邵公，即召公，燕國的始祖，周武王時所封。燕王子噲禪位與子之，自己成了臣下，所以說斷『絕邵公之業』。」〔註46〕

> 昔者吳人並雩（越），雩（越）人敓（修）毄（教）備賃（信），五
> 年還（覆）吳，克並之至于含（今）。尒（尔）母（毋）大而憍（肆），
> 母（毋）富而喬（驕），母（毋）眾而囂、叟（鄰）邦難斳（親）栽
> （仇）人在彷（旁）。於（烏）虖（乎），念之孳（哉）！子子孫孫，
> 永定俘（保）之，母（毋）竝（替）氒邦。

以上趙誠列為第六段，也是此篇銘文的總結。中山王譽藉著古代聖王之道，對燕國內亂的產生和平定相邦貴的立功和受賞，進行概括性的總結。趙誠也指出，這段銘文中透露出中山王譽的心病，認為燕王噲本來聰明穎悟，又長期居於統治地位，明於天下事務，但還是因為錯信了其兒子而滅國，成為天下人所看不起的。那麼反觀回來，我中山王譽這樣一個少君呢？因此可以看出中山王譽心中的畏懼和擔憂。趙誠進一步懷疑，他的父王的死是不明不白的，而因為年幼一切都得聽取相邦貴的建議，從而懷疑相邦貴大權在握，勢力雄厚，有可能要危害自己。而中山王譽無力強制，於是藉助「德」和「義」和銘文說的「仁」來加以規勸。前頭第四段所提到的「寡（寡）人聏（聞）之，事少（少）女（如）立䑣（長），事愚女（如）智，此易言而難行施（也）。

〔註43〕馬承源主編，《商周青銅器銘文選》（第四冊），頁 573～577。
〔註44〕趙誠，〈中山壺與中山王鼎銘文試釋〉，《古代文字音韻論文集》，頁 286。
〔註45〕趙誠，〈中山壺與中山王鼎銘文試釋〉，《古代文字音韻論文集》，頁 291。
〔註46〕此條意見收錄於周法高編，《金文詁林補》（第三冊），頁 2124。

非賃（信）與忠，其佳（誰）能之？其佳（誰）能之？佳盧（吾）老賙是克行之。」表面上是稱讚相邦賈的才幹和忠誠，實際上卻是希望對其有要求和約束。幾段文字下來，可以看出中山王嚳和相邦賈之間微妙的關係。

中山國能做出〈中山王嚳壺〉和〈中山王嚳鼎〉這樣兩件銘文詞句豐富，敘事性強的青銅器，正如趙誠所說造器之時屬於強盛時期。特別是在於其金文字形，與大部分的春秋戰國器有所不同，不但直且長，在相似構形上又展現豐富多彩的藝術水平。趙誠舉出《戰國策·齊策》的例子：「日者中山悉起而迎燕、趙。南戰於長子，敗趙氏，北戰於中山，克燕軍，殺其將。夫中山千乘之國也，而敵萬乘之國二，再戰比勝。」這段文字敘述了中山國在滅國前不久的戰爭，以一個小國的規模戰勝兩個大國，可見中山國的規模雖然小而不弱。銘文中的「創闢封疆」，即擴大了中山國的疆域，亦可於此相互印證。〔註47〕

四、〈𣄰簋鐘新解〉

趙誠寫了〈𣄰簋鐘新解〉一文。對於這篇文字不多的作品，卻十分重視。原因在於這篇文章的撰寫，涉及了「綜合關聯性質」的研究。這一個觀念在《探索集》前言提出，本來僅針對〈𣄰簋鐘新解〉一文。但如果我們看作者所用的話語：「第六部分僅〈𣄰簋鐘新解〉一文，從不同的角度界定，可入於不同的範圍。如因聲求義的角度而言，可入於訓詁學範圍；如從以字考史的角度而言，可入於歷史學範圍；如從以史證字或地下地上材料互證的角度而言，可入於古文字學考釋方法範圍；入從金文詞義考察的角度而言，可入於金文詞義、研究範圍……〔註48〕」，便可看出趙誠並非單純針對這篇銘文進行解讀（況且一般銘文的深入解讀取材也不會是僅僅十二字的青銅器，而是如〈史牆盤〉那般的長篇文字），而是透過及其精煉的文字敘述，還原歷史面貌。那麼看待〈𣄰簋鐘新解〉這篇文章，自然不能單純看成一般的銘文釋讀了。

趙誠於 1988 年《江漢考古》發表〈𣄰簋鐘新解〉一文，後收錄於《探索集》。文章簡單扼要，僅用了 795 字（含引文、註解，不含標點）針對〈𣄰簋鐘〉之「救」字作出新的詮釋，得出了不同於馬承源為例的學界見解。

〔註47〕趙誠，〈中山壺與中山王鼎銘文試釋〉，《古代文字音韻論文集》，頁 294。
〔註48〕趙誠，《探索集》（北京：中華書局：2011），前言頁 3。

　　在趙誠之前，朱德希曾經寫過〈瑎簹屈柰解〉一文，[註49] 文章主要分析「瑎簹」與「屈柰」含義，得出了「屈」為「屈夕」，即十一月。「柰」從示亦聲，根據《廣韻》「亦」與「夕」同屬魚部，古音接近可互用。因此「屈柰」就等於「屈夕」。以此基礎往上推衍，瑎為「荊楚」之瑎，同楚；「簹」與「曆」同音，可通。最後總結出這四個字為「楚國曆法中的十一月」。

　　趙誠〈瑎簹鐘新解〉針對「救」一字進行研究。全文可分為五個部分：〈瑎簹鐘〉背景與文獻回顧、[註50]「救」的常態解釋、[註51]《左傳》引文、[註52]《集韻》、《說文》舉證、[註53] 斷代推展，[註54] 所用到的研究方法主要為古史考證、字書引證以及斷代分析。

　　〈瑎簹鐘〉共有十二字銘文：「隹瑎簹屈柰，晉人救戎於楚境」，字形刀工整齊，寫在在前後鼓部，每面六個字，位置均衡。「救」字作 ■，從求攴，與《金文編》所收的「救」字大部分構形相同，除了中山器之 ■ 從戈隸作栽作「栽人在彷」（中山王𧎸壺）、「曾無一夫之栽」（〈中山王𧎸鼎〉）。

　　趙誠在解釋此字的時候，引《集韻·尤韻》：「勼，《說文》：『聚』也。古作救，通作揪。」段玉裁對「勼」註解為：「釋詁曰鳩，聚也。《左傳》作鳩，古文《尚書》作逑。辵部曰：『逑，斂聚也。』莊子作九，今字則鳩行而勼廢矣」，[註55] 這是音轉為「勼」的用法，如果是原字的「救」的話在《說文·攴部》則是：「救，止也」。段注：「《論語》：『子謂冉有曰：「女弗能救與？」』，馬曰「救，猶止也。」馬意救與止稍別；許謂：『凡止皆謂之救。』」[註56]

　　以上總結，對於 ■ 字義的解釋主要有：

（1）隸定作「救」來處理

[註49] 朱德希，〈瑎簹屈柰解〉，《方言》（1979 第四期），頁 303。

[註50] 朱德希，〈瑎簹屈柰解〉，《方言》（1979 第四期），頁 303。

[註51] 馬承源《商周青銅器銘文選》說明「救」為營救之義。趙誠以晉人救戎蠻，趙國沒有好處為由，認為因此故鑄器不合理。

[註52] 趙誠引《左傳·哀公四年》一段文字，以此證明與《春秋經》的「晉人執蠻子赤歸于楚」相合。

[註53] 趙誠將將「救」處理為「勼」，並引《集韻》、《說文》註解。

[註54] 趙誠引郭沫若〈信陽墓的年代與國別〉、顧鐵符〈信陽一號墓的地望與文物〉、《商周青銅器銘文選》、黃靜吟《楚金文研究》引劉彬徽說四種鑄造時間的說法，認為瑎簹鐘鑄造時期不可能在戰國中期以後。

[註55] 〔東漢〕許慎著、〔清〕段玉裁注，《說文解字注》，頁 437。

[註56] 〔東漢〕許慎著、〔清〕段玉裁注，《說文解字注》，頁 125。

這種處理方式則牽涉了「救援」或「阻止」含義。

（2）音轉為「勼」處理

「勼」有「聚」的意思，意思是聚集。《說文解字》列其古文為「救」，段注引古文《尚書》為「逑」，都是從求聲。

將「救」字義放入文獻記載來看，趙先生以晉國和楚國的關係，推定晉國人並非以軍事進行援助，而是召集九州之戎，將蠻子抓住後交給楚國人，因此有了〈䶄篙鐘〉一器作紀念。然而，在《左傳‧哀公》卻直接使用「救」的句式，例如《哀公四年》：「秋七月，齊陳乞弦施；衛甯跪，救范氏。」《哀公六年》：「吳伐陳，復修舊怨也。楚子曰：『吾先君與陳有盟，不可以不救。』乃救陳，師於城父。」，兩者「救」的使用依然傾向於本義（即救援），而無法解釋為「聚集」。那麼以左傳的歷史事件直接鎖定〈䶄篙鐘〉之「救」為「勼」的用途，也許還有解釋空間。

趙誠最後所引的〈䶄篙鐘〉鑄造時間四家說法，以魯哀公四年推定年代結合楚薦月份，將其鎖定在公元前 491 年以後的春秋晚期，唯未能釐清「救」字義為「勼」的問題，無法在銅器時期考證的貢獻上結合。

整體而論，趙誠在〈䶄篙鐘新解〉一文接合形音義、史學、考古的研究方法符合當代學術需求，在既有資源的情況下有此成果十分難得。本文僅針對趙先生研究成果稍作歸納，對於〈䶄篙鐘〉的銘文理解的定論還有待參考更多的出土資料佐證。

總結來說，〈利簋銘文通釋〉一文因討論人較多，趙誠所提的新見有限；〈牆盤銘文補釋〉則在斷代分期和銘文通讀與文字訓詁上有所整理與建樹；〈中山壺、中山鼎銘文試釋〉則是一篇對於方國考史以及銘文通讀有更大貢獻的一篇文章。趙誠金文研究之功主戰場不在銘文釋讀，但他也盡了整理前人與近代學者的成果，以及部分自己在學術史的觀察，並依此提出見解，這也是相當不容易的。特別是處理字數較多的中山器的部分，在分段和全文貫穿的處理上極具彈性，這也幫助了讀者在兩件青銅器的識讀與理解。〈䶄薦鐘新解〉文章雖然明顯短了許多，但透過內文和序言的說明，可看出作者在治學方法的突破，這也是特別值得注意的一件事。

五、〈史伯碩父鼎曆日試說〉

　　〈史伯碩父鼎〉屬於宋代所出之青銅器，共二件。銘文僅五十字，但被認為是「四要素」俱全。趙誠指出，此器屬於西周青銅器斷代的重要材料，但在郭沫若、吳其昌、董作賓、陳夢家、白川靜、燙爛、馬承源、王世民、劉啟益、朱鳳瀚等學者之論文或專著並未提及。趙誠分為兩個階段解釋這個現象，其一是「可能是早期的學者沒有發現這一器銘而未討論，不能說是不足」，另一階段，則是在《西周諸王年代研究》列出了〈史伯碩父鼎〉的銘文，斷代研究學者應當已然看到，但「可有的學者只是簡單地進行斷定而未提出理由加以討論，而有的學者則根本未曾提及，看來，似乎確實是碰到了極大的難於解釋的現象，不能很好斷言，故暫時略而不論。」

　　〈史伯碩父鼎〉銘文如下：

> 隹（唯）六年八月初吉己巳，史白（伯）碩父追考（孝）于朕皇考
> 釐中（仲）、王（皇）女（母）泉女尊鼎，用祈匃百錄（祿）、眉壽、
> 綰綽、永令（命）、萬年無疆，子子孫孫永保用享。

　　以上銘文將祭祀日期、造器者、造器目的都詳細說明。趙誠以幾個方面對此器進行分析。其中一種是以《曆表》條列式的方法來判定〈史伯碩父鼎〉的年代，即幽王六年、宣王六年、共和六年、厲王六年四種可能性。之後，以其形制探索該鼎的時代，即西周晚期，「且應早於宣王三十七年的〈膳夫山鼎〉」〔註57〕。

　　趙誠針對〈膳夫山鼎〉進行分析，以比較〈史伯碩父鼎〉的年代，礙於篇章字數此從略。接著以「初吉」分左兩類五種來談。其中第一類是月相說，分為「四分說」、「定點碩」、「不定點也非四分說」三種；第二類非月相說共「初吉非指朔日」、「初吉具有可以游移於月中任何位置」兩種。

　　本文的總結有三：〈史伯碩父鼎〉早於〈膳夫山鼎〉，排除了幽王六年的可能性；〈史伯碩父鼎〉和〈膳夫山鼎〉所記日曆相互依存，相互制約，對「初吉」的實際意義有重大作用；僅據《曆表》計算或僅據器型推斷，很難形成共識。雖然並未針對〈史伯碩父鼎〉進行結論，也坦承「其他多為推測，尚待進一步探索、求證。」但在一個較不被重視的標準器下了功夫，貢獻相當大。後人欲對此進一步考證時，能對本篇文章多加參照，這也是值得肯定之處。

〔註57〕趙誠，〈史伯碩日鼎〉，《探索集》，頁303。

第二節　趙誠文字理論〔註58〕

　　趙誠善於以新理論處理古文字，這一點從他大學時期所撰寫的論文就可以看出其對於西方理論的吸納與運用。隨著嚴謹的學術培訓，逐漸在面對古文字的材料上，成一家之言。當中，趙誠最具影響力的理論包括了二重性理論、本字探索、詞性研究以及綜合研究。以下各舉若干例子進行說明，將趙誠的文字理論呈現。

一、二重性理論

　　趙誠在《二十世紀甲骨文研究述要》（上）曾說：

> 研究古文字，需要有理論、方法和是非標準，這是一個方面，是應
> 該被建立、應用和確立的。但是，在建立理論、應用方法、確立標
> 準以考釋文字的同時，也要注意不要犯下某些毛病。〔註59〕

　　趙誠之「二重性」理論可以說是其研究古文字最為關鍵的方法學。二重性理論基礎在於古文字構形系統的「任意性」以及「約束性」。這個概念在趙誠於1981年古文字研討會發表後，收錄於《甲骨文字學概要》，即：

> 漢字作為歷史上一種客觀現象，必然有它自己發展變化的內部規律，
> 必然不以人們的意志為轉移，從這種意義上來講，漢字的發展、變
> 化是任意性的，漢字的發展、變化的這種二重性（任意性和約束性）
> 使得它的演變具有一種獨特的方式，和一般自然現象的內部發展規
> 律不盡相同，所以姑偁之為內部調整。〔註60〕

　　在這篇文章之後，緊接著以「二重性「為名的文章，即〈甲骨文字的二重性及其構形關係〉。在這篇文章當中，趙誠進一步對其理論進行說明：

> ……漢字和其他事務一樣，有著自己的發展、變化的內部原因……
> 變化是任意性的。但是漢字作為漢語的表現形式之一，是漢語的書
> 寫符號，必然受著使用漢語的人們的支配，則漢字的任何變化都必

〔註58〕趙誠文字理論部分，曾以〈趙誠金文二重性字詞研究〉及〈「盨」器考——論趙誠金文二重性的三個階段〉二文，分別於2017年「中區文字學會」及於2019年「中區中文所碩博生論文發表會」宣讀，整理後納入。

〔註59〕趙誠，《二十世紀甲骨文研究述要》（上冊），頁355～356。

〔註60〕趙誠，《甲骨文字學綱要》（北京，中華書局，1990），頁27～28。

須得到社會的批准，這種意義來講，漢字的發展、變化是有約束性
的……〔註61〕

也就是說，漢字本身雖然一脈相傳，擁有表達形、音、義的功能，但無論
在字形、音韻還是字義上，都難免了在任意和約束的條件下發展和演變。而這
種情形最普遍的現象就發生於假借為人名、地名、國名時。名稱的假借以外，
則有為了表達字音或字義增加聲符或義符。此處的詮釋，則將文字的構形和語
言語音牽上了關係，即趙氏所謂「漢字以形表音」之說。另外，趙誠也介紹了
三種構形關係，即平面關係（即將某一個時代的文字，比如商代甲骨文，作為
一個平面，不管來源，不管演變，祇將各種形體構成的單字分別歸類處理。）
〔註62〕；歷史關係（將某一個字的歷代寫法列出）〔註63〕；以及相互關係（形體
和形體之間的關係，分三類：因不同形體表現不同現象；位置關係；某一形體
和其類似形體之間的關係）〔註64〕綜合以上兩篇文章的對於文字發二重性的詮
釋，也見於《甲骨文字學綱要》第十章〈甲骨文字的發展、變化〉。

《荀子·正名》說到：

> 名無固宜，約之以命。約定俗成，謂之宜。異於約，則謂之不
> 宜。〔註65〕

這段傳世文獻和趙誠二重性所提到的「任意性」以及「約束性」有著一定
程度的關係。文中「約定俗成」，也常在文字發展上被引用，以討論文字使用上
的各種情況、細節。〔註66〕

王力在〈訓詁學上的一些問題〉上也有引用此句，並進行說明。〔註67〕王文
如下：

> 任何個人都不能創造語言。如果作家用一個詞，用的不是社會一般
> 所接受的意義，讀者就會看不懂，語言在這裡就失掉他的作用。固

〔註61〕趙誠，《甲骨文字學綱要》，頁267。
〔註62〕趙誠，〈甲骨文字的二重性及其構形關係〉，《古代文字音韻論文集》，頁45。
〔註63〕趙誠，〈甲骨文字的二重性及其構形關係〉，《古代文字音韻論文集》，頁48。
〔註64〕趙誠，〈甲骨文字的二重性及其構形關係〉，《古代文字音韻論文集》，頁48～49。
〔註65〕〔東周〕荀卿著、〔清〕王先謙集解、〔日〕久保愛增注、〔日〕豬飼彥博補遺，〈正
　　　名〉，《荀子集解》（臺北：蘭臺書局，1983）頁11。
〔註66〕筆者原來並無此想法，經口委宋建華先生建議添加此條意見，特此申謝，並文責自負。
〔註67〕王力，〈訓詁學上的一些問題〉，《王力語言學論文集》（北京：商務印書館，2014），
　　　頁520。

然，在語言裡也有新詞新義的形成，我們也承認語言巨匠們能創造新詞，但是，那也不是偶然的。第一，必須要有舊的詞根（或詞素）作為新詞的基礎；第二，必須為社會群眾所接受，讓它進入全民詞彙的倉庫裡。

　　趙誠的學說受古代與近代學者所影響，以上文字自然掌握清晰，並透過將字形發展歸類為七大類：類變、類化、定型、統一、繁化、簡化、分化。而這種發展脈絡不能單從縱向的角度去觀察其演變，更需要在一個平面上去思考其「二重性」的文字濫觴。與此同時，勢不可免將需要思考到文字的形與音的關係。這樣的研究方法，正合乎趙誠「形音義結合」、「文史哲不分家」，再合以西方語言學概論的宏觀研究法去理解一個文字，自然比起一般單純從字形做出發點，或以解經為目的的傳統研究方法更得成效。

　　本文將針對趙誠基本專書進行分析，將其「二重性」理念視為核心理論，以進行討論。當中以論述趙誠理論為主，輔以其他近代學者與傳世文獻的意見，合以個人看法。

（一）殷墟甲骨文字之二重性

1. 字　形

　　趙誠強調殷墟甲骨文和西周金文不是同一種體系〔註68〕，不能因為形近而將其混同。在《甲骨文字綱要》第五章第六節，趙誠提出了漢字「一字多體」合「一字多義」的看法。這部分暫且就「一字多體」來談，「一字多義」屬於本文「本義」部分的論述。董作賓曾在〈甲骨文分期的整理〉一文透過貞人、十個斷代標準以盤庚、武丁時代；祖庚、祖甲時代；廩辛、康丁時代；武乙、文丁時代；帝乙、帝辛時代分出了五個時期。董氏五期論被學界普遍接受，例如徐中舒《甲骨文字典》將「歲」字 𠂤（合 32398）、𢦏（合 13475）列為第一期；𣥂（坊間 2.82）列為第二期；𠂤（合 33241）列為第四期；𢦏（合 37589）列為第五期。

　　隨著花東甲骨的出土，在一些文字上出現了時期混同的狀況，例如 𢦏（花 114）、𢦏（花 183） 𢦏（花 039） 𢦏（花 007）幾種字體就跨越了幾種

〔註68〕趙誠，〈西周金文構形系統二重性續探〉，《探索集》（北京：中華書局，2011），頁7。

不同的分期，故前人分期研究成果依然有重要的參考價值，卻不能墨守成規而忽略了面對一手材料的謹慎。趙誠在《甲骨文字學綱要》不以五期來論述，認為「一字多體也可以稱之為異體字的現象」，並以此評論《說文解字》、《辭海》、《集韻》的收字方式（即以一個常態字作為字頭，將異體字收入字頭底下）。在正式討論到一字多體的現象後，趙誠舉出了「帝」字例：常態的米字（合 32112），〔註69〕其餘尚有 （合 14154）、 （合 21080） （合 14370）等 20 種字形，認為「如果一個甲骨文在刻辭種多次出現，這個字一般來說就不會祇有一個形體」。〔註70〕也就是說，關於字形發生的模式和日後的演變，可以在相距較大的時期（如殷商、西周、東周、先秦）作字形分期比較，卻不適合在時期接近的時期作出平面分期，因為文字的發生可能來源不只一個，趙誠的意見為「一個字一般為二、三、四體」。〔註71〕換言之，文字的孳乳來源可能是「多重」的，而非單一的。以縱向的方式列出分期可能會面對較大的問題。

　　另外，趙誠提出了甲骨文字共時性的問題：「甲骨文的多體寫法都是用在同一區域同意文字系統內，所以說，甲骨文字的多形存在一種共時性」。〔註72〕趙誠就《說文解字》舉籀文、古文、奇字、或體論不同字體或許不存在同一時期或同一區域內；舉《集韻》例談所收之字多為宋代不使用的異體字，以此針對一字多體提出了「歷時性」的觀點。也就是說，單從《甲骨文編》、《甲骨文字典》、《甲骨文字續編》等工具書來看一個字的時候，會看到許多的異體。但如果回到同一時期，甚至同一出土地點來觀察，會得以更精確掌握某個時期所出現的異體字。

　　在結構的部分，趙誠提出了甲骨文字往線條化發展的現象，如土字 （合 6447），或簡化為 （合 6409）、 （合 32118）〔註73〕，到後來的 （合 36975）。由較圓形的 形到成三角形的 ，到最後呈現以橫豎為主體的 ，便是一種明顯的線條化現象。

〔註69〕趙誠舉《合集》14134「帝」字例，查《甲骨文字編》以及中研院電子資源《小學堂》所無，以形近的《合集》32112 擷取文字圖檔。
〔註70〕趙誠，《甲骨文字學綱要》，頁 79。
〔註71〕趙誠，《甲骨文字學綱要》，頁 79。
〔註72〕趙誠，《甲骨文字學綱要》，頁 80。
〔註73〕趙誠引《合集》20267：「南土之土」。

2. 本　義

承接上節所談到的「形」，接著談古文字本義的部分。基本上在基礎文字學教育中，都會學習到文字初發生時所代表的涵意，例如 ◆（合 28843）本義為一個袋子往兩頭束起來，與「束」之 ◆（合 22344）義同。所以後來發展的 ◆（坊間 3.45）、◆（〈叔家父簠〉），即「速」字有著直接的關係。趙誠對於「本義」的看法是「本義不一定都是原始詞的原始意義，現在能夠看到的知識有語言文字證明的本意」。〔註 74〕

趙誠對於字詞，分析出漢語透過漢字表達詞義的三種方式，第一種事以「某種構形」顯示某種意思，如甲骨文 ◆（合 10405）字像一個人碰著代表容器的酒瓶，伸出舌頭準備去喝，即通過構形、構形所顯示的意思，構形是所表示的詞義。他將這三種總結為構形、意思、詞義三個部分；〔註 75〕第二種是用某種構形所顯示的「某種語言」來表示某個詞的意義；〔註 76〕第三種是「以某種構形」所顯示的「某種類別的意思」加上以「某種構形」所表達的「某種語言」來表示「某種詞的意義」。〔註 77〕

關於構形，有者可以通過外形理解其構形意義，如 ◆（合 10200）、◆（合 28343）如虎、鹿之形；有者卻無法從外形去理解其構形意義，就是所謂的「構形不明」，例如 ◆（合 35260）、◆（合 32385）兩個字雖然可以透過天干確定是甲、辛二字，卻不能透過形體了解其構形意義。因此，趙誠不贊成將構形和字所表示的意義等同。如同甲、辛的例子，即便對其構形並沒有把握，卻不影響對於卜辭的理解，反而虎、鹿之類知道構形意義的字詞，也得在通讀之後才能確定所指的是單純的動物，還是指人名、地名、或作其他詞性所用。

趙誠在一字多義的現象提出了看待漢字的三大盲點：其一是以後代漢語的立場看待殷商卜辭（古文字），其二是以後代漢字來看甲骨文字、其三則是因學者在甲骨文字上認識的不同而在處理上有所區別。〔註 78〕以後代漢語看待古文字所看到的是現行漢語所存在的不同文字，以此假設甲骨文字的字頭，這部分趙誠舉的例子是鄉與卿。兩者同樣寫作 ◆，具有「饗」、「響」、「卿」

〔註 74〕趙誠，〈本義探索〉，《探索集》，頁 60。
〔註 75〕趙誠，《甲骨文字學綱要》，頁 251～257。
〔註 76〕趙誠，《甲骨文字學綱要》，頁 257～258。
〔註 77〕趙誠，《甲骨文字學綱要》，頁 258～259。
〔註 78〕趙誠，《甲骨文字學綱要》，頁 89～90。

的意思，但和後代漢語的「鄉下」、「鄉里」全然沒有關係。以後代漢字看待古文字則是以《說文解字》的角度作為出發點，舉鄉為例，在《說文‧㗊部》列作🔲，無「饗」或「卿」，並且在理解上已經脫離甲骨文甚多：

> 鄉，國離邑，民所封鄉也。嗇夫別治，封圻之內六鄉，六鄉治之。
>
> 从㗊，皀聲。

即便加上了段玉裁的註解，也無法和上古文字連上關係，因此《甲骨文編》因「饗」字不在《說文》，僅在「卿」字底下加註「用為饗」。趙誠所提的第三個盲點則牽涉到甲骨文存在情況的問題、字詞方面多重性的問題，以及商代語言早已成熟的問題。針對這點，趙誠引《甲骨文編》「卿」字：「像兩人向食之形，引伸為宴饗之饗」；引《甲骨文字集釋》認為🔲為饗食本字批判學者面對這一個字處理方面的問題。

3. 詞　性

趙誠強調甲骨文字使用上的成熟，在《甲骨文字學綱要》中提到：

> 漢字是現今世界上古老的文字之一……對著三千多年的漢字，可以
>
> 按照一定的原則劃分為若干個斷代的平面系統……〔註79〕

並劃分成商代漢字系統、周代漢字系統、秦代漢字系統、現代漢字系統，這些不同的朝代之間的文字系統，不僅僅從字形、字音所能看到，還能夠透過詞性本質去剖解書面語結構，以利對於古文字的掌握與了解。以目前所掌握的具有成熟文字使用的出土文獻來說，當以殷墟花園莊東地甲骨為最早。而既然自花東開始的文字已經稱得上是成熟的文字型態，必然與文字本義有所落差。雖然無法透過漢字直接看到當時語言的現象，卻可以透過詞性去探索語言使用的二重性狀態。在《甲骨文字學綱要》，趙誠將甲骨文字分為象形、表意、表音等基本分類，得出漢字功能以表音為主。〔註80〕另一部分則牽涉到詞彙的問題，即形音文字說或義音文字說或意音文字說、表詞文字說、詞符音節文字說、語素文字說。由於形音文字說較屬於字音部分的深入探索，語素文字說得不到學界的共識，〔註81〕本節討論以表詞文字以及詞符音節文字為主。

〔註79〕趙誠，《甲骨文字學綱要》，頁 15。

〔註80〕趙誠，《甲骨文字學綱要》，頁 42。

〔註81〕趙誠，《甲骨文字學綱要》，頁 65，趙誠認為「由於詞素或語素的內容還沒有一個共認的範圍，人們的解釋還有著一定的分歧，為了避免誤會，以免引起不必要的糾

　　趙誠引伊斯特林「表詞文字」理論，認同以此看待甲骨文字有一定的道理，[註82]也就是說，基本上大部分甲骨文的一個字可以表達的是一個詞，[註83]除了少數文字如特殊人名、地名（如婦好、周方）不能從獨立文字成詞之外，大部分都符合表詞文字的條件。

　　與現代漢字不同，甲骨文字往往一個字（詞）可以牽涉到不同的詞性。例如䰻（合 10492），本身可以代表動物本身的名詞，也可以作為動詞如「貞：王魚」（集 10488）、「貞：不其魚？」（集 16043），用作動詞時和後來的「漁」同。除此之外，也可以作地方名稱，如「庚寅卜：翌日辛王兌省魚，不冓雨？吉。」（屯 637）《甲骨文字詁林》對於後來的 䰻（合 22102）說明是：「鄉卜辭魯字乃由雨字分化而來。」

　　同樣的例子也見於甲骨文的 雨（合 12554）。雨本身即自然現象，為名詞，如「已丑卜：今夕大雨」（集 27219）、「貞：今夕其雨疾？」（集 12670）、「已卯卜，貞：今日多雨？」（英 2588），也可藉動詞的形式呈現，如「乙亥夕卜：其雨？子占曰、占曰：今夕雪，其餘丙雨，其多日。用。一」（花 400）、「甲夕卜：日雨？子曰：其雨。用。一」（花 271）。

4. 形義和音義

　　自文獻不斷出土，學界對於漢字的理解也越來越深。從單純的六書到唐蘭「三書說」，漢字已經不再是單純的象形表義的符號。趙誠對於古漢字提出了「漢字表音」的理論，即不同於印歐語系、南亞語系、亞非語系、壯侗語系等等的音符表音，漢字表音功能發揮在「以形表音」。關於這一個例子，趙誠常舉的例子就是 沁（沁）一字。沁為人身體部位的獨體象形，但和 丨結合的時候，單純為表音字，反而 丨才是表義的符號，即水、河之義。而這樣的例子在古文字非常多見，例如雞寫作 䳍（合 5153）時為雞的獨體象形，但寫作 䳍（合 37546）的時候隹為表達這種動物類型的義符，而「奚」則是幫助發「雞」聲的音符；又 酉（合 32907）一字原為酒瓶之義，延伸為酒的本身，為形義字，但借作干支之後，為音義字。[註84]後來另造的 沁的 丨形同樣表

　　　紛，最好不要把漢字或甲骨文字稱之為語素文字或詞素文字。」
〔註82〕趙誠，《甲骨文字學綱要》，頁 51。
〔註83〕趙誠，《甲骨文字學綱要》，頁 51。
〔註84〕趙誠，《甲骨文字學綱要》，頁 146。

達義（水狀的東西），而 █ 雖然保留了部分的含義（酒瓶、酒），在此也具備表音的功能。

　　另一個 █ （合 30242）字原為鳳鳥展翅之形，隸定作鳥。趙誠認為對當時社會影響不大，製造這一個詞主要功能還是為了表達音同的「風」字。〔註85〕因此 █ 當為「鳳」的形本字，為「風」的音本字。另外，趙誠舉出 █ 〔註86〕例（英 1206），像人遊行於水中之形，為「泳」的古字，如此理解的話為形義字，但如果作地名則為音義字。同樣的例子還有 █ （合 722）、█ （合 8373）、█ （合 6194），皆為在獨體象形之時作為形義字，作為方國名稱則為音義字。這個理論在趙誠《甲骨文簡明詞典》方國、地名的部分中多次實踐。雖然形義字還是字來源的根本，當用詞的部分幾乎在音義字上，那樣的理解可以看出殷商以來人們對於用字或用詞的部分，有著相當大的靈活度，懂得如何將一個固有的文字形態作為日常用語的表達。趙誠認為：

> 文字孳乳屬於文字學範圍，說成是通假可歸於音韻學或訓詁學，
>
> 版本不同可歸於校勘學範圍，而綜合起來靠則是傳統訓詁學的範
>
> 圍。〔註87〕

　　這種解讀的方式無非是突破單純的字形理解，而是以語言來破字，符合「語言透過文字表達」的現象。

（二）西周金文二重性理論

　　過度到了西周，趙誠分別舉例了 13 個金文詞例（其中「辰」字分兩例舉之，合算則是 12 詞例）於學術期刊進行了三次發表。後來將這三篇文章合併，於《東海大學語言文字與多元對話》研討會（2008）發表。最後收錄於《探索集》（2011）。由於《探索集》仍以三篇文章個別舉例，因此本節以《探索集》之版本為主，再以東海研討會講評人許學仁之評價作總結。

〔註85〕趙誠，《甲骨文字學綱要》，頁 106。

〔註86〕趙誠在《甲骨文字學綱要》146 頁將此字作「永」處理，以說明音義關係。朱歧祥編撰《甲骨文詞譜》第四冊 146 頁收作「永」，引《甲骨文字詁林》：「卜辭用為人名或地名」。但 █ 字在裘錫圭《甲骨文字編》874 頁隸定作「衍」，這同樣在中央研究院《小學堂》檢索系統當中。

〔註87〕趙誠，〈訓詁學回顧與展望〉，《探索集》，頁 56。

1. 說蓐／農／晨／辰

字　形	殷商甲骨文	西周金文
字例	𦫳（合 20264） 𦫳（合 10474）	𨑮（〈田農簋〉） 𨑮（〈散氏盤〉）
字義	可同時為蓐、農、晨、辰之義。	一般作為人名。

趙誠認為「有相當一些字的構形和殷墟甲骨文完全相同，使得人們比較普遍地認為這兩種字屬於同一個構形系統」。〔註 88〕根據《說文・晨部》：「農，耕也，從晨囟聲；蓐。亦古文農。」，便是將「蓐」列入「農」的三個古文之一。因此在作為單純的人名或農事用語時，相互替換並非不可行。

2. 說勿／物／𠛹／犁

字　形	殷商甲骨文	西周金文
字例	𠃌（合 15617） 𠃌（佚 312） 𤛭（合 23218） 𤛭（合 24506）〔註 89〕	𠃌（〈大克鼎〉）
字義	本義為雜色牛，引申為否定詞（物），也作「𠛹」、「犁」或鳥羽、屠牛專用詞。〔註 90〕	一般作否定詞。

花東甲骨中的「勿」（𠃌）與常態寫法無異，但在花東 239 條「癸酉卜：弜勿新黑馬，又𠛹？一」的釋文當中邊看到了幾種不同的解釋。朱師將「弜」與「勿」並列為重疊否定副詞苜。〔註 91〕苜讀若末，有加強語氣的功用，不見於對應肯定句，且只居於否定詞後面，在重疊否定句中只屬於輔助性詞語。〔註 92〕

在《二十世紀甲骨文研究述要》當中，趙誠舉了于省吾曾將此字列為否定詞，經數十年思考，判斷「勿乃物之初文，物謂雲氣之色」。〔註 93〕對此意見，趙誠相當欣賞，但「可惜未形成專文，僅附於《釋林》73 頁〈釋桧〉一文附帶

〔註 88〕趙誠，《探索集》，頁 1。
〔註 89〕趙誠與業師朱歧祥分別在《探索集》第 3、4 頁以及《甲骨文詞譜》第三冊頁 57 隸定作「犁」，中央研究院歷史語言所甲骨文資料庫隸定作𠛹，此處採取趙誠與朱師所處理的方法，即隸定「犁」。
〔註 90〕于省吾主編，《甲骨文字詁林》（第三冊）（北京，中華書局，1996）2457～2471 頁。
〔註 91〕朱歧祥，《甲骨文研究——中國古文字與文化論稿》，頁 293。
〔註 92〕朱歧祥，《甲骨文研究——中國古文字與文化論稿》，頁 293。
〔註 93〕趙誠，《二十世紀甲骨文研究述要》（上）（太原：書海出版社，2006），頁 511。

提及……有但凡讀到于氏之說的某些學者則十分重視，並欣然接受而引用，趙誠《甲骨文簡明詞典》即如此，見該書 188 頁。」[註94] 從此處可見，雖然于省吾對於此字的描述並不算特別長，卻提供了讀者一個重要的線索：殷商甲骨文之「勿」雖然和西周金文之「勿」構形系統相似，卻擁有更豐富的字義。

3. 說有（屮）

字　形	殷商甲骨文	西周金文
字例	屮（合 501）	𠂤（〈大盂鼎〉）
字義	本義趙誠認為是牛頭之義，代表富有；[註95] 朱歧祥認為是象手形，[註96] 用法與「又」相同，[註97] 引申為有無之有。	手持肉之形，引申為有五之有。

按趙誠之見，「有」寫作屮的情況下，是形義字；寫作 𠂇（合 30391）的情況，是「又」、「右」等字的音義字，[註98] 和常態屮有所不同。無論採取牛首或手形的看法，與金文中作 𠂤（〈大盂鼎〉）的「有」字形上有相當大的差異。趙誠認為，那是西周人或先周人留下來的概念，从手持肉來表示「有」，為會意字。[註99] 而同樣以手持肉之形，在甲骨文中作 𠂤，即祭祀之祭。換言之，趙誠觀點中，甲骨文表示有無之有，以屮表示為本字，以 𠂇 為音義字；从手持肉的字形，在甲骨時期 𠂤 用作祭拜之祭；在西周金文 𠂤 用作有無之有。

4. 說竝（並）／替

字　形	殷商甲骨文	西周金文
字例	竝（合 32892） 竝（合 34041）	─
字義	「从二立以上一下……大象正面站立的人形」；[註100] 但對於一上一下的竝以及並肩的竝卻有不同的理解，前者為「表示一個人已經離開原來的地	有「立」字例而無「竝」字例。至於西周金文表達廢替的用詞是「灋」字，例如「盂，若敬（敬）乃正，勿灋（廢）朕令」（〈大盂

[註94] 趙誠，《二十世紀甲骨文研究述要》（上），頁 512。
[註95] 趙誠，〈西周金文二重性探索〉，《探索集》，頁 4。
[註96] 朱歧祥，《甲骨文字學》（臺北：里仁書局，2012），頁 192。
[註97] 朱歧祥編撰，《甲骨文詞譜》（第五冊），頁 477。
[註98] 趙誠，〈西周金文二重性探索〉，《探索集》，頁 4。
[註99] 趙誠，〈西周金文二重性探索〉，《探索集》，頁 4。
[註100] 趙誠，〈西周金文二重性探索〉，《探索集》，頁 6。

位他去，引申有廢替之義」〔註101〕，後者為「表示兩個人並立在一起，地位相當」〔註102〕。這個說法從張政烺〈中山王壺及鼎銘考釋〉同。〔註103〕	鼎〉）、「敬夙夜，勿灋（廢）舟（朕）令」（〈師酉簋〉）。

竝字在許慎《說文解字》解為：「併也。从二立。凡竝之屬皆从竝。」段玉裁註解為：「人部併下曰：竝也。二篆為專注。鄭著《禮經》古文竝今文多作併。是二子音義皆同之故也。古書亦多用為傍者，傍、附也。」無可否認的，《說文》在竝字的解釋幫助後人理解古文字中从二立的字形。但進入到語言的階段，就不單純是字形認定，從而涉及更多通讀與理解的問題。

要尋覓兩人並行的「竝」字，得從東周，〈中山王𩶺鼎〉有「（毋）竝（替）氒（厥）」的用法，竝寫作「▨」，也是一偏上一偏下的兩個立字，而這裡用做「替」，同廢。趙誠認為殷商滅亡之後，這個『替』的古字及其所表示的意義，沒有消亡，而且一直在流傳……靠近殷商故地的中山國接受了這個字，而西周金文卻沒有採用，也能在一定意義上說明西周金文和殷商甲骨文不完全是同一個構形。

如果東周的中山國繼承的是殷商的文字，那麼在東周以前卻又是怎麼樣的文字使用情況？因此筆者認為前段趙誠所說有理，但舉中山國的例子卻缺乏若干證據。關於這點，許學仁曾就趙誠「語言文字與多元對話」研討會進行點評時指出：

> 作者第五例辨析殷商甲骨「从二立」而以「一上一下」形位概念照「替」字，具有「廢」義，而從西周用「灋」（法）為「廢」，殷商甲骨則無「灋」（法）字，二者構形有異。並觀察到〈中山王𩶺鼎〉「毋替厥邦」之「替」字，其構形、語義與甲骨文字響應，推測甲骨文「替」之構形，西周尚未消亡，而由中山國接受採用，中山國或非由直接繼承，而純屬「心理相同」的造字心理。〔註104〕

由此看來，趙誠前段論述有理，唯舉例上直接將殷墟甲骨文字橫跨到東周

〔註101〕趙誠，〈西周金文二重性探索〉，《探索集》，頁6。
〔註102〕趙誠，〈西周金文二重性探索〉，《探索集》，頁6。
〔註103〕張政烺，〈中山王壺及鼎銘考釋〉，《張政烺文史論集》（北京：中華書局，2004）頁467～500。
〔註104〕東海大學中文系，《「語言文字與教學的多元對話研討會」論文集》（臺中：東海大學中文系，2008），頁318。

字形特殊的中山器金文，是否得以立案尚有討論空間。

5. 說凮、翳

字　形	殷商甲骨文	西周金文
字例	凮（合 21782）	（螨鼎）
字義	原形雖然為人死後放入棺槨，但到了殷墟甲骨已經借作形容天氣的用語。朱歧祥《通釋稿》「字隸作因。象人臥於棺槨之中，乃死字初文。」〔註105〕；趙誠同意張政烺〈釋因蘊〉〔註106〕的說法，將這條貞文內容的「因」解讀為「翳」，即文獻上的「曀」。	作副詞使用。

　　到了西周金文，「因」作　形，內部構建和甲骨相同，外圍的構形則配合　字外形圍繞，和甲骨　不太相同。在字義的部分差別更是明顯，如〈螨鼎〉內文：「妊氏令螨：『吏（事）儒（保）㞷（厥）家。』因付㞷（厥）且僕二家。」〔註107〕馬承源，《商周金文銘文選》註：「因付予螫（螨）祖之僕二家與螫，是螫之祖亦為妊氏家臣，曾有傭僕之錫（賜），大約所錫（賜）的僕只有使用權，而沒有佔有權」。〔註108〕

　　這當中的「因」已經作副詞使用，和甲骨時期作動詞使用的狀況已經有明顯的不同之處。正因為殷墟甲骨用作天氣動詞的「因」，甚至本義的「死」都沒有沒有帶入西周金文去，且西周金文的構形系統與使用方式來看和殷墟甲骨顯然不是同一個系統，趙誠認為兩者存在著一種「二重性」。

6. 說嘼（嘼）

字　形	殷商甲骨文	西周金文
字例	（合 29694）	—
字義	用作「並」之義。	以（〈乃子克鼎〉）作為「並」之義，即：「辛白（伯）其並受厥永福。」

〔註105〕朱歧祥，《殷墟甲骨文通釋稿》（臺北：文史哲出版社，1989），頁 35。

〔註106〕張政烺，《張政烺文史論集》，頁 664 至 675。

〔註107〕趙誠引文斷句為：「妊氏令螨：吏（事）儒（保）㞷（厥）家，因付㞷（厥）且僕二家」此處單就「因」字解釋採趙誠說，斷句則從中研院史語所。

〔註108〕馬承源，《商周金文銘文選》（第三冊）（北京：文物出版社，1984），頁 104。

7. 說亡／無

字　形	殷商甲骨文	西周金文
字例	（合 13757） （合 30028）	（〈天亡簋〉） （〈湯叔盤〉）
字義	「亡」作否定詞用；「舞」作本義，即「舞蹈」之舞使用，是雩祭祈雨時的一種形式。	作否定詞使用。

趙誠認為，西周金文之「亡」與甲骨文的「亡」構形基本相同，但使用上稍有變異，即作有無之無（〈士父鐘〉）：「降余魯多福亡疆」）、死亡之亡（〈作冊益卣〉）：「不錄（祿）益子徒先盦死亡」）、〔註109〕「亡不成」之重疊否定、喪失之義（〈班簋〉）：「亡不成，目眓尤天畏（威）」，以及「謀」之同聲假借（〈班簋〉）：「隹（唯）民亡徒（拙）才（哉）」。

除此之外，舞（無）字兩者構形雖然相似，但用法有異。甲骨文中象兩手有所執而舞，「舞蹈」（《合集》14197 正：「貞：勿舞河，亡其雨」；《合集》30028：「唯戊呼舞有大雨」），在金文當中則有否定的意思，如有無之無（〈湯叔盤〉）：「其萬年中止舞（無）疆」；〈井人鐘〉：「降余厚多福舞（無）疆」。

8. 說　德

字　形	殷商甲骨文	西周金文
字例	（合 28508） （合 28981）	（番生簋） （曆方鼎）
字義	省視之義。	德行之義。

「德」字的部分，趙誠將德列為 A，將列為 B，以及甲骨文的列為 C，說明普遍上而言兩個字被當作同字異體，包括了《金文編》的體例。朱師歧祥曾說趙誠擅以語言角度檢視漢字，常翻案寫文章，〔註110〕從此字例便可看出其治學態度。《甲骨文編》192、193 頁有（合 28981），一字，當中作「省」處理，《通釋稿》字說：「从丨从目，象目注於一線，與字同。

〔註109〕此部分馬振源《商周金文銘文選》頁 95 斷句與趙誠同，中央研究院《殷周金文暨青銅器資料庫》斷作「子征先盦死，亡子，子引有孫……」，本文從趙誠與馬承諑斷句。

〔註110〕朱歧祥，《甲骨文字學》（臺北：里仁書局，2012），頁 5。

《說文》:『視也。』字有審問義」〔註111〕　字則說:「即省字,審視也,字與　同。」〔註112〕

　　儘管 C（　）與 B（　）形同,但一個屬於「德」字,另一個卻不屬於「德」字。〈番生簋〉當中,德的用法為:「番生不敢弗帥井(型)皇且(祖)考不(丕)杯不(丕)元　」,〈曆方鼎〉則是:「曆肇(肇)對元值(　)」,雖然前者之德从心,後者之德不从,但趙誠認為金文中的德為同字異形,僅有簡繁之別,且先有　,再到意識到德與心有關,加上了从心的符號成為　。〔註113〕在甲骨文,即便　構形與金文相似,也被諸多學者隸定為「德」,〔註114〕但用法與西周金文大有不同。

9. 說　朝

字　形	殷商甲骨文	西周金文
字例	（合 23148）	（〈利簋〉） 　（〈大盂鼎〉）
字義	兩者皆為早晨之義,唯甲骨文从月,金文从水旁。	

　　朝在金文寫作　或　,有清晨的意思,與甲骨文的構形十分接近。但前者因早晨初昇有露水,加上了水的形符。趙誠推論:

> 太陽在草叢之中,可以表示日落之時,也可以表示日出之時,僅有
> 左旁之形,容易產生歧義。故於字的右旁加上水旁……傍晚日落之
> 時草叢中是沒有露水的。〔註115〕

　　甲骨文的　字如羅振玉所分析的,是「日已出茻中,而月猶未沒,是朝也。」〔註116〕因此兩者雖然看起來相似,在構形系統卻大有不同。一般而言,從事古文字研究之人識得「朝」字甲骨文的寫法,在通讀金文上所面對的問題較小。但趙誠對於此字的觀察十分精細,即便談論到「朝」字的篇幅不算多,卻提出了先驅性的觀點。除了構形上的差異,趙誠在舉證材料的選擇也

〔註111〕朱歧祥,《殷墟甲骨文通釋稿》,頁 89。
〔註112〕朱歧祥,《殷墟甲骨文通釋稿》,頁 89。
〔註113〕趙誠,〈西周金文二重性探索〉,《探索集》,頁 12。
〔註114〕趙誠,〈西周金文二重性探索〉,《探索集》,頁 12。孫詒讓、羅振玉看法,均隸定作德。
〔註115〕趙誠,〈西周金文二重性探索〉《探索集》,頁 13。
〔註116〕羅振玉,《增訂殷墟書契考釋》卷中頁 6。

有顧及相關的歷史脈絡。例如〈利簋〉屬於西周早期的彝器，馬承源《商周青銅器銘文選》列為武王時期，談論的是武王征商的紀錄。〔註117〕因此趙誠認為 𩰀 之構形必已存在於先周。

10. 說　莫

字　形	殷商甲骨文	西周金文
字例	𦱤（合 30786） 𦱤（合 28822） 𦱤（合 8185）	𦱤（〈夆莫父卣〉） 𦱤（〈散氏盤〉）字
字義	殷商甲骨之「莫」作時間用詞。《甲骨文簡明詞典》說法為：「象日在草木之形，也有寫作𦱤者，似為會意字，意為日落小鳥回巢時，表示日還沒完全落下去的那段時間」〔註118〕；西周金文一半作人名、地名使用，構形上也不從甲骨。

另外，趙誠與業師朱歧祥都舉出了「朝酢」、「菫酢」的祭祀語言，作為卜辭中的對應關係，趙誠表示這屬於「莫」在殷商人意識中的時間觀念。除此，因甲骨文有𦱤（合 23148）的構形，在西周卻沒被採用，也是殷墟甲骨和西周金文二重性的現象。

11. 說　禂

字　形	殷商甲骨文	西周金文
字例	𥛁（合 719 正，簡稱為 A） 𥛁（合 13619，簡稱為 B） 𥛁（合 24942，簡稱為 C） 𥛁（合 2201，簡稱為 D）〔註119〕	𥛁（〈德方鼎〉，簡稱為 E）
字義	趙誠認為，這四種字形屬於後代何字，目前共有四說，多數學者採取「福」、「裸」的說法。李孝定認為「以存疑為是」（《見甲骨文集釋》頁 4452），姚孝遂認為「只能存疑」。（見《甲骨文字詁林》第二冊頁 1072～1078）	李孝定認為「郭氏釋福可從……說歸福為歸胙亦是。」（見《金文詁林附錄》頁 1189）

趙誠針對以上字形進行總結：

〔註117〕馬振源，《商周青銅器銘文選》（第三冊），頁 13。
〔註118〕趙誠，《甲骨文簡明詞典》，頁 261。
〔註119〕趙誠所描字形為「𥛁」，或有誤。

西周的「福」義，最初借用 A 形字的 E 和 F 這樣的舊有構形來表示。後來，經過內部調整，繞用福這樣的構形來表示，此即後代「福」字的初文。而這種構形，殷墟甲骨未見。兩相比較，可以清楚看出，西周金文和殷商甲骨文，不完全是同一個系統，而西周的構形系統確實存在一個二重性。〔註120〕

12. 說衣／卒／裘

字　形	殷商甲骨文	西周金文
字例	（合 22865，簡稱為 A） （合 14888，簡稱為 B）	（〈多友鼎〉） （〈君夫簋〉，簡稱為 C） （〈廿七年衛簋〉，簡稱為 D）
字義	《甲骨文簡明詞典》將其列為地名假借、祭名假借，以及在副詞用做集合、會合之義。〔註121〕「　」為異體寫法，都和衣服有關。加上文飾的　字，姚孝遂認為是「象衣之有文飾」、〔註122〕「　」形相關字詞（既　字从又），王襄、郭沫若、唐蘭、李孝定等隸定作「卒」。	金文寫作「裘」字則是「衣」的基礎上所形成的字形。甲骨寫為　（合7922），而金文字詞的本源，趙誠認為是　（〈君夫簋〉），為象形會意字，產生了尋求、追求、乞求的「求」義。之後，另創　（〈廿七年衛簋〉）來表示「裘」的觀念，例如〈九年衛簋〉的「顏有嗣（司）壽商貊裘。」

殷墟甲骨文「衣」寫作，趙誠總結：「僅此一例亦可見西周金文和殷墟甲骨文，不僅有相同的一面，也有不同的一面。」

甲骨文的「卒」和金文的「裘」都是在　的基礎上發展出來的，但兩者之間的用法卻全然不同。因此西周金文存在著一種二重性。

13. 小　結

許學仁對於趙誠的評價是：

> 作者充分掌握甲、金文材料，長年寢饋於古文字研究，在摩挲實務與寫作實踐，聞見即豐所思遂深……文字即非一時一地人所創，即便是同形字，亦有分屬不同的構形系統之可能。〔註123〕

因此，綜合以上例子，趙誠對於古文字構形採取「多元論」態度，即殷墟

〔註120〕趙誠，〈西周金文二重性再探〉，《探索集》，頁 16～17。
〔註121〕趙誠，《甲骨文簡明詞典》，頁 129、249、287。
〔註122〕于省吾主編，《甲骨文字詁林》，（北京，中華書局）（第三冊）頁 1910。
〔註123〕東海大學中文系，《「語言文字與教學的多元對話研討會」論文集》，頁 318。

甲骨文與西周金文非同一構形系統，無論外形上相似與否。

（三）「盨」器考

1. 所謂「盨」器

在理解趙誠理論之前，首先得掌握這一類的器型與出現的年代。根據馬承源《商周青銅器銘文選》，除了孝王一器之外，名字確定為「盨」的都在中期以後，共7器；楊樹達《積微居金文說》「盨」器一樣有7件；至於中央研究院歷史語言所《殷周金文暨青銅器資料庫》列出的「盨」則不下百餘件，（加上同名器皿，約為200件左右）都在西周晚期以後。

儘管盨器的確定名稱在西周中晚期以後才出現，但其功能性還是比較明確的，而非如彝、如殷、如𢍰（尊）這一類型的即可以是專有名詞，卻也常用作泛稱的青銅器名稱。從東漢人的理解來看，可從《說文解字·皿部》：「槦盨，負戴器也。從皿須聲。相庾切」〔註124〕進行理解。過度到清代，段玉裁針對此條的註解：

> 槦、小桮也。見匚部。此槦盨之槦乃別一義……載器也。載器皆當作戴器。古載戴通用。格木亦謂度閣之木。東方朔傳。朔曰。是窶數也。師古曰。窶數、戴器也。以盆盛物戴於頭者。則以窶數薦之。今賣白團餅人所用者也。又楊敞傳。鼠不容穴。銜窶數。師古曰。窶數、戴器也。按窶數、其羽山羽二反。槦盨、渠往相庾二反。槦與窶雙聲。盨與數雙聲疊韵。一語之轉也。負戴器者、謂藉以負戴物之器。〔註125〕

雖擴大了「負戴器」的解釋，卻沒有進一步說明其功能性。反觀王筠《說文句讀》雖然大部分註解與段玉裁同，但提到了：「……盆下之物有飲食器，故鼠銜之」〔註126〕，確立了「盨」器作為食器的功能。

同樣是清代學者，王筠理解到「盨」器的功能比起段玉裁也晚了數十年，而近代學者整理各類青銅器時，也並非一次即解決「盨」器的定位。例如容庚《商周禮樂器考略》才增設此器的器名。在此之前，容氏與張維持的《殷周青

〔註124〕〔東漢〕許慎著、〔清〕段玉裁注，《說文解字註》，頁212。
〔註125〕〔東漢〕許慎著、〔清〕段玉裁注，《說文解字注》，頁212。
〔註126〕〔東漢〕許慎著，〔清〕王筠註，《說文句讀》（北京：中華書局，1998），頁175。

銅器通論》也只敢保守地指出：「青銅器中，有銘文自稱為「須」或「盨」的，不見於《三禮》」，並引用《說文・皿部》之說，認為許慎不知道盨的形制，自宋以來，稱這類器為簋，稱簋為敦。

2.「盨」器之異構字

釐清了「盨」器的形制，即可用於禮儀的食器，接下來可從其異構字進行整理。「盨」自「須」孳乳而來。在殷商甲骨，須字作、者，《甲骨文詞譜》謂之：「从人具鬚形。用作人名，見第一期卜辭」〔註127〕；作者，「字為鬚的初文，或用作地名」〔註128〕；作、者，「《通識稿》：『从人，大首而長鬚，隸定為須字。《說文》：「頤下毛也。从頁彡。」金文作。示老人。語意與老（）同。不辭言派遣長者監守器皿，辭簡仍待審。』《類纂》隸作髭。《詁林》：『卜辭用作人名。』」〔註129〕

如此看來，殷商甲骨文之「須」字本義為鬚，假借為人名、地名是沒問題的。但如趙誠〈上古漢字創造的任意性和約束性考察〉一文所提到：

> 我們現在所能看到的最早的成系統漢字是殷商甲骨文但是，這個系統的上限，即這個系統是從什麼時候開始真正形成的，目前尚不太清楚。所以，用殷商甲骨文來考察漢字創造的任意性和約束性並不太理想。〔註130〕

也就意味著，以目前的材料來說，我們還看不到具有本義的甲骨文板塊，甚至說目前我們所能掌握的最早甲骨文為武丁時期材料，也已經是十分成熟的語言文字了。既然是成熟的文字，假借的使用自然十分頻繁，要從殷商甲骨文去尋求一個文字的發展脈絡十分困難。

再看回甲骨文「須」字形，其中有著側面而立，有者正面而立，但在構形系統上都是長滿鬍鬚的人，並無特別之處。然而到了周代金文，卻有許多值得注意的地方。

「須」到了周代，基本上假借作食器、禮器，常態的寫法有（〈追簋〉）、

〔註127〕朱歧祥編撰，《甲骨文詞譜》（第一冊），頁61。

〔註128〕朱歧祥編撰，《甲骨文詞譜》（第一冊），頁151。

〔註129〕朱歧祥編撰，《甲骨文詞譜》（第一冊），頁151。

〔註130〕趙誠，〈上古漢字創造的任意性和約束性考察〉，「2018年陝西師範大學澳門文字學會年會」，頁2。

（《中伯簋》）、 （《鄭義羌父盨》）、 （《改盨》）等等，均是从須从皿之字。有者保留了「須」字原本的構形，如 （《周騾盨》）、 （《大盂鼎》）。但「盨」字由「須」假借而來，因此不能憑著將周代金文之「須」視作「盨」之省文。

而盨器的非常態寫法有 （《叔尃父盨》）、 （《善夫克盨》）之屬，為从須从皿的左右寫法，和常態的上下書寫習慣雖然不同，但不算十分特別。 （《伯寬父盨》）、 （《叔姞盨》）、 （《仲𠂤盨》）等則是从金从須之形。（ 為 之省）和从皿的字形差異在於一個前者強調工具製造的材料，後者強調工具的功能性或外型。以上兩種非常態的字形依然不算特別難以理解。

 （《師克盨》）、 （《師克盨蓋》）同器二形，均从手，唯盨蓋多了从皿的結構。 （《杜伯盨》）多了从米的部件，強化了專家學者所認定盨器為食器的論證。趙誠舉出了〈京叔盨蓋〉的例子，認為是西周的「異源字」，「因為產生即創造於不同地區」。〔註131〕可如若从米之字形並非孤證，雖然所見例子有限，是否為異源字恐待商榷。至於从木之 （《鄭丼叔康盨》），趙誠懷疑是否曾經產生過用木頭製作的這樣的器皿？當然這一部分作者亦承認「有這種可能，但無實證難以論定」。〔註132〕

3.「盨」器構形的斷代標準

到了「盨」器字形上的二重性討論，無非是一種更大的突破。因為但從一個詞放大到整個西周社會去，不但可以以橫向角度去看不同地區的使用習慣（例如从米、从木之「盨」字），也可以在西周時期縱向地去看待字形定義與演變的問題（例如從泛稱到以「須」、「盨」代表這類水器的名稱。在更小的框架下，以更清晰的視角呈現「二重性」理論在商周文字的可行性。

唯可惜的是，目前「盨」器的斷代標準不一。仍有不同學者或研究單位將其劃分為不同的年代，如前文所提，馬承源《商周青銅器銘文選》主要將其劃分在西周中期以後，而中央研究院歷史語言所《殷周金文暨青銅器資料庫》則列在西周晚期之後。對於「盨」器銘文的重視程度，一般學者也未優先羅列。

〔註131〕趙誠，〈上古漢字創造的任意性和約束性考察〉，「2018年陝西師範大學澳門文字學會年會」，頁13。

〔註132〕趙誠，〈上古漢字創造的任意性和約束性考察〉，「2018年陝西師範大學澳門文字學會年會」，頁25。

此論可從馬承源《銘文選》和楊樹達《積微居金文說》個別之列、7 器證明。（而作為資料庫的《殷周金文暨青銅器資料庫》收近 200 器；嚴一萍編撰之《金文總集》則收錄 101 器。）由此可見，「盨」器量多，但斷代分期還有討論空間，且討論度高的器皿比例偏低，這個問題能在趙氏手中處理到這一個階段，是十分值得肯定的。

此篇文章透過大量出土與保存的「盨」器來印證二重性理論的地位，有大膽踩在先鋒的勇氣。而透過各章節的分析，也足以證明「盨」器的異體寫法不單單只是書寫習慣的問題，而可能存在著文字發生的一些狀況。雖然作者在有限在材料內並無法完全證明從某偏旁之某「須」字發生的真實面貌，卻有開啟先河之功，無論對於研究方法，或對「盨」器的理解，乃至於西周社會的面貌，都有一定程度上的建樹。

李孝定於《漢字的起源與演變論叢・漢字起源的一元說和二元說》提到：

> 文字是群體智慧的產物，大家嘗試、創造、傳布，經過淘汰的選擇，然後達到約定俗成的結果。遠古時代，人們想表達自己的概念，抽象的便畫一個符號，具體的便畫畫一個符號，在開始時，這些符號和圖畫，也許只有少數人能看懂期中含義，經過傳布，被大家接受了，纔會漸漸地與原相結合而成為文字……這些文字，抽象的便成為指事文字，具體的便成為圖畫文字，它們並非不相為謀的兩個獨自發展的不同系統，而是在文字萌芽時期人們為了適應不同需要，配合著發展的兩種不同的造字方法。〔註133〕

這段文字與趙誠二重性文字理論有其相互應證之處，也說明了漢字發生的本質並非單一來源的。雖然趙誠所引例子以甲骨、金文作為互相參證的材料，但此理論也可以為不同載體與時代的古文字提供一條清晰的研究方法，以解決文字發生與功能性的問題。

以下討論趙誠其他文字理論，有鑑於趙氏在討論「二重性」時，撰寫大量文章，其他理論相對較小，或為筆者與之請益時所言。故在篇幅上，自然與二重性理論明顯的比例差距，但卻也不宜捨去不提。以上為下列其他理論作簡單說明。

〔註133〕李孝定，〈漢字起源地一元說和二元說〉，《漢字的起源與演變論叢》（臺北：聯經出版社，1992，第二版），頁 265。

二、形音義結合、文史哲不分家

　　相較於一般古文字學家，趙誠對於古文字的形音義三者的連結特別重視，而非就字形論字形。從早期的《古代文字音韻論文集》來看，就收錄了〈商代音系探索〉一篇以及〈《說文》諧聲探索〉三篇。

　　到了《探索集》，更明確將前十一篇文章分為三部分，即〈西周金文構形系統二重性〉相關文章三篇、〈古文字演化中的過程性探索（一）〉、〈學者・俊彥・書家——簡論啟功先生的書藝學貢獻〉、〈甲骨文的弘和引〉為討論「形」的文章；〈上古諧聲和音系〉、〈傳統語文學向現代語言學的發展（一）——兼論黃侃的學術貢獻〉、〈重新認識・深入研究——說章太炎新論之一〉三篇則是和「音」相關的文章；〈訓詁學回顧與展望〉、〈本義探索〉兩篇則是和「義」相關的文章。

　　趙誠「文史哲不分家」的理論可以從〈瘖簋鐘新解〉一文中看出。該篇文章在早前討論到，可見趙誠在破除「救」一字詞時，以《左傳》作為理論的根基。據筆者與趙誠在澳門文字學會年會的訪談中，趙誠特別強調了古代文獻即是古代人的語言。因此面對古書得以更宏觀的角度去看待，以求在面對艱澀或具爭議性的古文字時，得以解決。

　　在這個理論之下，當古書作為解決文字問題的工具時，自然不會以經學、子學、史學的角度硬性區分。反而應當打散活用，以求文字在上古時期（即一般所謂夏商周三期）的使用現象。

　　綜合形音義，以及文史哲古籍，對於古文字乃至於上古史研究來說，自然有更進一步的研究空間。趙誠雖然未在文章中直接提出這個理念，但得以承蒙其指教的後輩學者來說，自然是一門相當重要的研究方法學。

三、西方語言學結合傳統小學

　　此部分可從趙誠《古代文字音韻論文集》的一些文章中看出，包括了〈甲骨文字符號的體系性〉、〈甲骨文詞義系統探索〉、〈甲骨文動詞探索〉三篇、〔註134〕〈甲骨文虛詞探索〉。到了《探索集》，有〈金文詞義探索〉兩篇、《金文實用詞典》雛形的十四篇字詞解釋文章、以及〈商代人視覺空間概念探索〉、〈中國古代空間視覺觀探索〉。

〔註134〕此三篇分別討論甲骨文動詞的詞義、被動式、動詞和名詞。

詞性、語法以及視覺原理源自於西方理論，但運用在中國傳統小學上，能開闢另一種解決學術問題的門徑。除此之外，趙誠也重視西方的語言學、語法學。並將其納入《二十世紀金文學術史》當中，以詳盡的敘述方式呈現。

當然，趙誠對於西方語言學的重視並不會降低對傳統小學的運用。有的學者在吸納西方語言學的知識後，不作消化即將整塊原理搬入研究領域當中，那對於古文字學門來說，是相當不理想的。

四、漢字表音說

在傳統六書當中，「形聲」、「假借」和漢字語音有關，但往往人們稱呼漢字時，往往習慣稱之為「象形文字」（Hieroglyph），然而漢字早在 3500 年前的花園莊東地甲骨文字當中，已表現出相當成熟的文字書寫，脫離了單純以形表義的特質。

同時，這也解決了另一個人們對於漢字的成見，即「圖文不分」。特別是在於殷商晚期之時，青銅器上的銘文文字和圖畫之間的關係，處在一種極其曖昧的狀態。朱歧祥對此提出了〈論殷商族徽非文字說〉，以六點說明：刻寫位置不固定、詞位不固定、圖形與對稱美觀、形體不固定、不顧文意、複合體的交錯出現。〔註135〕之後兩篇討論〈論殷商銅器的家族記號〉以及〈有殷商銅器家族記號通讀甲骨文例〉。

如二重性文字理論中所提，「心」為象形，在「沁」的文字結構中轉為聲符；「酉」字亦為象形，在借為地支的之後，另創「酒」字時，扮演著聲符的功能性。這恰如趙誠所言，漢字形聲字多，差別在於漢文字並非一般表音文字，而是以形表音，並多用假借，故有「漢字表音」之一說。

第三節　《金文實用詞典》體例

趙誠在《探索集》前言即指出自己本身欲編列一部《金文實用詞典》，經筆者與趙先生會面，確認其體例和《甲骨文簡明詞典》相似。〔註136〕《甲骨文簡明詞典——卜辭分類讀本》一書擁有不同於一般字詞典的特色，只因為這部工

〔註135〕朱歧祥，《圖形與文字——殷金文研究》（臺北：里仁書局，1994），頁 2～20。
〔註136〕筆者曾參與 2017 年與澳門科技大學舉辦的「澳門文字學會年會」與先生見面，談及了這部分的問題。

具書的寫作目的在於滿足：

> 初學甲骨文的同志，非研究古文字但必須利用甲骨卜辭資料的學
> 者，都希望有一部《甲骨文詞典》，同時也希望有一部《殷商卜辭
> 讀本》。為了適應這種要求，在師友的鼓勵下，試著把《詞典》和
> 《讀本》合在一起，編寫了這一部《甲骨文簡明詞典——卜辭分類
> 讀本》，以便讀者可以把這樣一部書當作兩部書來用，即省時間又
> 節約費用。〔註137〕

在這樣的理念下，不難理解《甲骨文簡明詞典》「即可以是讀本式的詞典，
也可以是詞典式的讀本」。〔註138〕

過渡到了金文的詞典，材料的性質不同，書寫目的不盡相同，語言學而言
詞性的變化更是其大無比。在《金文實用詞典》還沒正式出版的情況下，我們
可以透過收錄於《探索集》的若干詞例整理的相關文章（兩篇詞義探索以及共
十四篇單篇文章，共收錄十七條字詞），與《甲骨文簡明詞典》對比，以此觀察
趙誠於甲骨文和金文在詞典編寫的異同。

首先，舉出在金文和甲骨文都常見的虛詞「隹」。《說文》曰：「鳥一枚也。
从又持隹。持一隹曰隻，持二隹曰雙」〔註139〕「隹」原是獨體象形文字，許慎
所見之材料有限，故編寫《說文》時常常以「能分則分」的態度去看待古文字。
而說文已有「唯」、「惟」等字，少了金文的掌握，自然難以理解「隹」在古文
字已經常態用作虛詞處理，以下整理《甲骨文簡明字典》和《探索集・金文的
「隹・唯」（雖・誰）》：

《甲骨文簡明字典》 ——隹（五例）〔註140〕	《探索集》之〈金文的「隹・唯」 （雖・誰）〉〔註141〕
一）（動物類）隹。象禽類有羽毛之形。或寫作。偏旁中還有寫作、者，正反倒順無別。在甲骨文似為禽類之通稱，如獲字从作，又	「甲骨文的隹寫作或，正反無別，均象羽毛之形。晚期卜辭用作虛詞的隹或寫作，从口隹聲，隸定當寫作唯。則唯是隹的孳乳字，隹唯為古今字。金文的隹寫作（〈我鼎〉）、

〔註137〕趙誠，〈前言〉，《甲骨文簡明詞典——卜辭分類讀本》（北京：中華書局，1988），
　　　　頁1。

〔註138〕趙誠，《甲骨文簡明詞典——卜辭分類讀本》，前言頁1。

〔註139〕〔東漢〕許慎著、〔清〕段玉裁注，《說文解字註》，頁142。

〔註140〕趙誠，《甲骨文簡明詞典——卜辭分類讀本》，頁298。

〔註141〕趙誠，〈金文的「為」〉，《探索集》，頁146～150。

如卜辭「〔圖〕」（隻佳百四十〔圖〕，即指所有被獲捕的禽類。後代的佳和鳥在偏旁中常常通用，如雞也寫作雞。

二）（形容詞·吉凶用語·成語）佳。象禽類有羽毛之形。甲骨文用做禽類宗明，當為象形字。卜辭用作攸（古推字），有災害之義，則為借音字。如「〔圖〕」（帝不降佳─即帝不降攸。降攸，給以災害之義）（存二·六八）。這種用法的佳字後期寫作攸，如「〔圖〕」（帝佳降攸）（續五·二·一）。

三）（虛詞）佳。象禽類有羽毛的形狀。本義指羽禽。甲骨文用作助詞，表示被動，則為音借字，如「〔圖〕」（貞：亘其果佳執─亘果然被捕執。執即逮捕之執。（乙五三〇三）

四）（虛詞）佳。象禽類有羽毛之形，引申為禽類之總名，甲骨文用作助詞，乃借音字，大體可以分成六類（例子從略）：一、用在句首，無義，有人稱為發語詞；二、表示原因；三、表示將要產生的後果；四、表示假設；五、可以將賓語提前，而無其它意義；六、用來表示時間。

五）（虛詞）唯。從口佳聲。卜辭晚期從佳分化出唯，用作助詞，如「〔圖〕」（其唯婦㞢正─婦，祭祀對象。㞢和正都是祭名。唯在這裡使賓語提前，只起語法作用，無實際意義整條卜辭的意思是對婦進行㞢祭和正祭）（文六六〇）。卜辭千七的佳有好幾種用法（例子從略）：一、用作羽禽之總名；二、用作攸，有災禍之義；三、用作虛詞，從略。一個佳字用作三個詞，從漢字和漢語的關係而言，我們稱之為同形詞。任何一種語言，同形詞多了都是一種不利的因素，語言在使用中必然要按照自己的需要加以調整，唯從佳分化出來並加上了一個口，就是屬於這樣的調整。從語言的發展來看，這種調整是一種進步。

〔圖〕（〈�鐘〉）、〔圖〕（〈盂爵〉），也都象禽類有羽毛之形，構形與甲骨文同。值得注意的是，甲骨文的佳正寫反寫基本無定，金文的佳則大多數是正寫，反寫的極少。很顯然，金文的佳基本上已走上規範化的道路，離開完全統一已經不遠。金文的佳孳乳為唯者比起甲骨文來要多一些，如〔圖〕（〈旂鼎〉）、〔圖〕（〈何尊〉）、〔圖〕（〈弔單鼎〉）。看來，孳乳演化發展的過程雖然仍在緩慢地進行，但速度明顯地加快了。金文的佳後來也孳乳為雖、誰，但比較晚，也很少，所以，講金文的佳主要是講用作唯的佳。當然，也要講用作雖、誰的佳。

金文的佳或唯，傳世文獻基本上作維、惟、唯。尤其是作助詞使用時，三者大體通用。金文的佳或唯用作助詞（或以為是語氣詞）者較多，這一事實很容易使人感到金文的佳或唯基本上只用作助詞。其實並非如此。如果稍為細緻地體會銅器銘文的語意，分析佳或唯在銘文中各種用法和含意，將佳和唯的有關用義以及佳或唯在銘文句子中的有關結構關係放在歷史發展的過程中加以考察，就可以比較清楚地看出，金文中佳或唯的用法和含意是相當豐富的。有一些用法表面看來似乎相同，其實仍有細微差別。有的還具有某種發展中的過渡性質，是一種尚未固定的用義，當是金文中所持有。為了敘述方便，下面將佳的各種用法分幾個方面加以簡略說明。」

一、用作助詞（或稱為語氣詞）。此處分成三種情況：一種是在句首或句中，無義；一種是助詞佳或唯由表示強調而發展為表示一種肯定的語氣；起提前賓語的作用。

二、用作介詞。此處分五種情況：用義近似於「在」或「於」；用義近似於「及」、「等到」（此用法最早見於商代金文）；用義近似於「以」；用作「為」，表示目的，有「為了」之義；佳（唯）和所結合，構成「唯……所……」式。

三、用作副詞。此處分十一種：用在句首或謂語之前，表示動作行為僅限於某一範圍，其用義相當於「只」；用在句首或謂語之前，表示動作行為的對象只有如此，其用義相當於「只有」；作為恭敬應答詞；用作「唯 X 是 X」的句式；用作「因」；用作因，含有「因而」之義；有依然、依舊、

	仍然、仍舊之類的意義；有依照、符合之義；有希望之義；有近似於「乃」、「因而」之類的意義。 四、用作連詞。有四種用法：表示雖然、儘管、即使之義；表示並列、有與、和之義；用作因，表示原因，近似於現代的「因為」、「由於」、表示唯有之義，近似於後代的「只有」。 五、用作動詞。主要分為兩類：用作為，有「充當」、「擔任」、「作為」之類的意義；有「遭（災）」、「遭（殃）」之類的意義。 六、隹用作疑問代詞，即用作「誰」。 七、用作人名。〔註142〕

案：關於「隹」字的部分，首先我們可以看到的是金文的寫法逐漸固定，也就是說在作為句首虛詞的功能性來看，它已經趨向成熟。而在甲骨文當中，除少數用作具體鳥類動物之外，其功能還是以文獻上的「唯、維、惟」用途為主。但金文當中，可用作介詞、副詞、連詞、動詞、疑問代詞以及名字，顯然豐富了許多。

下列再舉出一例，即「爲」字。為字在《說文》當中的理解是「母猴也。」〔註143〕這樣的解釋自然不符合文字發生的真相。

《甲骨文簡明詞典》—爲 （一例）〔註144〕	《探索集》之〈金文的「爲」〉〔註145〕
為（𤓽）。或寫作𤓽，左右無別。從又（手）牽象，引申為有所作為之義，乃會意字。甲骨文用於祭名，如「𤓽𠂤」（為方）（後下一〇・一一）、（𤓽𠂤𤓽）（重方為一方，王進入祭場進行祭祀之義）	「在漢字演化發展的過程中，金文是一個重要階段。為字和其他一些字一樣，由象形會意（為本字象以手牽象，會役象以勞作之意）經過了線條行發展，變成了另一種構形，而且異體較多，不易分析。在上古漢語詞義發展中，金文也是一個重要階段，為作為動詞和其他某些動詞一樣，不僅用義豐富，而且正處在詞義抽象化和虛化的過程之中，所以在實際應用中表示了不少相當有研究價值的意義，而且靈活多樣，有些差別細微，甚至還表現出了由動詞演變為介詞的虛話過程，以及用作虛詞的某些非常有意思的現象。（下從略）」 一、用作動詞，有鑄造，製作之用義。 二、用作動詞，有撰寫、創作之類的用義。 三、用作動詞，有建築、營造、設置之類的用義。

〔註142〕趙誠，〈金文的「隹・唯」（雖・誰）〉，《探索集》，頁137～145。
〔註143〕〔東漢〕許慎著、〔清〕段玉裁注，《說文解字註》，頁114。
〔註144〕趙誠，《甲骨文簡明詞典——卜辭分類讀本》，頁253。
〔註145〕趙誠，〈金文的「爲」〉，《探索集》，頁146～150。

	四、用作動詞，為用義。
	五、用作動詞，有積累、修行的用義。
	六、用作動詞，有繪畫之義。
	七、用作動詞，意義比較抽象。
	八、用作動詞，有當作之義。
	九、用作動詞，也有當作之義。
	十、用作動詞，又承辦、負責、處理之類的意義。
	十一、用作動詞，有擔任之義。
	十二、用作動詞，有行或舉行之類的意義。
	十三、用作動詞，有成為、作為」充當之類的用義。
	十四、用作動詞，有算是、定為、定作、算作之類的用義。
	十五、用作動詞，有作為、做為之類的意義，用以表示一種身分。
	十六、用作動詞，有制定、訂立之類的意義。
	十七、用作動詞，有「自以為是」之義。
	十八、用作動詞，有「是」、「相當於」之類的用義。
	十九、「號為」（〈曾侯乙編鐘〉），楚國慣用性語言，用作動詞。
	廿、用作動詞，有成就之義。
	廿一、用作動詞，有給與之義。
	廿二、用作動詞，有演奏之義。
	廿三、金文多見乍（作）為、㠯為連用，可以看成慣用型詞語，其作用可以認為相當於一個動詞，有製作、鑄造之用義。
	廿四、用作介詞，當從動詞虛化而來，期用義近似乎于後代的替、給。
	廿五、用作介詞，有近似乎後代「因為」、「由於」之類的意義。
	廿六、用作介詞，有被義，構成被動句。
	廿七、用作代詞、意義近似於其。
	廿八、用作助詞，相當於「之」。
	廿九、用作嬀，是姓氏。
	卅、〈鑄客鼎〉銘文之「為」一者為介詞（表示助義），一者為動詞，值得注意。

　　案：在甲骨文僅用作祭詞的「爲」，在金文卻有三十種用法。兩兩對比更顯得功能性的懸殊。這也同時表現了金文的「爲」的構形雖然大致不脫離「以手牽象」之形，但用途上更趨向於成熟詞例，而非如殷商甲骨那般作為專有名詞。

最後，舉出「臣」一字。根據《說文》，其義為：「事君者。象屈服之形」〔註146〕「臣」字是否為屈服之形，甲骨文與金文皆有不同的書寫方式，尚可議。之餘事君的工作是從殷商時期就開始，還是到了西周、甚至東周才逐漸成熟，依然還是一個值得探討的議題。以下列出兩書之對照表。

《甲骨文簡明詞典》—臣（一例）	《探索集》之〈金文的「臣」〉〔註147〕
臣。象豎目形。甲骨文的目作 ▱，象橫木形。豎目和橫目這兩種形體區別甚嚴。如甲骨文所看見的見作 ，因為是一般地看，所以從人從橫目（眼睛在看自然狀況下的形象）；張望，遠望的望作 ，因為長王、遠望要極力睜目，所以從人從豎目（眼睛在變化狀況下的形象）。又如甲骨文眉毛的眉作 ，象眼睛上面有眉毛之形，所以從自然狀況下的橫目；驚懼之懼的古文作 ，人如驚懼目必變形，故從豎目。甲骨文的臣字與 的構形之意相近。 有監視之義，而卜辭的臣為協助君主管理國家的各級官員，字有監臨之義，兩者有相近之處，臣有監臨之義，其面部表情及眼睛之狀況，有時自然有一種與眾不同之處，故以豎目之 表示，似為一種較為抽象的象形會意字。由此可見，會意字不一定是要兩種以上的形體合成之。商代的臣是一種比較高的冠名，和侯或伯一樣。卜辭常在臣名下記私名，如「 」（臣沚）（乙六九六）、「 」（臣舌）（前六·九·二）。卜辭無大臣，只有小臣，有的地位很高，僅次於王，近似乎後代之大臣。商代各方國也有小臣，有的地位也僅次於方國的首領。這些囂塵也像後、伯一樣。卜辭常於這一官名之下記其私名，如「 」（小臣中）（前四·二七·六）、「 」（小	「臣字在殷墟甲骨文寫作 （《甲骨文合集》5595）或（《小屯南地甲骨》2672），金文寫作 （〈大盂鼎〉）或 （〈臣辰鼎〉），構形相同，均象人豎目之形。臣字為何寫成這種形狀，至今說法不一。目前多數學者傾向於這種看法：人屈服時頭杳下俯則目豎，故以豎目之形表示。《說文·臣部》：『臣，牽也，事君也。象屈服之形。』〔註148〕有學者據《說文》釋義，認為臣本俘虜之稱，因為囚俘人數不一，引之者必以繩索牽之，故名其實則牽，名其所牽之人則曰臣矣。但是，戰俘並非都是臣服者，說臣之本義為俘虜實有可疑。也有學者以為，人頭下俯也非豎目，因而指出『人首俯則目豎，所以象屈服之形』之說亦為牽傅許慎之說解，不可據。看來，臣之構形為何如此尚可再研究。 金文的臣字甲骨文構形相同。後代的演化脈絡分明，並且是一個易識常用之字，而對這個字所表示的基本意義，學者們也大多不太生疏，因而一般的金文研究者對銅器銘文中的『臣』字所表示的詞和用義不太在意，沒有加以細心觀察、深入分析，也就發現不多，沒有引起足夠的重視。為了使學術界對於金文的臣所表示的實際用義有一個比較全面的了解，以利於上古漢語詞義發展史的研究，有助於周代尤其是西周和後代臣在用義上的聯繫和細微差別，並在此基礎上更好地認識社會發展和詞義演化的關係，因將金文使用臣的文句逐一觀察、分析、排比，並結合傳世文獻和詞義演化的一般規律加以比較、驗證，特別撰成此文。從銘文可知，金文的臣用義比較豐富。」 一、泛指奴隸。包括已婚和未婚者，當指宮內奴隸，應與家臣性質相近。

〔註146〕〔東漢〕許慎著、〔清〕段玉裁注，《說文解字註》，頁119。
〔註147〕趙誠，〈金文的「臣」〉，《探索集》，頁125～129。
〔註148〕〔東漢〕許慎著、〔清〕段玉裁注：《說文解字註》，頁119。

臣罕）（綴一‧三四三）、「□□」（小臣口）（南明七六〇）。小臣在商代有分工如「□□」（小耤臣）（前六‧一七‧六），為管理農業耕地之官；「□□」（小丘臣）為管理丘陵樹木之官；「□□」（小眾人臣）（存二‧四七六），為管理眾人之官；「□□」（馬小臣）（粹一一五二），為管理馬匹之官。這些官，具級別當比單稱小臣者為低。甲骨文還有一種「□□」（舊臣）（庫一五一六），但無新臣。卜辭的舊臣或稱「□□」（舊老臣）（前四‧一五‧四），乃指已經死去的先臣。現在任職的，當然是活著的，即前面所說的小臣。所以舊臣並非和新臣對稱，因而和後代舊臣的含義不同。卜辭不僅地面上的君王有臣，天上的上帝也有臣，稱之為「□□」（帝臣）（後上三〇‧一二），可見在商代人的心中，天上和人間的結構基本一樣。這一點告訴我們，卜辭的臣不僅指人臣，也指帝臣。卜辭單個的臣為臣，稱兩個以上的臣為「□□」（多臣）（丙一），用現在漢語來講應該稱作「臣們」。有人以為商代的臣和小臣，也指奴隸，這是一個需要深入研究的問題。

二、泛指奴隸。當指做工的奴隸。「隸臣」於傳世文獻寫作「臣隸」，有學者認為「隸臣隸」之臣是管理做工的小頭目，可供參考。

三、指已成家的奴隸，即奴隸家庭，把以家為單位的奴隸用作賞賜，當是奴隸社會的特色。

（趙誠按：以上三類臣，均指奴隸，本可以合併。但為了表明這個詞在表示奴隸這一意義上於實際應用時尚有某些細微差別，也為了表明金文的臣和後代的臣在外延和內涵這兩方面都有某些不同，所以分而列之，以便探索、研究。）

四、泛指臣民。

五、貴族家族的各種事務管理人員。

六、奴隸主貴族有臣，周王也有臣，稱王臣，地位顯然比前者高。

七、指貴族，能接受太保等級大臣賞賜的執政大臣，於後代用法上不同。

八、有血肉關係的君臣關係。

九、派使者納貢而作為臣，可能是降臣，也可能是因為周王強大為了表示友好而納貢稱臣。

十、周王佔領了中國主要的中原地區，自認為是中國真正的君主、國王，而各諸侯國以及周王勢力尚未達到的各地區均被認為是臣。

十一、一般意義下的君臣，臣下之臣。

十二、用作動詞，為臣事之義。

十三、用作動詞，有使之為臣之義，則為使動用法。

十四、用作副詞，有盡臣之力地、忠於臣職地之類的意義。

十五、用作副詞，臣下對於君主的自稱。 〔註149〕

十六、用作姓。

十七、用作人名。

十八、西周的臣與小臣可能有一定的區別，但也有個別的臣是小臣之省稱。

〔註149〕趙誠，〈金文的「臣」〉，《探索集》，頁128。

	十九、用作小臣之臣。小臣就是職官名，始見於商代甲骨文。但是，被稱為小臣者的有地位較高的，有的地位較低，並不相同。西周的小臣主要出現在早中期銅器銘文，也有地位高低之別。 廿、用作虎臣之臣。即勇猛善戰的武將，為臣官之名，一用作職官之名。

案：「臣」字在甲骨文和金文字性無太大差別，在用途上也只能說是官制和所謂「奴隸制」的不同，但基本上「上下對比」的關係還是相同的。

在整理《金文實用字典》例子時，考量到作者編書的考量，即以《甲骨文簡明字典》的模式解釋金文文字與詞彙。為了方便參照，需找出敘述文字相當的範例，特別是常態性用詞，以便讀者判別同一字或詞在殷商甲骨文和西周金文的差異性和一致性，故在上述三例全文徵引，並於表下表達己見。

第七章　結　論

　　本學位論文以趙誠金文學作為研究材料，最主要的目的便是在於整理其龐大之學術著作，並進一步奠定趙誠在古文字學的地位。從《甲骨文研究綱要》開始，到《二十世紀金文學書述要》的細讀，到《古代文字音韻論文集》和《探索集》金文相關論文，再到其他著作，知其人不可不讀其書，而筆者在趙誠著作的閱讀、整理、論文撰寫的過程當中，獲益匪淺。以下分兩節對此學位論文進行總結。

第一節　趙誠金文學術史總評

　　本文針對《二十世紀金文研究述要》分三章進行分析，基本上涵蓋了趙誠對於金文學術史所提出的重點，以及可以補充之處。然基於有限的篇幅以及章節的規劃，許多銘文考釋，舊釋新證的部分未能納入，僅有少部分在下一章談論趙誠銘文考釋以及文字理論進行徵引。即便如此，並不影響對於趙誠於金文學術史創建的肯定。《二十世紀金文研究述要》一書，並非是為了和前輩學者討論局部金文學術史相關的文章進行比較，亦不是為了和後出的劉正《金文學術史》進行評比。更重要的，是在於檢視趙誠如何將生平所學所見，納入一部學術史當中。

　　《二十世紀金文研究述要》值得肯定的部分，在於幾點：其一、全文精練

明瞭，除非有必要，否則全程單純以文字敘述，少用列表或圖片拓片；其二、年代順序清晰，且各年代主題明確，讓讀者在閱讀過程中容易掌握一個時代金文學的要點；其三、對於材料的熟悉，使得引用青銅器或傳世文獻、近人著作時少有疏漏；其四、不避諱將自己的研究成果納入近代學術史當中，這也是作者對自己學術成果極具信心的舉動。作為一部金文學術史，而自身也是甲金文專業學者，如若將自己排除在外，那麼這部學術史是不足的；其五、對於工具書的評比。金文工具書甚多，能夠掌握部分已經是不容易，趙誠透過內文或主題的分析，評述不同的工具書的優缺點，這是非常值得肯定的。

至於本書有待商榷的部分，則主要分為幾點：其一、銘文考釋和時代主題之間存在著模糊地帶，有的時候讀者不易掌握其重點，需要反覆研讀；其二、對於港臺學者的貢獻提及甚少，即便是嚴一萍的《金文總集》和丘德修編纂的《商周金文集成》也只是幾筆帶過，張初生等人的個別貢獻更是沒有提及；其三、對於海外學者的貢獻提及甚少，就連高本漢（Bernhard Karlgren）和安特生（Johan Gunnar Andersson）的貢獻也絲毫沒提及，而劉正《金文學術史》則將歐美金文漢學家分成傳教士、古董商和漢學家三個階段，完整度更高；而即便是趙誠有提到的白川靜與平勢隆郎之學術貢獻，也著墨不多，更沒將他們各別的貢獻和日本金文學的傳統結合起來，這一點來說劉正《金文學術史》確實做到更進一步的整理；其四，整理資料充足，唯個人意見較少，就導論型著作而言綽綽有餘，然個人意見只提供略顯不足。

綜合優缺點來看，《二十世紀金文研究述要》無論在體裁上還是創新上都具備一定的學術地位，也是適合學習，引用，或深入討論的著作。當然，在本書出版的 2003 年以後金文學有相當豐富的學術成果，有《二十世紀金文研究述要》作為基礎，進入單一議題的學者可參考其內容往內延伸，編撰古文字學術史的也可參考本書加上《二十世紀甲骨文研究述要》（上、下）、劉正《金文學術史》以及其他古文字學書籍進行資料搜集。

總結來說，如果說漢代是治經的高峰，對於金文學研究有時代上的侷限；宋人在皇室推動以及學者著錄之下，走向了科學研究古文字的路上；清人則是即結合了漢代人對於經學得紮實基礎，加上對《說文》學的蓬勃發展，更是對金文有了更進一步的學術思量，故形成了金文學術史上極其輝煌的一代，幫助後代解決了許多的問題。儘管部分清人的金文研究成果（例如王筠以金

文破《說文》字例）未能提及，頗為可惜，但不影響趙氏對於宋清兩代金文學的整理與交代。而到了二十世紀，則是在中國傳世研究方法加上西方概論，在個人、群體的著作上得到了空前的發展。而在這個時期，新出青銅器的發掘，也有了更大的討論空間。也因為有著豐富的材料作為基底，趙誠在銘文考釋、理論提出以及字詞典的編寫上，更俱備立論的基礎。

第二節　研究檢討與未來展望

在進行趙誠金文研究的同時，最開始是從《二十世紀金文研究述要》一書開始閱讀。趙誠的歷代學者著作整理十分清晰簡要，進行多次閱讀之後，建立一個「書單」，並利用圖書資源以及購書管道取得相關書目，再針對所討論到的銘文進行第一手材料的對比。

在一層一層的材料搜集上，明白金文學與廣義上的「文字學」、「說文學」、「甲骨學」之間的不同之處。除了青銅器本身年代久遠之外，針對金文的學術研究也有相當長的時間。再者，字數較多的青銅器銘文往往記載的史事也是極其重要，能彌補紙上文獻的不足，探索上古時期的真實面貌。

除此，筆者研究趙誠之學術成就雖以「金文學」為主，但許多地方不得不提到其甲骨學之研究成果。這與殷商甲骨與西周金文之間關係之密切有關。日後有機會，自然期待能夠針對趙誠甲骨學之成就擴大與延伸討論，並結合其古文獻之通讀，撰寫一本《趙誠古文字學研究》。

如指導教授朱歧祥老師所言，在進入古文字研究的初階，適合透過前輩學者的視角去看待特定議題，在完成趙誠金文學的研究之後，期待針對其甲骨學進行一些相關研究。除此之外，臺灣於國府遷臺前後引入了許多古文字學家如董作賓、周法高、龍宇純等等，培育出一批客觀的下一代學人。筆者透過本學位論文學術史的整理經驗，希望能朝著這一方向拓展下一個研究階段，以展現各時期與單位臺灣古文字學的特色，強化學術交流。

自從定下了學位論文的題目後，筆者日日與趙老師著作為伴，雖然未能多次見面親領指教，但在學術研究的學習過程中，不下於每星期上課的研究所課程。僅此向趙老師致謝，作為本文的結束。

參考書目

一、傳世文獻（按年代排序）

1. 〔西漢〕司馬遷著、〔日〕瀧川龜太郎考證，《史記會註考證》，臺北：萬卷樓圖書股份有限公司，1996。

2. 〔東漢〕班固著、〔唐〕顏師古注，《漢書》（全十二冊），北京：中華書局，1962。

3. 〔東漢〕許慎撰，〔宋〕徐鉉校訂，《說文解字》，北京：中華書局，2004。

4. 〔東漢〕許慎著、〔清〕段玉裁注，《說文解字註》，臺北：藝文印書館，2007，第二版。

5. 〔東漢〕許慎著、〔清〕王筠註，《說文句讀》，北京：中華書局，1998。

6. 〔東漢〕許慎著、〔清〕朱駿聲註，《說文通訓定聲》，臺北：宏業書局，1974，第二版。

7. 〔宋〕陳彭年、邱雍等修訂，《新版正切宋本廣韻》，臺北：黎明事業有限公司，1976。

8. 〔宋〕歐陽修，《集古錄‧跋尾》，《歐陽文忠公集》，北京：北京大學出版社，2016。

9. 〔宋〕薛尚功，《歷代鐘鼎彝器款識法帖殘本》，臺北：中央研究院歷史語言所，1932。

10. 〔宋〕戴桐，《六書故》，李學勤主編，《中華漢語工具書書庫》（第十三冊），合肥：安徽大學出版社，2002。

11. 〔清〕吳榮光，《筠清館金文》（清道光壬寅〔二十二年，1842〕南海吳氏校刊本）。

12. 〔清〕吳大澂，《說文古籀補》，北京：中華書局，1988。

13. 〔清〕阮元，〈商周銅器說上篇〉，《積古齋鐘鼎彝器款識》，臺北：商務印書館，1937。

14. 商務印書館、國家圖書館，《文津四庫全書》，北京：商務印書館，2005。

15. 續修四庫全書總目提要編纂委員會，《續修四庫全書》，上海：上海古籍出版社，1995。

二、近人著作

1. 于省吾編，《雙劍誃吉金圖錄》（全二冊），臺北：臺聯國風出版社，1976。

2. 于省吾主編，姚孝遂按語編撰、肖丁（趙誠）編審，《甲骨文字詁林》（全四冊），北京：中華書局，1996。

3. 于省吾，《諸子新證》，臺北：樂天出版社，1970。

4. 于省吾，《澤螺居詩經新證》，北京：中華書局，1982。

5. 于省吾，《商周金文錄遺》，北京：中華書局，2009。

6. 于省吾，《甲骨文字釋林》，北京：商務印書館，2010。

7. 白川靜，《金文的世界》，溫天河、蔡哲茂譯，臺北，聯經出版社，1989。

8. 中國社會考古研究所，《小屯南地甲骨》（全五冊），北京：中華書局，1980。

9. 中國社會科學院歷史研究所，《甲骨文合集補編》，北京：語文出版社，1999。

10. 中國社會科學院考古研究所，《殷周金文集成》修訂本（全八冊），北京：中華書局，2007。

11. 中國社會科學院考古研究所，《殷墟花園莊東地甲骨》修訂本（全六冊），昆明：雲南人民出版社，2016。

12. 中國青銅器全集編輯委員會編，《中國青銅器全集》（全十六卷），北京：文物出版社，1996。

13. 王國維，《三代秦漢金文著錄表》，臺北：藝文印書館，1969。

14. 王國維，《觀堂集林》（全二冊），北京：中華書局，1959。

15. 王國維，《王國維全集》（全二十冊），浙江、廣東：浙江教育出版社、廣東教育出版社，2007。

16. 王夢旦編，《金文論文選》（全兩輯），香港：諸大書店，1986。

17. 王力，《同源字典》，北京，中華書局，2013，第二版。

18. 王力，《龍蟲並雕齋文集》（全三冊），北京：中華書局，2015。

19. 王力主編，唐作藩、郭錫良、曹先擢、何九盈、蔣紹愚、張雙棣編著，《古漢語字典》，北京：中華書局，2000。

20. 王力，《漢語音韻學》，北京：中華書局，1980，第二版。

21. 王力，《漢語史稿》，北京：中華書局，1982。

22. 王文耀，《簡明金文詞典》，上海：上海辭書出版社，1998。

23. 王宇信，《西周甲骨探論》，北京：中國社會科學出版社，1984。

24. 王宇信、楊升南主編，《甲骨學一百年》，北京：社會科學文獻出版社，1999。

25. 王宇信，《新中國甲骨學六十年》（1949~2009），北京：中國社會科學出版社，2013。

26. 王宇信，〔韓〕具隆會，《甲骨學發展 120 年》，北京：中國社會出版社，2019。

27. 王世民、陳公柔、張長壽，《西周金文斷代》，北京：文物出版社，1999。

28. 王暉，《商周文化比較》，北京：人民出版社，2000。

29. 王暉，《古文字與商周史新證》，北京：中華書局，2003。

30. 王輝，《古文字導讀——商周金文》，北京：文物出版社，2006。

31. 王平、顧彬《甲骨文殷商人祭》，河南：大獎出版社，2007。

32. 朱歧祥，《殷墟卜辭句法論稿—對貞卜辭句型變異研究》，臺北：學生書局，1980。

33. 朱歧祥，《殷墟甲骨文通釋稿》，臺北：文史哲出版社，1989。

34. 朱歧祥，《甲骨四堂論文選集》，臺北：學生書局：1990。

35. 朱歧祥，《甲骨學論叢》，臺北：學生書局，1992。

36. 朱歧祥，《王國維研究》，臺北：文史哲出版社，1995。

37. 朱歧祥，《甲骨文研究——中國古文字與文化論稿》，臺北：里仁書局，1998。

38. 朱歧祥，《圖形與文字：殷金文研究》，臺北：里仁書局，2004。

39. 朱歧祥，《殷墟花園莊東地甲骨校釋》，臺中：東海大學中文系語言文字研究室，2006。

40. 朱歧祥，《殷墟花園莊東地甲骨論稿》，臺北：里仁書局，2008。

41. 朱歧祥，《甲骨文讀本》，臺北：里仁書局，2014。

42. 朱歧祥，《甲骨文字學》，臺北：里仁書局，2012。

43. 朱歧祥，《朱歧祥學術文存》，臺北：藝文印書館，2012。

44. 朱歧祥編撰，余風、賴秋桂、錢唯真、左家綸合編，《甲骨文詞譜》（全五冊），臺北：里仁書局，2013。

45. 朱歧祥，《釋古疑今——甲骨文、金文、陶文、簡文存疑論叢》，臺北：里仁書局，2015。

46. 朱歧祥，《亦古亦今之學——古文字與近代學術論稿》，臺北：萬卷樓圖書股份有限公司，2017。

47. 朱歧祥，《殷墟花園莊東地甲骨讀本》，臺北：萬卷樓股份有限公司，2020。

48. 朱歧祥，《古文字入門》，臺北：學生書局，2021。

49. 朱歧祥，《殷墟文字丙編選讀》，臺北：學生書局，2021。

50. 江淑惠，《郭沫若之金石文字學研究》，臺北：華正書局，1992。

51. 宋鎮豪主編，《金文文獻集成》（全四十六冊），北京：線裝書局，2005。

52. 李孝定，《甲骨文字集釋》（全七冊），臺北：中央研究院歷史語言研究所，1965。

53. 李孝定，《漢字的起源與演變論叢》，臺北：聯經出版社，1992，第二版。

54. 李孝定，《金文詁林讀後記》，臺北：中央研究院歷史語言所，1992。

55. 李學勤，《中國青銅器的奧秘》，臺北：臺灣商務印書館，1988。

56. 李學勤，《新出青銅器研究》，北京：文物出版社，1990。

57. 李學勤、齊文心、Sarah Allan 編，《英國所藏甲骨集》（全二冊），北京：中華書局，1992。

58. 李學勤、彭裕商，《殷墟甲骨分期研究》，上海：上海古籍出版社，1996。

59. 李學勤，《青銅器與古代史》，臺北：聯經出版社，2005。

60. 李學勤，《李學勤早期文集》，石家莊：河北出版社，2007。

61. 李圃，《甲骨文文字學》，上海：學林出版社，1995 年。

62. 李宗焜編，《甲骨文字編》（全四冊），北京：中華書局，2012。

63. 季旭昇，《說文新證》，臺北：藝文印書館，2014。

64. 吳浩坤、潘悠，《中國甲骨學史》，上海：上海人民出版社，1985。

65. 吳鎮烽，《金文人名匯編》，北京：中華書局，1985。

66. 吳鎮烽，《商周青銅器銘文暨圖像集成》（全三十五冊），上海：上海古籍出版社，2012。

67. 吳鎮烽，《商周青銅器暨圖像集成續編》（全四冊），上海：上海古籍出版社，2016。

68. 吳鎮烽，《商周青銅器銘文暨圖像集成索引》（全二冊），上海：上海古籍出版社，2019。

69. 吳鎮烽，《商周青銅器暨圖像集成三編》（全四冊），上海：上海古籍出版社，2020。

70. 吳其昌，《金文曆朔疏證》，《北京：北京圖書館出版社，2004》。

71. 何琳儀，《戰國文字通論》，北京：中華書局，1989。

72. 何九盈，《漢字文化學》，瀋陽：遼寧人民出版社，2000。

73. 杜勇、沈長雲，《金文斷代方法探微》，北京：人民出版社，2002。

74. 沈寶春，《王筠之金文學研究》，臺北：花木蘭文化出版社。2008。

75. 周法高，《金文零釋》，臺北：中央研究院歷史語言研究所，1951。

76. 周法高，《中國古代語法——稱謂篇》，臺北：中央研究院歷史語言研究所，1959。

77. 周法高，《中國古代語法——造句篇》，臺北：中央研究院歷史語言研究所，1961。

78. 周法高，《中國古代語法——構詞篇》，臺北：中央研究院歷史語言研究所，1962。

79. 周法高主編，張日昇、徐芷儀、林潔明編纂，《金文詁林》（全十六冊），香港：中文大學印行，1974。

80. 周法高、李孝定、張日昇編，《金文詁林附錄》，香港：香港中文大學，1974。

81. 周法高編，《金文詁林補》（全八冊），臺北：中央研究院歷史語言研究所，1997，第二版。

82. 周法高，《論中國語言學》，香港：香港中文大學出版社，1980。

83. 周有光，《漢字和文化問題》，瀋陽：遼寧人民出版社，2001。

84. 馬承源主編，陳佩芬、潘建民、濮茅左編撰，《商周青銅器銘文選》，全四冊，北京：文物出版社，1984。

85. 屈萬里，《屈萬里全集》（全十七冊），臺北：聯經出版社，1985。

86. 孟世凱，《中國文字發展史》，臺北：文津出版社，1996。

87. 竺家寧，《漢語詞彙學》，臺北：五南出版社，1999。

88. 竺家寧，《聲韻學》，臺北：五南出版社，2007，第二版。

89. 姚孝遂、肖丁（趙誠），《小屯南地甲骨考釋》，北京：中華書局，1985。

90. 姚孝遂主編、肖丁（趙誠）副主編《殷墟甲骨刻辭摹釋總集》（全二冊），北京：中華書局，1988。

91. 姚孝遂主編，肖丁（趙誠）副主編，《殷墟甲骨刻辭類纂》（全三冊），北京：中華書局，1989。

92. 姚孝遂，《姚孝遂古文字論集》，北京：中華書局，2010。

93. 胡光煒，《胡小石論文集三編》，上海：上海古籍出版社，1995。

94. 容庚編、張振林、馬國權摹補，《金文編》，北京，中華書局，1985，第四版。

95. 容庚著，《容庚學術著作全集──金文編》（第三版批校本）（全二冊），北京：中華書局，2011。

96. 容庚，《秦漢金文錄》（臺北：洪氏出版社，1974）。

97. 容庚編，《寶蘊樓彝器圖錄》，臺北：臺聯國風出版社，1978。

98. 容庚，《頌齋吉金圖錄》，臺北：臺聯國風出版社，1978。

99. 容庚，《容庚雜著集》，上海：中西書局，2014。

100. 胡裕樹等編，《方光燾與中國語言學──方光燾紀年文集》，北京：北京語言大學出版社，2003。

101. 侯志義，《金文古音考》，西安：西北大學出版社，2000。

102. 高明，《中國古文字通論》，臺北：五南圖書出版有限公司，1993。

103. 唐蘭，《唐蘭先生金文論集》，北京：紫禁城出版社，1995。

104. 唐蘭，《古文字導論》，上海：上海古籍出版社，2002。

105. 唐蘭，《西周青銅器銘文分代史徵》（全二冊），上海：上海古籍出版社，2016，第二版。

106. 徐中舒主編，《甲骨文字典》，重慶：四川辭書出版社，1988。

107. 張亞初、劉雨，《西周金文官制研究》，北京：中華書局，1986。

108. 張玉金，《甲骨文虛詞詞典》，北京：中華書局，1994。

109. 張玉金，《甲骨文語法學》，上海：學林出版社，2001。

110. 張玉金，《甲骨卜辭語法研究》，廣州：廣東高等教育出版社，2002。

111. 張玉金，《20世紀甲骨語言學》，上海：學林出版社，2003。

112. 張玉金，《西周漢語語法研究》，北京：商務印書館，2004。

113. 張玉金，《西周漢語代詞研究》，北京：中華書局，2006。

114. 張玉金,《出土戰國文獻虛詞研究》,北京:人民出版社,2011。

115. 張亞初,《殷周金文集成引得》,北京:中華書局:2001。

116. 張秉權著,李濟總編輯,董作賓、石璋如、高去尋編輯,《殷墟文字丙編》,臺北:中央研究院歷史語言研究所,1957。

117. 張秉權,《甲骨文與甲骨學》,臺北:國立編譯館,1988。

118. 張政烺,《張政烺文史論集》,北京:中華書局,2004。

119. 張光裕、黃德寬,《古文字論稿》,合肥:安徽大學出版社,2008。

120. 張再興,《西周金文文字系統論》,上海:華東師範大學,2004。

121. 陳年福,《甲骨文動詞詞彙研究》,成都:巴蜀書社,2001。

122. 陳年福,《甲骨文詞義論稿》,上海:上海古籍出版社,2007。

123. 陳英傑,《容庚青銅器學》,北京:學苑出版社,2015。

124. 陳夢家,《西周年代考》,上海:商務印書館,1945。

125. 陳夢家編,《海外中國銅器圖錄》,臺北:臺聯國風出版社,1976。

126. 陳夢家,《殷虛卜辭綜述》,北京:中華書局,1988。

127. 陳夢家,《西周銅器斷代》(全二冊),北京:中華書局,2004。

128. 陳夢家,《陳夢家學術論文集》,北京:中華書局,2016。

129. 陳昭容,《秦系文字研究——從漢字史的角度考察》,臺北:中央研究院歷史語言研究所,2015。

130. 陳佩芬著,丁一民編,《陳佩芬青銅器論集》,上海:中西書局,2016。

131. 陳芳妹,《青銅器與宋代文化史》,臺北:臺大出版中心,2016。

132. 陳槃,《春秋大事列國爵姓及存滅表譔異議》(全三冊),臺北:中央研究院歷史語言研究所,1997,第四版。

133. 胡厚宣總編輯,《甲骨文合集》,北京:中華書局,1982。

134. 胡厚宣編,《甲骨文合集釋文》,北京:中國社會科學院,1999。

135. 郭沫若,《郭沫若全集》,北京,科學出版社,2002。

136. 郭沫若,《中國古代社會研究》(外二種)(全二冊),河北:河北教育出版社,2000。

137. 許錟輝,《文字學簡編》,臺北:萬卷樓圖書股份有限公司,1999。

138. 許兆昌,《周代史官文化——前軸心期核心文化形態研究》,吉林:吉林大學出版社,2001。

139. 黃淬伯,《詩經覈詁》,北京:中華書局,2012。

140. 郭偉川,《兩周史論》,北京:北京圖書館出版社,2006。

141. 董作賓著,李濟總編輯,梁思永、董作賓編輯,《殷墟文字乙編》,臺北:中央研究院歷史語言研究所,1993,第二版。

142. 龍宇純,《龍宇純全集》(全五冊),臺北:秀威資訊,2015。

143. 趙誠,《甲骨文簡明詞典——卜辭分類讀本》,北京:中華書局,1988。

144. 趙誠,《甲骨文字學綱要》,北京:中華書局,1990。

145. 趙誠，《古代文字音韻論文集》，北京：中華書局，1991。

146. 趙誠，《甲骨文與商代文化》，瀋陽：遼寧人民出版社，2001。

147. 趙誠，《二十世紀金文研究述要》，太原：書海山版社，2003。

148. 趙誠，《中國古代韻書》，北京：中華書局，2003，第二版。

149. 趙誠，《二十世紀甲骨文研究述要》（全二冊），太原：書海出版社，2006。

150. 趙誠，《探索集》，北京：中華書局，2011。

151. 管燮初，《殷虛甲骨刻辭的語法研究》，北京：中國科學院，1953。

152. 管燮初，《西周金文語法研究》，北京：商務印書館，1981。

153. 劉昭瑞，《宋代著錄商周青銅器銘文箋證》，廣州：中山大學出版社，2000。

154. 劉正，《金文氏族研究：殷周時代社會、歷史和禮制視野中的氏族問題》，北京：中華書局，2002。

155. 劉正，《金文廟制研究》，北京：中國社會科學出版社，2004。

156. 劉正，《商周圖像文字研究》，上海：上海書店，2013。

157. 劉正，《金文學術史》，上海：上海書店出版社，2014。

158. 劉正，《中國彝銘學》（全二冊），上海：上海書店出版社，2021。

159. 楊樹達，《詞詮》，臺北：臺灣商務印書館，1959。

160. 楊樹達，《積微居金石論叢》，北京：中華書局，1988。

161. 楊樹達，《積微居金文說》，北京：中華書局，1997。

162. 楊樹達，《積微居小學述林》，上海：上海古籍出版社，2007。

163. 楊寬，《西周史》，上海：上海人民出版社，1999。

164. 楊寬，《戰國史》，臺北：臺灣商務印書館，1997。

165. 楊筠如，《楊筠如文存》，南京：江蘇人民出版社，2014。

166. 華東師範大學中國文字研究與應用中心，《金文引得》（殷商西周卷），南寧：廣西教育出版社，2001。

167. 華東師範大學中國文字研究與應用中心，《金文引得》（春秋戰國卷），南寧：廣西教育出版社，2002。

168. 裘錫圭，《文史叢稿——上古思想、民俗與古文字學史》，上海：上海遠東出版社，1992。

169. 裘錫圭，《文字學概要》，臺北：萬卷樓圖書股份有限公司，1995，第二版。

170. 裘錫圭，《裘錫圭學術文集》（全六卷），上海：復旦大學出版社，2012。

171. 戴家祥主編、馬承源副主編，潘悠、王文耀、沃興華編纂，《金文大字典》，上海：學林出版社，1999 第二版。

172. 嚴一萍，《金文總集》（全十冊），臺北，藝文印書館，1983。

173. 嚴志斌，《商代青銅器銘文研究》，上海：上海古籍出版社，2017。

174. 顧頡剛，《當代中國史學》，香港：勝利出版社，2002。

175. 羅振玉，《三代吉金文存》（全四冊），臺北：明倫出版社，1960。

三、外文文獻

1. Ch'en Meng-Chia, *General Study of Chinese Bronze*, ZhongHua Pubisher, 2019, Beijing

2. Edward L. Saughnessy, *Sources of Western Zhou History- Inscribed Bronze Vessel*, University of California Press, Barkeley, Los Angeles, Oxford, 1991

3. Karlgren, Bernhard, *Yin and Chou in Chinese Bronzes*. （In Bulletin of the Museum of Far Eastern Antiquities, Stockholm，1935）

4. Kwang-chih Chang, *Shang Civilization* （New Haven, Yale University, 1980）

5. David N.Keightley, *The Ancestral Landscape-Time, Space and Community in Late Shang China* （California, Institude of East Asian Studies of University of California, 2000）

6. Kenichi Takashima & Paul Serruys, *Studies of Fascicle Three of Inscription from the Yin Ruins* （Taipei, Institute of History and Philology, Academia Sinica，2010）

四、學位論文

1. 洪燕梅，《秦金文研究：上編》，臺北：政治大學中國文學系博士論文，1998。

2. 洪燕梅，《秦金文研究：下編》，臺北：政治大學中國文學系博士論文，1998。

3. 胡雲鳳，《秦金文文例研究》，臺中：靜宜大學中國文學系，2000。

4. 賴秋桂，《馬承源《商周青銅器銘文選》第三卷《商、西周青銅器銘文釋文及注釋》研究》，臺中：東海大學中文系碩士論文，2007。

5. 錢唯真，《商周金文中族氏徽號的因襲與變化研究》，臺中：東海大學中國文學系碩士論文，2008。

6. 王奕心，《周法高先生金文學研究》，臺中：東海大學中國文學系碩士論文，2012。

7. 趙靜，《《甲骨文簡明詞典——卜辭分類讀本》研究》，西南大學碩士論文，2014。

五、會議文章、論文集

1. 党懷興、劉斌主編，《趙誠先生從事古文字研究五十年紀念文集》（陝西：陝西師範大學，2011）。

2. 趙誠，〈上古漢字創造的任意性和約束性考察——以周代金文一組異構字為例略做說明〉，「2018 年陝西師範大學澳門文字學會年會」。

3. 朱歧祥，〈論趙誠先生「西周金文構形二重性」——兼談花東甲骨文有二重性嗎〉，「2018 年陝西師範大學澳門文字學會年會」。

4. 謝顥，〈論趙誠《甲骨文字學綱要》貢獻〉，「2019 年澳門文字學會年會」。

六、電子資料庫

1. 中央研究院歷史語言所、臺灣大學中國文學系、資訊科學研究所、數位文化中心,《小學堂》:https://goo.gl/qykBjv（2019）

2. 中央研究院歷史語言所,《殷周金文暨青銅器資料庫》:https://goo.gl/etBRKF（2019）

3. 《先秦甲骨金文簡牘詞彙庫》:https://goo.gl/27fxbm（2019）

4. 《國學大師》:https://goo.gl/ZKyLRA（2019）

5. 《漢字多功能字庫》:https://goo.gl/5wFnoG（2019）

6. 《中國知網》:http://cnki.sris.com.tw/kns55/default.aspx（2019）

7. 《臺灣碩博士論文知識加值系統》:ndltd.ncl.edu.tw（2019）

附錄一　趙誠學思里程

西元紀年	歲數	生平述要	職　務	著　作	研究階段
1933	1	出生於浙江杭州			
1955	22	入學南京大學中文系			
1959	26	畢業於南京大學中文系			
		分配在北京中華書局編輯部從事古籍整理研究及編輯工作	歷任助理編輯、編輯、語言文字編輯室副主任、副編審、主任、編審		
1961	28			以筆名趙征，於《光明日報──光明遺產》363 期發表〈新編《唐詩選》略評〉	
1962	29			以筆名陳操，於《切韻指掌圖》發表〈《切韻指掌圖》重印後記〉	
1963	30			於《光明日報──光明遺產》450 期發表〈讀文學研究所《中國文學史》唐代文學部分〉	

1978	45	與其他學者發起並組織成立中國古文字研究會	現任常務理事	於《文物》第六期發表〈利簋銘文通釋〉〔註1〕	
1979	46			於《古文字研究》第一輯發表〈中山壺、中山鼎銘文試釋〉〔註2〕 出版《中國古代韻書》	第一階段編列韻書學術史的時期
1980	47	成立中國音韻學研究會	副會長	出版《甲骨文簡明詞典——卜辭分類讀本》	第二階段編列工具書時期
		成立中國語言學會	理事兼秘書長	於北京商務印書館《中國出版年鑑》發表〈史上的一件大事:《甲骨文合集》出版〉	
				於香港《大公報》第13版發表〈談新刊《古文字研究》〉	
				於香港《大公報》發表〈《甲骨文字釋林》讀後〉	
1981	48			於《古文字研究》第五輯發表〈牆盤銘文補釋〉〔註3〕 於《古文字研究》第六輯發表〈甲骨文字的二重性及其構形關係〉〔註4〕 於《中國語言學會成立大會學術報告集》發表〈關於古文字的研究〉 於《語言研究》創刊號發表〈《說文解字》的形與義〉〔註5〕	
1983	50			於《史學情報第二期發表〈甲骨文資料的搜集、整理和出版概況〉	

〔註1〕收錄於《古代文字音韻論文集》(北京：中華書局，1991)，頁261～269。
〔註2〕收錄於《古代文字音韻論文集》，頁78～298。
〔註3〕收錄於《古代文字音韻論文集》，頁270～278。
〔註4〕收錄於《古代文字音韻論文集》，頁40～49。
〔註5〕收錄於《古代文字音韻論文集》，頁255～260。

				於《人民日報》第 5 版發表〈《甲骨文合集》評介〉〔註6〕
				於《讀書雜誌》第 1 期發表〈《甲骨文合集》出版〉
				於《學語文》第 2 期發表〈淺談怎麼學習古文字〉
				於香港《大公報》第 12 版發表〈商代資料之大成〉
				於《古文字研究》第 10 輯發表〈古文字發展過程中的內部調整〉〔註7〕
1984	51			於《音韻學研究》第 1 期發表〈商代音系探索〉〔註8〕
1985	52		副主編	以筆名肖丁，和姚孝遂合作，出版《小屯南地甲骨考釋》
				於《古文字研究》第 12 輯發表〈諸帝探索〉〔註9〕
				於《全國商史學術討論會論文集》發表〈商代社會性質探索〉〔註10〕
1986	53			於《甲骨文與殷商史》第 2 輯發表〈甲骨文詞義系統探索〉〔註11〕
				於古文字研究第 15 輯發表〈甲骨文虛詞探索〉〔註12〕
				於香港《中國語文天地》第 2 期發表〈近幾年的古文字研究〉

〔註6〕同時發表於《複印報刊資料》（出版工作、圖書評價），1983 年第 1 期。
〔註7〕收錄於《古代文字音韻論文集》，頁 27〜38。
〔註8〕收錄於《古代文字音韻論文集》，頁 178〜202。
〔註9〕收錄於《古代文字音韻論文集》，頁 297〜304。
〔註10〕收錄於《古代文字音韻論文集》，頁 305〜319。
〔註11〕收錄於《古代文字音韻論文集》，頁 98〜110。
〔註12〕收錄於《古代文字音韻論文集》，頁 151〜177。

				於《音韻學研究》第 2 期發表〈臨沂漢簡的通假字〉〔註13〕	
1987	54			於《殷都學刊》第 3 期發表〈甲骨文行為動詞探索（一）——關於詞義〉〔註14〕	
1988	55		副主編	以筆名肖丁，擔任副主編，和姚孝遂合作出版《殷墟甲骨刻辭摹釋總集》 於《中國語言學報》第 3 期發表〈甲骨文形符系統初探〉〔註15〕	
1989	56		副主編	以筆名肖丁，與姚孝遂合作出版《殷墟甲骨刻辭類纂》 於《殷墟博物館館刊》創刊號發表〈甲骨文動詞探索——動詞和名詞的關係〉 於《漢字問題學術討論會論文集》發表〈漢字探索〉	
1991	58			出版《中國古代文字音韻論文集》 於《中國語言學報》第 4 期發表〈甲骨文動詞探索（二）——關於被動式〉〔註16〕 於《中國歷史博物館館刊》（即今《中國歷史文物》）第 15、16 期發表〈甲骨文字補釋〉 於《說文解字研究》第 1 輯發表〈說文諧聲探索（三）〉〔註17〕	第三階段研究古文字發展、甲骨文詞性、商代音系、商代社會、《說文》學、甲骨文與銘文釋讀時期

〔註13〕收錄於《古代文字音韻論文集》，頁 190～202。
〔註14〕收錄於《古代文字音韻論文集》，頁 111～124。
〔註15〕收錄於《古代文字音韻論文集》，頁 1～26。
〔註16〕收錄於《古代文字音韻論文集》，頁 125～137。
〔註17〕收錄於《古代文字音韻論文集》，頁 235～254。

				於《中原音韻新論》發表〈周德清與中原音韻〉	
1992	59			於《古籍資料整理出版情況簡報》265 期發表〈《殷周金文集成》的編纂和出版〉 於《古籍整理出版情況簡報》268 期發表〈容庚先生與《金文編》〉 於《古籍整理出版情況簡報第 258 期發表〈《甲骨文合集》的出版〉 於《古文字研究》第 19 輯發表〈甲骨文動詞探索(三)——關於動詞和名詞〉〔註18〕	
1993	60			出版《甲骨文字學綱要》 於《語文研究》第二期發表〈甲骨文至戰國金文「用」的演化〉〔註19〕 於《中國語文》第 3 期發表〈讀《古代疑問詞語用法詞典》〉 於《古漢語研究》第 4 期發表〈讀十三經及《諸子集成》的全譯——《評析本白話十三經》和《評析本白話諸子集成》讀後〉 於《音韻學研究》第 3 期發表〈說文諧聲探索(一)〉〔註20〕	第四階段 建立古文字理論時期
1995	62			於《書品》第四期發表〈商周銘文之大成——談談《殷周金文集成》〉 於《呂叔湘先生九十華誕紀念文集》發表〈金文的「君」〉〔註21〕	

〔註18〕收錄於《古代文字音韻論文集》，頁 138～150。
〔註19〕收錄於《探索集》（北京：中華書局，2011），頁 98～110。
〔註20〕收錄於《古代文字音韻論文集》，頁 203～224。
〔註21〕收錄於《探索集》，頁 130～134。

				於《奇特的女書——全國女書學術考察研討會論文集》發表〈女書的文字學意義〉
				於《古籍整理研究學刊》發表〈《居延漢簡甲乙編》簡介〉
1996	63		副主編	以筆名肖丁,(于省吾擔任主編),和姚孝遂合作,出版《甲骨文字詁林》
				於《華學》第二輯發表〈金文的「友」〉〔註22〕
				於《語言研究》第二期發表〈金文的「于」〉〔註23〕
				於《中國語言學報》第八期發表〈金文的「又」〉〔註24〕
				於《于省吾教授百年誕辰紀念文集》發表〈金文的「皇」、「覒」、「敫」〉〔註25〕
				於《漢語修辭與漢文化論集》(1996)發表〈金文的「隹、唯(雖、誰)」〉〔註26〕
				於《古籍整理情況簡報》第6期發表〈談談《英國所藏甲骨集》〉
				於《古漢語研究》第1輯發表〈小篆與甲骨文〉
				於《古漢語研究》第1期發表〈上古諧聲和音系〉〔註27〕
				於《高校社科信息》第6期發表〈中國文字學會首屆學術研討會紀要〉

〔註22〕收錄於《探索集》,頁151～154。
〔註23〕收錄於《探索集》,頁160～166。
〔註24〕收錄於《探索集》,頁115～121。
〔註25〕收錄於《探索集》,頁122～124。
〔註26〕同文發表於1998年《容庚先生百年誕辰紀念文集》,收錄於《探索集》,頁135～145。
〔註27〕收錄於《探索集》,頁32～39。

				於《漢語現象問題討論論文集》發表〈尊重漢語實際，深化漢語研究——簡論啟功的學術貢獻〉〔註28〕	
1997	64			於香港中文大學《第三屆國際中國古文字學研討會論文集》發表〈金文詞義探索（一）〉〔註29〕 於《書品》第3期發表〈關於《甲骨文字詁林》〉 於《黃侃學術研究》發表〈傳統語文學向現代語言學的發展——兼論黃侃的學術貢獻〉〔註30〕 於香港《詞庫建設》第2期發表〈「吊詭」、「公職」〉 於高雄中山大學《第一屆國際暨第三屆全國訓詁學學術研討會論文集》發表〈訓詁學展望〉	
1998	65			於《江漢考古》第二期發表〈曶篇鐘新解〉〔註31〕 於（《李新魁教授紀念文集》發表〈金文詞義探索（三則）〉 於《徐中舒先生百年誕辰紀念文集》發表〈金文的「命」〉〔註32〕 於高雄中山大學《第二屆國際清代學術研討會論文集》發表〈晚清金文研究〉〔註33〕	

〔註28〕收錄於《探索集》，頁171～173。
〔註29〕收錄於《探索集》，頁86～90。
〔註30〕同文發表於《古漢語研究》（1997，第2期）
〔註31〕收錄於《探索集》，頁167。
〔註32〕收錄於《探索集》，頁111～114。
〔註33〕同文發表於2002年《古漢語研究》第2期，收錄於《探索集》，頁73～85。

1999	66			出版《甲骨文與商代文化》	第五階段
				於《中國古文字研究》第一輯發表〈金文中的「學、斅」〉	以古文字建立探索古文化時期
				於《古漢語研究第 4 期發表〈訓詁學回顧與展望〉〔註34〕	
2000	67			於《古漢語研究》第 22 輯發表〈前期甲骨文語法研究〉〔註35〕	
				於《社會科學論壇》第 6 期發表〈民間學者的厚德之舉：《世紀學人自述》〉	
2001	68			於《中國語文》第三期發表〈金文中的「者」〉〔註36〕	
				於《漢語現況與歷史研究──首屆漢語語言學國際研討會論文集》發表〈金文的「為」〉〔註37〕	
				與陳曦合作，於《古籍整理研究學刊》第 1 期發表〈殷墟卜辭命辭性質討論述要〉	
				於《古文字研究》第 21 輯發表〈劉鶚對甲骨文研究的貢獻探索〉〔註38〕	
2002	69			於《書品》發表〈容庚先生與《金文編》〉	
				於《古文字研究》第 23 輯發表〈甲骨文的「弘」和「引」〉〔註39〕	

〔註34〕收錄於《探索集》，頁 46～57。
〔註35〕收錄於《探索集》，頁 168～170。
〔註36〕收錄於《探索集》，頁 155～157。
〔註37〕收錄於《探索集》，頁 146～150。
〔註38〕收錄於《探索集》，頁 174～178。
〔註39〕收錄於《探索集》，頁 30～31。

年代	歲數			著述	階段
				於《中華同人學術論文集》發表〈重新認識深入研究──試說章太炎新論之一〉	
2003	70			出版《二十世紀金文研究述要》（為《二十世紀中國語言學叢書》之一） 於香港中文大學《第四屆國際中國古文字討論會論文集──新世紀的古文字學與經典詮釋》發表〈新世紀金文研究（一）〉 於《古籍整理研究學刊》第 6 期發表〈斷代和歷組卜辭討論〉 於《方光燾與中國語言學──方光燾先生紀念文集》發表〈語言記號性問題〉〔註40〕 於《陸宗達先生百年誕辰紀念文集》發表〈史伯碩父鼎曆日試說〉〔註41〕	第六階段 出版學術史相關書目時期
2005	72			於《古漢語研究》第 1 期發表〈楊樹達的甲骨文研究〉〔註42〕 於《勵耘學刊·語言卷》第 1 輯發表〈于省吾甲骨文字考釋方法探索〉〔註43〕 於《語言文字學研究》發表〈本義探索〉〔註44〕 於巴黎《中國的視覺世界國際會議論文集》發表〈商代人視覺空間概念探索〉〔註45〕	

〔註40〕收錄於《探索集》，頁 223～231。
〔註41〕收錄於《探索集》，頁 301～307。
〔註42〕收錄於《探索集》，頁 188～200。
〔註43〕收錄於《探索集》，頁 208～222。
〔註44〕收錄於《探索集》，頁 58～72。
〔註45〕收錄於《探索集》，頁 232～239。

				於巴黎《中國的視覺世界國際會議論文集》發表〈中國古代空間視覺探索〉〔註46〕
				於《陸宗達先生百年誕辰紀念文集》發表〈史伯碩父鼎曆日試說〉〔註47〕
2006	73			出版《二十世紀甲骨文研究述要》(上、下)(為《二十世紀中國語言學叢書之一》
				於臺灣東海大學《花園莊東地甲骨論叢》發表〈花園莊東地甲骨意義探索〉〔註48〕
				於《書品》第3輯發表〈讀《殷墟書契考釋三種》〉
				於《古文字研究》第26輯發表〈古漢字演化中的過程性探索(一)〉
				於《康樂集——曾憲通教授七十壽慶論文集》發表〈曾憲通《長沙楚帛書文字編》讀後〉
2007	74			於《中國文字研究》第一期發表〈金文中的「臣」〉〔註49〕
				於《民俗典籍文字研究》第4輯發表〈子組卜辭和花園莊卜辭之子〉
2008	75			於《古文字研究》第27輯發表〈西周金文構形系統二重性探索〉〔註50〕

〔註46〕收錄於《探索集》,頁240～245。
〔註47〕收錄於《探索集》,頁301～307。
〔註48〕收錄於《探索集》,頁261～285。
〔註49〕收錄於《探索集》,頁125～129。
〔註50〕收錄於《探索集》,頁1～5。

				於《民俗典籍文字研究》第五輯發表〈西周金文構形系統二重性續探〉〔註51〕	
				於《名社 30 年書系》發表〈殷周金文之大成——談談《殷周金文集成》〉	
				於《古籍整理與出版專家論古籍整理與出版》發表〈甲骨文資料的搜集、整理和出版〉	
				於《古文字研究》第 28 輯發表〈關於「鳥蟲書」〉	
				於《書品》第 5 期發表〈談新版《說文解字註》〉	
				於臺灣東海大學《語言文字與教學的多元對話》發表〈西周金文構形系統二重性考察〉	
				於香港大學中文學院與美國史丹福大學華語言文化研究中心 42 卷，1、2 期合刊《東方文化》發表〈商代家族型態新探〉〔註52〕	
2010	77			於《民俗典籍文字研究》第 6 輯發表〈西周金文構形系統二重性再探〉〔註53〕	
2011	78			出版《探索集》	第七階段建立古文字新理論時期
				於《漢字教學與文化思考》第 1 輯發表〈漢字文化思考〉	
2012	79			於《民俗典籍文字研究》發表〈西周金文的「望」等字〉	
				於《古文字研究》29 輯發表〈作冊般甗補釋〉	

〔註51〕收錄於《探索集》，頁 6～11。
〔註52〕收錄於《探索集》，頁 286～300。
〔註53〕收錄於《探索集》，頁 12～18。

2014	81			於《歷史語言學研究》第7輯發表〈利㲋銘文補釋〉 於，古文字研究》第30輯發表〈西周金文的弘和引〉	
2016	83			於《說文論語》第1期發表〈漢字文化思考〉 於《上古漢語研究》第1輯發表〈異源字考釋一例〉	
2017	84			於《華學》第12輯發表〈YH127坑和花園莊東甲骨〉	
2018	85			於「澳門文字學會」年會發表〈上古漢字的任意性和約束性考察——以周代金文一組異構字略作說明〉	
2020	87			於《出土文獻綜合研究集刊第十一輯》發表〈殷墟卜辭所記考察〉	
2022	89			於「澳門文字學會第八屆年會暨慶祝曾憲通先生米壽學術研討會」發表〈董作賓誤會之二考察〉	

附錄二　趙誠相關學術著作列表

趙誠著作資料

一、金　文

	專　書	備　註
1	《20世紀金文研究述要》（太原：書海出版社，2003）	
2	《探索集》（北京：中華書局，2011）	金文為主，亦有收錄甲骨文和其他相關文章。

	單篇論文	備　註
1	〈利簋銘文通釋〉（《文物》第六期，1978）	收錄於《古代文字音韻論文集》（北京：中華書局，1991）261～269頁。
2	〈《中山壺》、《中山鼎》銘文試釋〉，（《古文字研究》1979第一輯）	收錄於《古代文字音韻論文集》（北京：中華書局，1991）278～298頁。
3	〈牆盤銘文補釋〉，（《古文字研究》，1981第五輯）	收錄於《古代文字音韻論文集》（北京：中華書局，1991）270～278頁。
4	〈容庚先生與《金文編》〉，（《古籍整理出版情況簡報》268期，1992）	
5	〈《殷周金文集成》的編纂和出版〉，（古籍資料整理出版情況簡報，1992年第265期）	

6	〈甲骨文至戰國金文「用」的演化,(《語文研究》,1993 第 2 期)	收錄於《探索集》（北京：中華書局,2011）頁 98～110。
7	〈商周銘文之大成——談談《殷周金文集成》〉,(《書品》,1995 年第 4 期)	
8	〈金文的「友」〉,(《華學》,1996 年第 2 輯)	收錄於《探索集》（北京：中華書局,2011）頁 151～154。
9	〈金文的「于」〉,(《語言研究》,1996 第 2 期)	收錄於《探索集》（北京：中華書局,2011）頁 160～166。
10	〈金文的「又」〉,《中國語言學報》,1997 年第 8 期)	收錄於《探索集》（北京：中華書局,2011）頁 115～121。
11	〈㝬簋鐘新解〉,《江漢考古》,1998 年第 2 期	收錄於《探索集》（北京：中華書局,2011）頁 167。
12	〈金文中的「學、斅」〉,(《中國古文字研究》,199 年第 1 輯)	收錄於《探索集》（北京：中華書局,2011）頁 158～159。
13	〈金文中的「者」〉,(《中國語文》,2001 第 3 期)	收錄於《探索集》（北京：中華書局,2011）頁 155～157。
14	〈容庚先生與《金文編》〉,(《書品》,2002 年第 2 期)	
15	〈金文中的「臣」〉,(《中國文字研究》,2007 年第 1 期)	收錄於《探索集》（北京：中華書局,2011）頁 125～129。
16	〈西周金文構形系統二重性探索〉,(《古文字研究》,2008 年第 27 輯)	收錄於《探索集》（北京：中華書局,2011）,頁 1～5。
17	〈商周銘文之大成——談談《殷周金文集成》〉,(《名社 30 年書系》之《守正出新——中華書局》,2008 年)	
18	〈西周金文構形系統二重性續探〉,(《民俗典籍文字研究》,2008 年第 5 輯)	收錄於《探索集》（北京：中華書局,2011）頁 6～11。
19	〈西周金文構形系統二重性再探〉,(《民俗典籍文字研究》,2010 年第 6 輯)	收錄於《探索集》（北京：中華書局,2011）頁 12～18。
20	〈西周金文的「望」等字〉,(《民俗典籍文字研究》,2011 年第 1 輯)	
21	〈作冊般黿補釋〉,《古文字研究》,(北京：中華書局,2012,第 29 輯）,頁 294。	
22	〈金文的才〉,《民俗典籍文字研究》(2013 年第 10 輯)	
23	〈利曷銘文補釋〉,《歷史語言學研究》(2014 年第 10 輯)	
24	〈西周金文的弘和引〉,《古文字研究》(2014 年第 30 輯)	

	會議文章	備　註
1	〈金文的「君」〉，《呂叔湘先生九十華誕紀念文集》（1995）	收錄於《探索集》（北京：中華書局，2011）頁 130～134。
2	〈金文的「皇」、「兇」、「敄」〉，《于省吾教授百年誕辰紀念文集》（1996）	收錄於《探索集》（北京：中華書局，2011）頁 122～124
3	〈金文詞義探索（一）〉，香港：《第三屆國際中國古文字學研討會論文集》，香港中文大學（1997）	收錄於《探索集》（北京：中華書局，2011）頁 86～90。
4	〈金文詞義探索（三則）〉，《李新魁教授紀念文集》（1998）	
5	〈金文的「命」〉，《徐中舒先生百年誕辰紀念文集》（1998）	收錄於《探索集》（北京：中華書局，2011），頁 111～114。
6	〈金文的「隹、唯（雖、誰）」〉，《漢語修辭與漢文化論集》（1996）；又《容庚先生百年誕辰紀念文集》（1998）	收錄於《探索集》（北京：中華書局，2011）頁 135～145。
7	〈金文的「為」〉，《漢語現況與歷史研究——首屆漢語語言學國際研討會論文集》（1999）	收錄於《探索集》（北京：中華書局，2011）頁 146～150。
8	〈晚清的金文研究〉，高雄：《第二屆國際清代學術研討會論文集》，中山大學（1998）；又《古漢語研究》（2002 年第 1 期）	收錄於《探索集》（北京：中華書局，2011）頁 73～85。
9	〈新世紀金文研究（一）〉，香港：《第四屆國際中國古文字討論會論文集——新世紀的古文字學與經典詮釋》，香港中文大學（2003）	
10	〈史伯碩父鼎曆日試說〉，《陸宗達先生百年誕辰紀念文集》（2005）	收錄於《探索集》（北京：中華書局，2011）頁 301～307。
11	〈上古漢字創造的任意性和約束性考察——以周代一組異構字為例略做說明〉，《陝西師範大學澳門文字學會年會論文集》（2018）	收錄於《說文論語》第三期（2018 年刊）頁 1～18。

二、甲骨文

	專　書	備　註
1	《甲骨文字學綱要》（北京：中華書局，1990）	
2	《小屯南地甲骨考釋》（北京：中華書局，1985）	與姚孝遂合作，筆名肖丁
3	《甲骨文簡明詞典——卜辭分類讀本》（北京：中華書局，1988）	
4	《殷墟甲骨刻辭摹釋總集》（北京：中華書局，1988）	與姚孝遂等合作，筆名肖丁

5	《殷墟甲骨刻辭類纂》（北京：中華書局，1989）	與姚孝遂等合作，筆名肖丁
6	《古代文字音韻論文集》（北京：中華書局，1991）	甲骨文為主，亦有金文和其他相關文章
7	《甲骨文字詁林》（北京：中華書局，1996）	于省吾主編，與姚孝遂等合作，筆名肖丁
8	《甲骨文與商代文化》，（瀋陽：遼寧人民出版社，2001）	
9	《二十世紀甲骨文研究述要》（全二冊）（太原：書海出版社，2006）	

	期刊論文	備　註
1	〈史上的一件大事：《甲骨文合集》出版〉，《中國出版年鑑》（北京：商務印書館，1980）	
2	〈談新刊《古文字研究》〉，《大公報》（香港：1980 年 2 月 13 日，第 13 版）	
3	〈《甲骨文字釋林》讀後〉，《大公報》（香港：1980 年 5 月 14 日，第 13 版）	
4	〈甲骨文字的二重性及其構形關係〉，《古文字研究》（1981，第 6 輯）	收錄於《古代文字音韻論文集》（北京：中華書局，1991）40～49 頁。
5	〈甲骨文資料的搜集、整理和出版概況〉，《史學情報》（1983，第二期）	
6	〈《甲骨文合集》評介〉，《人民日報》（1983 年 1 月 31 日，第 5 版）	又《複印報刊資料》（出版工作、圖書評價），1983 年第 1 期。
7	〈《甲骨文合集》出版〉，《讀書雜誌》（1983，第 1 期）	
8	〈諸帚探索〉，《古文字研究》（1985 年第 12 輯）	收錄於《古代文字音韻論文集》（北京：中華書局，1991）297～304 頁。
9	〈甲骨文詞義系統探索〉，《甲骨文與殷商史》（1986，第 2 輯）	收錄於《古代文字音韻論文集》（北京：中華書局，1991）98～110 頁。
10	〈甲骨文虛詞探索〉，《古文字研究》（1986 年第 15 輯）	收錄於《古代文字音韻論文集》（北京：中華書局，1991）151～177 頁。
11	〈甲骨文行為動詞探索（一）——關於詞義〉，《殷都學刊》（1987，第 3 期）	收錄於《古代文字音韻論文集》（北京：中華書局，1991）頁 111～124。
12	〈甲骨文形符系統初探〉，《中國語言學報》（1988，第 3 期）	收錄於《古代文字音韻論文集》（北京：中華書局，1991）頁 1～26。
13	〈甲骨文動詞探索——動詞和名詞的關係〉，《殷墟博物館館刊》（1989，創刊號）	又《古文字研究》（1989，17 輯）。

14	〈甲骨文動詞探索（二）──關於被動式〉，《中國語言學報》（1991，第 4 期）	收錄於《古代文字音韻論文集》（北京：中華書局，1991）125～137 頁。
15	〈甲骨文字補釋〉，《中國歷史博物館館刊》（即今《中國歷史文物》（1991 總第 15、16 期）	
16	〈《甲骨文合集》的出版〉，《古籍整理出版情況簡報》（1992，第 258 期）	
17	〈甲骨文動詞探索（三）──關於動詞和名詞〉《古文字研究》（1992，第 19 輯）	收錄於《古代文字音韻論文集》（北京：中華書局，1991）138～150 頁。
18	〈談談《英國所藏甲骨集》〉，《古籍整理出版情況簡報》（1996，第 6 期）	
19	〈關於《甲骨文字詁林》〉，《書品》（1997，第 3 期）	
20	〈前期甲骨文語法研究〉，《古漢語研究》（2000，第 22 輯）	收錄於《探索集》（北京：中華書局，2011）頁 168～170。
21	〈殷墟卜辭命辭性質討論述要〉，《古籍整理研究學刊》（2001，第 1 期）	與陳曦合作
22	〈劉鶚對甲骨文研究的貢獻探索〉，《古文字研究》（2001，第 21 輯）	收錄於《探索集》（北京：中華書局，2011）頁 174～178。
23	〈甲骨文的「弘」和「引」〉，《古文字研究》（2002，第 23 輯）	收錄於《探索集》（北京：中華書局，2011）頁 30～31。
24	〈斷代和歷組卜辭討論〉，《古籍整理研究學刊》（2003，第 6 期）	
25	〈楊樹達的甲骨文研究〉，《古漢語研究》（2005，第 1 期）	收錄於《探索集》（北京：中華書局，2011）頁 188～200。
26	〈于省吾甲骨文字考釋方法探索〉，《勵耘學刊·語言卷》（2005，第 1 輯）	收錄於《探索集》（北京：中華書局，2011）頁 208～222。
27	〈花園莊東地甲骨意義探索〉，《花園莊東地甲骨論叢》（臺北：2006）	收錄於《探索集》（北京：中華書局，2011）頁 261～285。
28	〈讀《殷虛書契考釋三種》〉，《書品》（2006，第 3 輯）	
29	〈子組卜辭和花園莊卜辭之子〉，《民俗典籍文字研究》（2007，第 4 輯）	
30	〈甲骨文資料的搜集、整理和出版〉，《古籍整理與出版專家論古籍整理與出版》（2008）	
31	〈YH127 坑和花園莊東甲骨〉，《華學》（2017，第 12 輯）	
32	〈殷墟卜辭所記考察〉，《出土文獻綜合研究集刊第十一輯》（成都：巴蜀書社，2020，第一版）	

	會議文章	備　註
1	〈甲骨文動詞探索（三）——關於動詞和名詞〉,《殷商文化學術研討會論文集》(1988)	收錄於《古代文字音韻論文集》（北京：中華書局，1991）138～150頁。
2	〈甲骨文研究史中焦點之一探索〉,《甲骨文發現百週年紀念國際會議論文集》（2001）	收錄於《探索集》（北京：中華書局，2011）頁246～250。
3	〈羌甲探索〉,《揖芬集——張政烺九十華誕紀念文集》（2002）	收錄於《探索集》（北京：中華書局，2011）頁251～260。
4	〈董作賓誤會之二考察〉,《澳門文字學會第八屆年會暨慶祝曾憲通先生米壽學術研討會》（2022）	

三、聲韻、《說文》、與其他相關著作

	專　書	備　註
1	《中國古代韻書》,（北京：中華書局，2003年，第二版）1979年初版	

	期刊論文	備　註
1	〈新編《唐詩選》略評〉,收錄於《光明日報》之《文化遺產》（1961年5月14日，363期）	筆名趙征
2	〈《切韻指掌圖》重印後記〉,收錄於《切韻指掌圖》（北京：中華書局，1962）	筆名陳操
3	〈讀文學研究所《中國文學史》唐代文學部分〉,收錄於《光明日報》之《文化遺產》（1963年2月10日，450期）	
4	〈關於「鳥蟲書」〉,《古文字研究》（北京：中華書局2008年第28輯）	
5	〈關於古文字的研究〉,《中國語言學會成立大會學術報告集》,1981	「把我國語言科學推向前進」研討會。
6	〈《說文解字》的形與義〉,《語言研究》（1981,創刊號）	收錄於《古代文字音韻論文集》（北京：中華書局,1991）255～260頁。
7	〈淺談怎麼學習古文字〉,《學語文》（1983,第二期）	
8	〈商代資料之大成〉,《大公報》（香港：1983年2月28日第12版）	
9	〈古文字發展過程中的內部調整〉,《古文字研究》（1983年第10輯）	收錄於《古代文字音韻論文集》（北京：中華書局,1991）27～38頁。

10	〈商代音系探索〉,《音韻學研究》（1984 年第 1 期）	收錄於《古代文字音韻論文集》（北京：中華書局，1991）178～202 頁。
11	〈近幾年的古文字研究〉,《中國語文天地》（香港：1986 年第 2 期）	又《複印報刊資料》（語言文字學），1986 年第 5 期。
12	〈臨沂漢簡的通假字〉,《音韻學研究》（1986 年第 2 期）	收錄於《古代文字音韻論文集》（北京：中華書局，1991）190～202 頁。
13	〈說文諧聲探索（三）〉,《說文解字研究》（1991，第 1 輯）	收錄於《古代文字音韻論文集》（北京：中華書局，1991）235～254 頁。
14	〈周德清與中原音韻〉,《中原音韻新論》（北京：北京大學出版社，1991）	
15	〈讀《古代疑問詞語用法詞典》〉,《中國語文》（1994，第 3 期）	
16	〈讀十三經及《諸子集成》的全譯——《評析本白話十三經》和《評析本白話諸子集成》讀後〉,《古漢語研究》（1994，第 4 期）	
17	〈說文諧聲探索（一）〉,《音韻學研究 1994,第 3 期》	收錄於《古代文字音韻論文集》（北京：中華書局，1991）203～224 頁。
18	〈小篆與甲骨文〉,《古漢語研究》（1996,第 1 輯）	
19	〈上古諧聲和音系〉,《古漢語研究》（1996,第 1 期）	收錄於《探索集》（北京：中華書局，2011）頁 32～39。
20	〈傳統語文學向現代語言學的發展——兼論黃侃的學術貢獻〉,《黃侃學術研究》（1997）	又《古漢語研究》（1997,第 2 期）。
21	〈「吊詭」、「公職」〉,《詞庫建設》（香港：1997 年總第 2 期）	
22	〈訓詁學回顧與展望〉,《古漢語研究》（1998,第 4 期）	收錄於《探索集》（北京：中華書局，2011）頁 46～57。
23	〈民間學者的厚德之舉：《世紀學人自述》〉,《社會科學論壇》（2000,第 6 期）	
24	〈重新認識深入研究——試說章太炎新論之一〉,《中華同人學術論集》（2002）	收錄於《探索集》（北京：中華書局，2011）頁 44～45。
25	〈本義探索〉,《語言文字學研究》（2005）	收錄於《探索集》（北京：中華書局，2011）頁 58～72。
26	〈古漢字演化中的過程性探索（一）〉,《古文字研究》（2006,第 26 輯）	
27	〈談新版《說文解字註》〉,《書品》（2008,第 5 期）	

28	〈商代家族型態新探〉,《東方文化》(香港、加州:香港大學中文學院與美國史丹福大學中華語言文化研究中心,2009 第 42 卷,1、2 期合刊)	收錄於《探索集》(北京:中華書局,2011)頁 286〜300。
29	〈漢字文化思考〉,《漢字教學與研究》(2011 年第 1 輯)	
30	〈異源字考釋一例〉,《上古漢語研究》(2016 年第 1 輯)	

	研討會論文	備　註
1	〈商代社會性質探索〉,《全國商史學術討論會論文集》(1985)	收錄於《古代文字音韻論文集》(北京:中華書局,1991)305〜319 頁。
2	〈漢字探索〉,《漢字問題學術討論會論文集》(1988)	
3	〈女書的文字學意義〉,《奇特的女書——全國女書學術考察研討會論文集》(1995)	
4	〈中國文字學會首屆學術研討會紀要〉,《高校社科信息》(1996,第 6 期)	
5	〈尊重漢語實際,深化漢語研究——簡論啟功的學術貢獻〉,《漢語現象問題討論論文集,1996》	收錄於《探索集》(北京:中華書局,2011)頁 171〜173。
6	〈訓詁學展望〉,《第一節國際暨第三屆全國訓詁學學術研討會論文集》(高雄:中山大學,1997)	
7	〈語言記號性問題〉,《方光燾與中國語言學——方光燾先生紀念文集》(2003)	收錄於《探索集》(北京:中華書局,2011)頁 223〜231。
8	〈中國古代空間視覺探索〉,《中國的視覺世界國際會議論文集》(巴黎:2005)	收錄於《探索集》(北京:中華書局,2011)頁 240〜245。
9	〈商代人視覺空間概念探索〉,《中國的視覺世界國際會議論文集》(巴黎:2005)	收錄於《探索集》(北京:中華書局,2011)頁 232〜239。
10	〈曾憲通《長沙楚帛書文字編》讀後〉,《康樂集——曾憲同教授七十壽慶論文集》(2006)	
11	〈《居延漢簡甲乙編》簡介〉,《古籍整理研究學刊》(1995)	

附錄三　趙誠相關學術著作圖檔

《中國古代韻書》（1979 初版，2003 第二版）

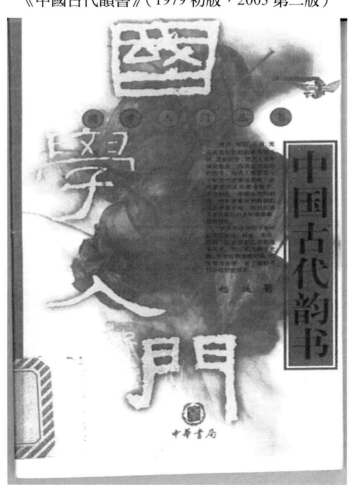

姚孝遂、肖丁（趙誠）合著《小屯南地甲骨考釋》（1985）

《甲骨文簡明詞典——卜辭分類讀本》（1988）

姚孝遂主編，肖丁（趙誠）副主編《殷墟甲骨刻辭摹釋總集》（1988）

姚孝遂主編，肖丁（趙誠）副主編，《殷墟甲骨刻辭類纂》（全三冊）（1989）

《甲骨文字學綱要》（1990）

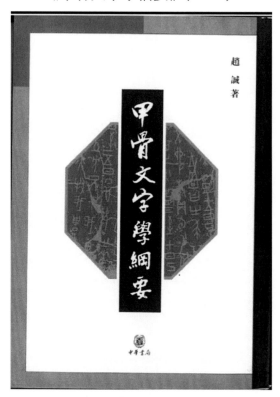

《古代文字音韻論文集》（1991）

于省吾主編，姚孝遂按語編撰，肖丁（趙誠）編審，《甲骨文字詁林》
（全四冊）（1996）

《甲骨文與商代文化》（2001）

《二十世紀金文研究述要》（2003）

《二十世紀甲骨文研究述要》（全二冊）（2006）

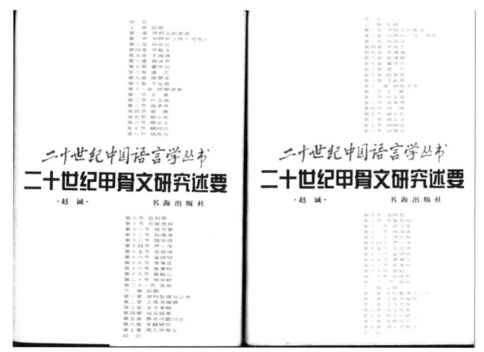

《探索集》（2011）